太陽女孩 月光男孩

牧童——著

目次

開巻話　005
第一話　008
第二話　017
第三話　029
第四話　042
第五話　054
第六話　066
第七話　080
第八話　094
第九話　108
第十話　121
第十一話　137
第十二話　150
第十三話　163
第十四話　176
第十五話　189
第十六話　205
第十七話　219
第十八話　233
第十九話　241
最終話　253

開卷話

「喂！住手！」聽到氣壯山河般大聲喝斥，他們登時愣住，全都轉頭望向我。

高頭大馬的三人，臉上原本掛著的戲謔與凶惡，瞬間轉化為輕蔑。

平頭男嘴角一歪，不屑地問我：「幹什麼？」

「你們三個欺負一個，算什麼英雄好漢？」

「嘖，誰說我們要當什麼英雄好漢的？」馬臉男斜眼睨我道。

「那你們要當什麼？沒有雞雞的娘們？」

噗哧！聽到我這麼說，圍觀人群裡爆出了笑聲。

「愛管閒事是不是？」橫肉男晃著臉上的肥肉、兩個箭步就伸手過來。

我一個凌波微步就閃過鹹豬手，害他摔個踉蹌。

「聽好，今天我心情好，不想把手弄髒。你們只要滾就可以了。」我望著昨天才修剪過的指甲，無風無雨地說。

「不然咧？」

「不然你們就向岳融鞠躬道歉，再離開也行。」

「哇哈哈哈……說什麼屁話。」橫肉男故意笑得大聲，掩飾剛剛幾乎摔倒的尷尬，欺身狂吠：「不滾也不道歉又怎樣？蛤？蛤？蛤？蛤？」

他身後臉上滿是驚恐的岳融，似乎有點發抖。

雖然手癢想打人，但又不想把事情搞大，我聳聳肩：「岳融，你過來。」

他想移動腳步往我走來，平頭男一把拽住他的衣領：「你想去哪裡！」

岳融整個人被甩進馬臉男的身上，馬臉男毫不留情往他腹部狂送拳頭，人群裡傳來驚叫。馬臉男再狠狠推他去撞樹，害他摔倒在地，膝蓋和手肘都擦破了。

居然這樣對待我兄弟……可惡！我要代替弱者懲罰你們！

捲起袖子，跨開馬步，臉頰微側，目光斜睇，我踢開裝著垃圾的畚斗和籮筐，把手中的掃帚轉了一圈：「是你們給臉不要臉的！」

話還沒說完，橫肉男一拳就要往我臉上揮來……啪的一聲，他手腕被掃帚柄擋下，再啪啪兩聲，他臉頰上就多了兩道血痕，痛得像狗腳被車輪輾過般狂哀：「哇啊——！」

平頭男不知何時閃到身後，一把就扯住我頭髮。我順勢下腰，掃帚在半空中畫出一道弧線，發出虎虎的風聲，氣勢帥爆，直往他頭頂招呼！

啪噠、啪噠、啪噠、啪噠、啪噠、啪噠、啪噠、啪噠、啪噠！

天靈蓋在遭受閃電般狂擊十次之下，他白眼翻了幾圈，自然鬆開抓住我髮的賤手，蹲下身子摀住頭頂：「啊呀呀呀……」

馬臉男憤怒地嚎叫，撿起岳融的掃帚直接往我臉上掄撻！

斂起馬步側身躲過，掃風掀起了我額前的髮。但他反應也快，反手就朝我胸前襲來。

一個轉身，華麗炫目。抬腿飛踢，腳背踹中他胯下，毫無偏差……

嗚喔～～啊嘶～～周遭群眾發出感同身受的驚呼聲。

馬臉男悶哼一聲，夾著雙腿痛苦地彎身躺在地上，一個屁仔也放不出來。

我在眾人的掌聲中扶起岳融：「你還好吧？要不要去保健室？」
從額頭紅到脖子，他拾起跌在地上的掃帚，連謝謝都沒說就低頭拖著籮筐跛著走了。
要不要這麼害羞呀。我瞟著他的背影暗忖；但後來發現自己誤會了。
因為聽到了旁觀的人群中傳來的竊聲議論：
「這男生真沒用。」
「還要靠女生出手相救，好丟臉喔。」

第一話

「嘩，巧婇妳看！太帥了。」胡妍婷把手機移到我眼前。

標題是：巾幗力戰三虎，俠女不讓鬚眉。

有人把整潔時間我出手拯救岳融於霸凌邊緣的過程拍下，上傳到學校網站上。點閱人數居然超過了十萬。

現在的人是整天沒事幹，感興趣的只剩看別人幹架嗎……

視線移回作業簿上，我根本不想多看一眼，冷哼一聲：「四班三虎欺人太甚。」

胡妍婷兩手合十，眼冒小愛心盯著我：「婇婇就是強、就是帥。」

我微微頷首回應，其實內心爽快如滔滔江水，綿綿不絕。

四班的三虎在校園裡橫著走很久了，仗著自己父親分別是部長、議長和獅子會長，母親分別是董事長、執行長和家長會長，學務處處罰時總是忌憚三分高舉輕放，加上三個人的身高都比其他同學高，就終日霸凌學弟妹。

所謂三人成虎，應該是三個人在一起欺侮別人就像老虎，真是一點都沒錯。

想不到現在居然欺負起岳融，既被撞見，就怨不得我主持正義了。

暗忖至此，我不禁偷瞄了座位在教室角落的岳融一眼。

他低著頭安靜地看著書、寫著作業。像每個以往一般。

記得第一次見到他時也是這樣。

那時我小學一年級。媽媽來學校接我放學，遇到班導師就開聊，說什麼我們巧婇很皮很頑固很愛惹事，請老師多注意，如果不乖隨便怎麼處罰都沒關係，聽得我滿不高興。

但是導師堆笑說：「不會呀，婇婇很乖也很有正義感，班上同學都很喜歡她。」

聽到沒有、聽到沒有，人家老師人美心好氣質佳，講話之中肯貼切，就是一整個令小朋友們肅然起敬。妳要好好跟人家老師學學呀，溫太太。

不料我媽沒有一絲絲的心電感應，完全感受不到我心聲，居然學老鴇逼良邪笑兩聲，爆料說昨天在家裡為了搶零食跟我弟打架的全部經過，害我想一頭撞死在廊柱上投胎轉世。

更悲催的是媽媽口沫橫飛講完，還大笑說：「原本希望她乖巧溫柔才給她取名巧婇，早知道就取名若男或鐵柱，還比較像她的個性，呵呵呵呵……」

老師尷尬地陪著笑，但瞄到我結著厭世臉，馬上伸手撫摸我頭：「不會啦，長大了就是小淑女啦。」讓我受傷的小心靈立即獲得滋潤。

溫太太聊得盡興了，才放老師一馬，牽著我的手帶我走出校門回家。

路上她問我：「幹嘛臭著一張臉呀？」

「沒呀，在想事情而已。」

「呿，才幾歲，哪有什麼心事可想。」

怎麼沒有，我在想怎樣才能跟妳脫離母女關係、被收養成老師的女兒。

就在駐立等待綠燈時，我瞥見一團身影蹲縮在騎樓柱腳，安靜地看著書。

我忍不住拉了拉媽媽的手。媽媽順著我目光望去：「咦，好像是妳學校的。」

那身影抬頭和我們目光對上，趕緊起身過來：「阿姨，妳可以帶我過馬路嗎？」

話裡有鼻音，臉上有淚痕……

怔怔地望著這個小男生，我在內心問自己：他為什麼哭啊？

媽媽看著他校服上的學號：「你也是唸一年六班？那不就跟我們小媃同班？」

他校服上繡著的名字：岳融。

問他為什麼家長沒來接。他搖搖頭。

問他是不是不敢過馬路？他用力點頭：「車子很可怕，會撞死人。」

過馬路不小心被車子撞會死掉，這常識我居然是七歲時從他口中得知的。

媽媽左右各牽一個，帶著我和他穿越馬路，並告訴他只要看到對面的小綠人燈亮，注意一下沒有闖紅燈的車子，就可以放心走過，沒有什麼可怕的。

我瞟一眼岳融，他臉上真的繃著緊張。

進到馬路這邊「老貓咪冰品店」的騎樓下，他才如釋重負般喘了好大一口氣：「謝謝阿姨。」

「你家住哪裡？要我們送你回家嗎？」

他搖搖頭，指著前方：「我沿著磚牆走就可以回到家了。」

「那，你自己小心了。」

揮揮手，臨走前和我的目光對上，他終於露出微笑：「明天見。」

我怔怔地看著他，手也不由自主揮了兩下。

「原來這個世界上還有膽小的男生啊。」望著他背影，我訕訕地自言自語。

「不過膽小的孩子應該是很善良的吧。」望著他背影，媽媽也自言自語道。

「妳又知道了？」才過個馬路就覺得人家善良？

媽媽望著他消失在街尾的身影：「岳融。岳融。月光融融。聽起來就是個善良孩子會被取的名字。」

照這樣說，那溫巧媃就是溫和、乖巧又柔順的女孩了嘛，為什麼居然還跟老師說想把人家改名若男鐵柱什麼的……

第二天早上開始，這個膽小善良的月光融融會在「老貓咪冰品店」前的騎樓下等待，要求跟隨我們過馬路。

起初我會取笑他「膽小鼠」、「月光鼠」。媽媽不高興說：「妳還不是需要我帶妳上下學。」

「才不需要咧！是妳自己不放心的。」

我倔強地要求獨自上下學。媽媽被吵煩了，終於說讓我試試過馬路，她只跟在後看著。

其實知道身後有媽媽護著，自是大膽放心，過馬路時那種昂首闊步，至今想起來還感動莫名。

老媽見我過馬路時小心翼翼，也不跟陌生人講話，才放下心說：「那明天讓妳自己上下學看看。」

那一瞬間，覺得自己已經是大人了，走路都有風。經過校門口時遇到同學從家長的車子上下來，我還故意上前問：「你還要爸爸送你來喲」、「妳媽每天來接妳放學不會累嗎」；當聽到家長們說：「看看人家，多懂事」、「什麼時候你也能跟人家巧媃一樣我就輕鬆了」時，腳底彷彿有朵雲要把我抬上天去飛了。

不過，刀有兩面光人有兩面難。媽媽同時覺得上下學有個同學結伴照應也不錯，乾脆要岳融每天來門口等，要我跟他一起上下學。

我聽了不依：「叫他自己練習過馬路啦！」

「要人家來門口等是為了督促妳起床！還以為自己屁股香人家愛跟啊！」

原來是這個目的，太奸詐了啦。不過媽媽每天為了叫我起床，可是連拖帶拉又吼又叫、有時還得揮著皮鞭外加一打蠟燭，能聽不能聽的恐嚇說盡，才能把我從枕頭鬼的懷抱裡拉起來。

「我們家有養馬嗎？怎麼會有這條皮鞭？」第一次看到那條皮鞭時，我揉著惺忪睡眼問。

老媽避而對不談，臭著臉說：「再不去刷牙洗臉我就把妳當馬抽了。」

說完還虎虎生風咻咻咻在空中揮舞了兩下，嚇得我連滾帶爬衝進浴室。

但自從媽媽要我跟岳融結伴上下學過馬路後，為了不丟臉，我的生理時鐘卻自動設定在他來按門鈴前半小時醒來，不需要再被叫起床，讓媽媽確信自己的前世應該就是諸葛亮。

起先我也不以為意，上學放學總帶著他。同學有時好奇問起，還可以得意揚揚說：「岳融膽小，我媽叫我帶他過馬路。」讓他被同學嘲笑幾句。

而他被取笑時也只是搔搔後腦，紅著臉傻笑而已。

直到某天，班上的胡妍婷在眾人取笑他之後忽然插嘴問：「真的是這樣嗎？不是因為你們在戀愛嗎？」

然後空氣突然的安靜。

岳融和我對看一眼，異口同聲說：「當然不是！」

圍著我們的眾位同學才表面釋懷卻若有所思、譴責謠言卻嘴角詭笑地散去。

對看那一眼，我才仔細記住他長相：塌鼻、小眼睛、皮膚蒼白、個子頗矮小，兩眼分得很開。

那天上課時我始終心不在焉。明明不是我的菜，為什麼被人送作堆？

放學後走到校門口時他又自動靠過來，我豎起食指：「看得開，我媽說今天要你學會自己過馬路。」

他愣了幾秒：「溫媽媽真的……這樣說？」

「嗯。」我猜我媽真的會這樣說。

「為什麼妳要叫我看得開？」

「因為……」

因為你兩眼分很開。講實話他會不會哭啊，我頓了頓說：「希望你對什麼事都看開一點，不要害怕。」

「喔。」

「你是男生，不要那麼膽小，會被人笑。」我邊走邊對在身後跟著的岳融說。

「妳怕被人笑嗎？」

「誰怕呀，我才不像你。膽小鬼。」

「妳好勇敢唷。」

「我從小就天不怕地不怕……」沒說出口的是，就怕丟臉。

說著說著，終於抵達他懼怕的路口。

「好啦，你現在練習自己過馬路，我會在後面護你周全。」

他佇立在紅磚道上，專心注視著對街號誌燈上站著的紅色小人。

紅色小人變綠色小人時，他左右張望。往來的車子都停了下來他還是沒動靜。

走啊……走啊……啊沒車在動了你為什麼還不走……

我發現他雙腿居然在發抖。我忍不住想要上前推他一把時，他卻突然邁開步子往前猛衝！像被狗追般瘋狂衝過馬路……

一輛左轉的機車疾駛而來，眼見就要撞上他，我忍不住尖叫——

在緊急煞車聲與騎士怒罵聲交雜中，他居然竄進對面騎樓，還返身對我傻笑。

我傻眼！等過了馬路，一到他身邊就對他拳打腳踢：「你找死喔！」

他左閃右躲：「我、我、我這不是平安過來了嗎，唉呀別踢了……」

「你不怕死啊！」

他居然笑彎了眼：「有妳在身後保護，我不需要害怕。」
我再度傻眼。說你看得開，你還真的看得很開啊……
後來我說既然你會過馬路了，以後就自己去上學吧。
回家也騙媽說岳融他媽以後會接送他，他不會再來門口等我了，還厚著臉皮要媽媽明天叫我起床。
望著媽媽惋惜的表情，我可是一點也沒有罪惡感。因為實在不想哪天目睹岳融被車撞死。
第二天又回復在皮鞭咻咻作響聲中賴床起床的日子。
殊不料我十萬火急衝往學校途中，竟發覺岳融仍然在身後一起衝進校門。
他還是不敢過馬路。寧願不按門鈴也要在我家門口等我。
但他知道我怕被同學取笑，所以他總是遠遠跟著，除了過馬路時。
這種感覺就像對路邊的流浪狗施捨了一次，牠就一直跟在身後甚至期待跟妳回家，驅趕，還會用無辜的眼神凝望著妳一般。
久了，我就真的把他當隻無害的流浪狗，隨他跟了。

岳融個性有點內向，下課後總是安靜地看著書、寫著作業，彷彿枯葉蝶隱身在班上完全沒人注意，與喜歡和同學混成一片的我個性完全不同，以致我們交集很少；除了上學放學時途中的相處而已。
小學三年級重新編班，知道我有個小跟班的人變少，我更不介意放學後帶隻看很開的流浪狗過馬路。另一個重要原因，是編班後某位可口的小鮮肉抓住了我的眼球。
鐵凜威眼睛漂亮，雙眼皮明顯，笑的時候露出整齊牙齒，怎麼看怎麼討喜。加上他爸媽都是老師，言行舉止有禮得宜，又經常大方出借漫畫、手機給同學，上學期第一次班會就被選為副班長。
班長是人緣第一好的溫巧媃。對，也就是我。

開始欣賞鐵凜威是因為他在體育課時的表現。

體育課頭三個禮拜是做體操，男生都無聊打鬧，後來變成跑操場，女生都叫累哀嚎。老師突然宣布接下來課程進行躲避球時，大家才精神一振。

男女人數各半，分為少林隊和武當隊。我的學號是雙數，被編在武當隊。隊名這麼奇怪，我只能猜體育老師是武俠小說迷。

老師講解完規則後，就讓兩隊練習。剛開始大家還很客氣，跑來躲去還覺得有趣，直到球被傳到鐵凜威手裡砸中胡妍婷的腿，引得她嬌叫一聲，女生們才開始緊張，自此尖叫聲此起彼落。

據說男生進攻時聽到女生叫會興奮，愈加激發進攻力道；女生叫愈大聲他們愈衝動，直到擊中對方達到最高潮嗯哼不是最高亢的程度才罷手。

「噓、噓、噓，不要叫！鎮定！」眼看女生一個一個被砸中，身為武當隊隊長的我視破了對方男生火力來自征服野性，大聲警告。

但女生見球飛來就像看到精子游來，唯恐受孕般恐懼，推擠瑟縮在一起啊啊啊瘋狂尖叫不止。見敵人鎖定跑得較慢、叫聲較大的齊珞琪為猛攻目標，我氣到：「齊珞琪妳不准叫！聽到沒有！」

話還沒說完，砰的一聲她已被擊中了！

「怎麼可能不叫，那麼恐怖……」她淚眼盈盈走過身邊，搓著被砸痛的手臂說：「嗚嗚……我就不信妳不叫……」

「哼，我待會兒躲給妳看。」

頃刻，武當隊的女生全部出局。只剩下我。

「打起精神，小心球的方向。」我大聲對還在場上的男生說。

他們也都專注於找空間閃躲，幾個來回居然沒人出局。

我一邊倒退一邊對場外的女生說：「妳們看，就是這樣，有什麼好怕的。」

話才說完，唉呀慘叫聲傳來。一個男生被打到頭。

我安慰自己因為他身形較胖動作較緩沒關係，只要撐過規定的時間，剩下這麼多隊友武當一定贏。

不料噼哩啪啷，男生居然一個接一個被擊中！

定睛一瞧，原來少林隊發現鐵凜威射球神準，都把球往他的方向丟，由他再發動攻擊，百發百中。想不到他在擔任射手時，火力如此猛烈，幾乎球到人亡。特別是球飛過身邊挾帶的風場如此強大、殺氣如此帥氣，令我幼小心靈為之悸動……

嗶！老師吹哨，把站我身邊被打中的劉保杰趕出場，同時宣布：「還剩一分鐘！」環顧左右，好像只剩我一個啊……可惡！

鐵凜威接到球，瞄我一眼就舉球射來──那一眼有電，心鹿好像撞到了……

嗷嗚～～好Man啊！我的菜！

第二話

但是我是誰？我溫巧媃耶。溫巧媃豈是見色忘義之輩！

我輕巧地跳起來同時縮小腹，原本要射中腹部的球就幾近貼身刷過。

「哇！好險！」場外一片驚呼，同時傳來：「隊長加油」、「媃媃小心」

接著射來數球，我左閃右避都巧妙躲過。

敵隊急了，接到球的人索性直接傳給鐵凜威。鐵凜威接到後手勁愈來愈猛，每球都是挾著騰騰殺氣往我飛來。但他球扔得愈勇猛我愈興奮，腳步益發輕盈靈活，身形更加輕盈……

攻上身，我就劈腿偏開或側轉迴身，基努李維閃子彈的姿勢也比不過我。

攻中身，我就舉臂翩翩或連翻帶扭，若著水袖看來就像穿梭花葉的彩蝶。

攻下盤，我就打一字馬或倒Y腿大跳躍，不枉老媽送我去學芭蕾的學費。

鐵凜威上前我就退後，他舉手我就轉身，我倆彷彿跳著優美的華爾滋舞。

「五、四、三……」場邊開始響起倒數聲，只要再躲過一球我們就不會被剔光頭了。

鐵凜威眼波一轉，做了個假動作，刻意慢一秒出手，害我跳早了，球像子彈往身上射來，電光火石間唯一選擇只剩下腰——

空間與場景瞬間倒轉，差點貼上T恤的球劃破空氣越過我下巴，直接投進我身後少林隊男生手中——啵！發出可怕的撞擊聲。

驚訝的是下腰那一瞬，餘光察覺身後有黑影掠過是怎麼回事，偷襲嗎？

嗶！哨音響起宣告時間結束。呼，嚇死婇寶寶了……

體育老師宣布：「武當隊還剩兩個人。攻守交換。」

兩個人？還有誰？

岳融！回頭發現是他……這小子居然一直在我身後躲著沒死？

換武當隊進攻。我大聲吆喝：「看準了，大家給我用力砸！」

幾輪瘋狂猛攻與緊張逃竄，大部分的人都被砸中，剩下的飛來刷去球怎麼樣都打不到人。

站我身邊的劉保杰問：「巧婇，妳怎麼看？」

「保杰，把球給我！」時間快速流逝，不使出大絕招不行了。

劉保杰接到球假裝失手其實轉投給我。我狠狠甩出去，砰的一聲，離我最遠的傢伙直接被K中！場外女生立即爆出尖銳叫好與如雷掌聲。

我殺！砰！我殺！砰……幾個來回，場內的人像殺僵屍般被我逐個打掉！

每殺一個，女生的尖叫就提高一個音階。

原來女生的尖叫真的會讓人興奮。我殺紅了眼，全身熱血沸騰。

還剩下三個人。我舉起球，無意間和其中的鐵凜威眼神對上。

他眼中沒有害怕，只有……深情？對我？這樣理解對嗎？這個時候。

抽了個冷顫，我手抖的結果，居然沒丟中他……場外圍觀者爆出惋惜的長嘆。

我、我、我到底發生什麼事，怎麼會手抖？空氣中有電嗎……

「怎麼看到小威就失常，該不會是放水吧」、「班長原來也逃不過美色的誘惑呀」，身後傳來兩個女生竊竊私語。

鐵凜威順利閃過，臉上漾出笑容，和隊友互相擊掌。看來少林隊贏定了。

可惡……看我待會兒怎麼教訓你。

想不到和他擊掌的隊友忽然震了一下，臉色大變。

背後有人放冷槍，擊中他背部。

球跳到腳邊，我抄起來掄向另一個男生。那傢伙立馬斃命，恨得跺腳哀嚎。

只剩鐵凜威了。接到隊友傳來的球，又對上了他的眼神。

又來了、又來了，他眨了眨眼，無辜電波強力放送，怦然亂了我的專注，他還輕咬了下唇是怎麼回事……不能再失手！什麼美色、什麼放水，都給我去死！

深吸一口氣，假裝要往他頭上掄過去，他往下閃躲，殊不知離手前我拇指下壓，直射他下身……砰！球落地的聲音超大，居然又沒中！

「誰都打得中，就副班長沒法打中？」

「果然班長愛副班長，才會這樣下不了手。」

八卦個屁呀！我回頭猛瞪那兩個竊竊私語的女生。

就在那一瞬間，聽到沈悶的撞擊及驚叫聲——鐵凜威被人擊中了！

「保杰，誰打到副班長了？」

「巧媃，是岳融打中的。」

「保杰，怎麼可能，他怎麼打到的，保杰？」

「巧媃，妳剛才雖沒丟到，但球朝岳融彈去，他撈起球想都沒想就朝小威身上打去。巧媃，他就是這麼打中的。」

「保杰，岳融是矮小又膽小，沒什麼力氣，居然打得中副班長？」

「巧娣，就是因為他這麼不起眼，沒人注意到他才能奇襲成功。」

齊珞琪在旁邊聽了猛翻白眼：「你們講話可不可以要學那些記者名嘴？保杰來巧娣去的，煩不煩。」

注意到鐵凜威是從那場躲避球賽開始的，但真正和他接觸是一個月後某天，我們被叫到了學務處。

「溫巧娣、鐵凜威，你們是班長和副班長對吧？」學務處陳主任冷冷地問。

我們互覷一眼，齊聲說是。

「秩序比賽你們班已經連續四週都最後一名，知道嗎？」

我們又互覷一眼，齊聲說知道。

「身為班長、副班長，你們有盡責維持班上秩序嗎？」

「……」

「不講話是怎樣，當做沒發生過嗎？幹部是當假的嗎？連校長昨天巡堂時都發現你們班在老師還沒進教室前吵翻天，跑來問我是怎麼回事。喂，你們不要臉我還要臉呀……」陳主任愈說激動，口沫都濺到我額頭上了。

嘰哩呱啦罵了一堆，簡單說就是他被校長唸了就來唸我們。

唸些什麼已懶得再回想，反正過程中就盯著他張闔的厚唇聞著他的口臭聽著他的罵聲被他不停晃動的兩根外露鼻毛嚇到。

「總而言之，」罵到聲嘶力竭後，陳主任下了結論：「下週的秩序比賽你們班要是再最後一名，別怪我不客氣！」

「是。」鐵凜威畢恭畢敬回應：「我們回去一定改進。」

「不客氣是要怎樣……」我喃喃低語。

「蛤？」陳主任顯然聽到了，用高音調發出疑問。

鐵凜威睜大了眼望著我，以為自己聽錯了。

「如果還是最後一名，你說你要不客氣的。還叫我們不要怪你。」我豁出去了說：「我怕錯怪了你，所以先問清楚你要怎樣嘛。」

陳主任氣得從椅子上站了起來：「告訴妳，如果你們班再這麼吵鬧，就唯妳是問！」

「唯我是問？請問主任，我能處罰不聽話的同學嗎？」鐵凜威偷拉衣角要我住嘴；但小三時的我可是不畏強權的。陳主任臉色青白交替，用盡全力吼過來：「我管妳處罰還是霸凌，總之下週沒有第一名就給我試看看！」

我用食指轉轉嗡嗡作響的耳朵：「各級學校施行愛的教育多久了，這年頭我們都被鼓勵要勇於做自己，做自己當然就是想聊天就聊天、想打鬧就打鬧啊。身為班長的我能拒絕同學那些活潑的追逐嗎？能體罰他們促進友誼的七嘴八舌？能乾脆霸凌不守規矩的他們消消氣嗎？教育部長不是才在新聞上說推行友善校園，要零拒絕、零體罰、零霸凌嗎？」

陳主任怒拍桌子正要發飆，正好班導師和幾位老師進來學務處，空氣中滿滿的尷尬，只好咬牙切齒：「三年一班溫巧婇和鐵凜威是吧？我記住你們了。滾！」

「大人們怎麼總是說一套做一套呢？嘖。」我白目地砸嘴道。

鐵凜威嚇到，連忙把我拖出學務處，快到教室了才甩開我手臂：「溫巧婇！妳怎麼敢跟主任這樣講話？」

「他可以要我們維持秩序，但是他不可以因為校長巡堂的事就遷怒於我們。」

「唉，我被妳害死了！」他悻悻然步入教室。

他生氣模樣也好好看啊……我勾勾嘴角，忘了被學務主任責罵的不愉快。

幾天後某節下課，我上廁所回來，胡妍婷靠過來：「婇婇，導師找妳。」

三年級時導師是媽媽型的李老師，個性溫和，從來不想處罰學生，所以我吹著口哨來到教師辦公室：「報告！」

「溫巧婇，過來。」老師向我招招手。鐵凜威居然也在，臉很臭。

臉再臭也還是那麼好看，奇怪。

老師問上次我們被主任叫去罵的事。我一五一十說了。老師聽完苦笑說：「妳的脾氣要改一改。」

我聳聳肩，不以為然：「我這幾天有叫大家不要在上課時講話打鬧了啊。」

老師委婉地告訴我，擔任班長不僅要培養領導能力，也要學習與他人合作。我一聽就懂了：鐵凜威向老師告狀了。

早上許國永亂丟掃帚，不聽整潔股長林正翰勸阻，兩人發生爭吵，上課鐘聲響了還在吵，鐵凜威要他們回座位無效，就過來對我說：「班長，妳該出面制止一下吧。」

他叫我班長時的聲音，脆脆亮亮的，怎麼這般悅耳好聽呀。

我視線沒從他臉上轉開，抄起腳上球鞋就往他們頭上丟過去：「回去坐好！」

許國永和林正翰嚇了一跳，震懾於我的威望趕緊返座。但許國永這臭小子氣忿難消，安靜不久嘴巴發賤，說了讓林正翰火大的話，兩人又吵起來，而且愈吵愈大聲。

鐵凜威的眉頭又蹙了起來，我神經大條只顧欣賞他的俊美顏值，一時忘了維持秩序，正好學務處的生輔組長走來，見教室裡有人吵鬧，就在登記簿上打分數。

鐵凜威慘嚇，連忙衝出去向組長求情，希望能看在他媽媽是也是學校老師的情分上網開一面。我佩服他只有九歲就如此長袖善舞，上前揍了許國永一拳：「閉嘴！沒看到老師在打分數了嗎！」

殊不料許國永平常滿嘴臭屁，說自己多麼勇敢，被我輕打一拳就放聲大哭：「哇——班長打人啦！好痛啊！」

生輔組長隔著玻璃窗直勾勾睇視許國永的血盆大口，黑著臉對鐵凜威說了什麼，就往隔壁班走掉了。

「妳真的會害死我、害死全班呀！」鐵凜威經過我座位時撇著嘴不滿地說。

天啊，他撇嘴也好可愛呀……呵呵。

結果，我們班這週秩序比賽是全校最活潑第一名。

呃哼。在陳主任邪惡視角看來，是秩序最後一名。

朝會結束後進教室。我開心地拿巧克力想跟他分享：「小威，這顆請你吃。」

他沒反應。我彎腰靠近他，發現他居然紅著眼眶在哭。「小威，你怎麼了？」

他別過頭不理我。我轉到他面前：「誰欺負你了，說，我替你出頭。」

「沒有。」他又別過頭，很快擦掉眼淚。

「那你為什麼不快樂？」

「三害不除，何樂之有。」

你聽你聽，人家父母是老師，教出來的孩子學養就是不凡。文言文耶。

「哪三害，我替你除。」我捲起袖子，舉目四顧周遭的臭男生：「你們誰惹小威生氣了，快出來自首！」被我瞪到的人都面面相覷、觳觫瑟縮，無人應聲。

鐵凜威聽了伏在桌上哭：「有班長如妳，我心死矣。」

我心都被他哭疼了：「小威，我所學有限，能不能告訴我你說的是什麼意思，到底是哪三個傢伙、是什麼事，害你傷心難過啊？」

「本班末名。吾以為恥。然汝不以為恥矣。」怒瞪著我，他恨恨地說。

小威文學素養之高，讓我特別仰之彌堅、愛之彌深。

可是……伊洗類供薩，我真的聽嘸。就在呆愣之際，身後飄來謎之音：「妳說『若所患止此，吾能除之』，他就不哭了。」

我立馬搖頭晃腦：「若所患止此，吾能除之。」

「妳說的！說到要做到。」他立馬停哭，帶著溼紅的眼眶望著我。

看看這淚人兒的模樣，多惹人憐惜。我豪氣干雲：「溫巧婇說話向來算話！」

回座後我還在揣度剛剛對話是炸雞還是烤鴨講的之際，身後謎之音又現：「那妳就得管管秩序呀。」

我回頭，是岳融！我拉下臉問：「為什麼啊？」

「他說害他傷心的原因有三：班上秩序又最後一名了、他覺得很丟臉、還有妳不覺得有什麼可恥的。」岳融低聲說。

原來是在講周處除三害的故事啊。我太崇拜國學超齡的小威了。

「妳自己回說，妳能除掉這三害的。」

「蛤？可是，我怎麼除掉我自己啊？」

「妳就這樣……」他附在我耳邊嘰哩嘰哩講了幾句。

我站起來，把課桌往地上一翻，發出震天巨響，全班立馬被嚇到肅靜。

我陰惻惻的說：「以後上課誰還敢不回座位，就像這桌子一樣。」

「就算是班長也無權打人、推人，妳憑什麼可以這樣對待我們？」許國永刻意挑釁，還跳上講臺像條蟲般蠕動。

下一秒他腦門上就被我的球鞋K中，驚愕中怒氣沖沖抄起板擦要回擲，還沒出手就被我另一隻鞋再度砸中，隨即爆哭。我衝上講台，硬把他拖下來甩回座位，用更陰惻的聲音：「再哭，我就割掉你的小雞雞。」

許國永嚇到，摀嘴夾腿不敢再作聲。

然後我依岳融的建議，走過鐵凜威的桌邊：「我也是有羞恥心的，從今天起我會努力維持秩序。」

啊——笑了！鐵凜威的嘴角因此露出微笑了。耶，撒花轉圈圈。

那天在回家的路上，我用臂彎勾住岳融脖子：「你還蠻厲害的嘛。謝啦。」

「……也謝謝妳帶我過馬路。」

「好兄弟！哈哈哈哈！」我往他胸部大力一拍，笑得豪邁。

像隻脖子上被貓爪箝住的老鼠般，他笑得瑟縮又尷尬。

回家後，整個晚上我眼前都晃著小威那個微笑。好可愛呀。

不過我也因此得罪了許國永，第二天起變本加厲，不但胡作非為，還偷剪女生頭髮，把人家搞哭，無非就是挑戰我的權威，甚至聯合班上頑皮的臭男生一起作亂搞怪。

為了信守對小威承諾，我每天都得跟許國永奮戰。東市翻課桌、西市扔粉筆、南市踹屁股、北市砸球鞋。結果在許國永的惡意造謠中，我的人緣直線下滑。另一個後遺症是我維持秩序太過強勢，有人開始在我背後流傳「溫若男」的外號。

小威，為了博你俊美一笑，我甘願哪。

但，我和許國永的衝突又讓巡堂的生輔組長撞見了，幾次下來，隔週我們班又光榮贏得全校最活潑班級第一名。

鐵凜威禁不起丟臉，一狀告來導師這裡，所以現在我站在這裡聽訓。

「所以，妳記住了嗎？」老師的教誨告一段落，下結論般問我。

我點點頭：「記住了。」

「妳記住什麼了？」

「脾氣要改，要像個女生，不要粗聲粗氣。帶人要帶心，以德才能服人。回去要向許國永道歉。」

「唔，很好。那你們回去吧。」

「謝謝老師。」

那天放學回家的路上，我恨恨地把當班長的窩囊遭遇一股腦全說給岳融聽：「我道歉時，許國永還嚇了一跳！他媽的。」

「能和平相處也不錯啊。」

我氣到用臂彎勾住岳融的脖子，在他眼前揮著拳頭說：「可是他馬上變成小人得志的嘴臉，害我拳頭超癢、超想揍他。」

岳融臉上嚇出三條黑線：「老師不是說要以德服人嗎？」

「我打算以屁服人。」我比出童子拜觀音手勢，並做了個往許國永肛門插入的動作：「治療他的小人得痔！」

岳融驚慌得趕緊轉移話題：「可是小威那邊……」

「唉，傷心啊。若不是為了小威，我也不會與許賤人為敵呀。」

「可是妳身為班長，不能不管吧，不然陳主任那邊……」

「做人好難。我心好累啊。」

維持秩序時的衝突，讓我形象崩壞，以致下學期時班級幹部改選時雖被提名得票數只剩個位數。倒是鐵凜威被高票扶正為班長。

原本擔任班長時我還有許多機會跟鐵凜威互動，沉醉他的美顏讓心情愉快；幹部改選後，他和副班長胡妍婷的互動變得頻繁，對我不是冷言冷語，就是把我送的零食立馬轉送別人，害我幼小心靈飽受巨大創傷。

「誰叫妳總是那麼兇。」閨蜜齊珞琪聽完我的抱怨，倒打我一耙：「哪個男生喜歡跟恰北北的女生做朋友。」

「不兇怎麼管住許賤人。」我不甘心反駁：「我對小威可溫柔了。」

「妳聽聽，什麼賤人，講話太難聽了。妳到底是男生還是女生啊。」

我媽也老是對質疑我的性向。

像這天我在客廳看電視，兩腿擺在茶几上，她就吼道：「把妳的狗腿放下！」看到搞笑藝人裝傻的蠢樣，我放聲大笑時，她就唸我：「像鴨子叫能聽喔。」

我孝順，忍住想回嘴的衝動。轉台看新聞，看到那些政客貪汙被抓到，還一副你能奈我何的嘴臉時，我不禁拍桌怒罵狗官，她又陰惻惻放冷槍：「差不多一點蛤，拍什麼桌子，嘴巴給我放乾淨一點。」

「人家生氣嘛。」我大口狠嚼洋芋片，怒視螢幕裡那個貪官道。

「哪個女生生氣是妳這副德性，又不是流氓。」

「還不是妳生的。」

「還敢頂嘴！」她順手就把抱枕往我頭上砸：「像妳這種脾氣，鬼見鬼笑、人見人逃，誰敢娶？娶了離婚、不離休掉，註定孤寡，妳乾脆直接把頭髮剪光了去尼姑庵吃齋唸佛吧，省得父母操心。」

「溫太太，天底下有妳這種母親詛咒自己女兒當老處女的嗎？」

「不是我要詛咒妳，坐的時候兩腿開開、站的時候扠腰抖腳、笑的時候血盆大口，罵的時候髒話滿口，妳到底是男生還是女生啊？妳自己說，如果妳是男生，會想跟這樣的女生在一起嗎？」

「也許在這個世上某個角落，就有一個懂得欣賞我的男生在等著我吧。」我學偶像劇裡的對白，望著遠方，假裝感傷地說。
「欣賞妳個屁啦！他一定是等著妳死了才敢出來吧。」
我無言，沮喪到第二天早上都還無精打采。岳融見了問：「嫊嫊，妳怎麼了？」
「我媽說我以後會去當尼姑。」
「為、為什麼？」
「因為我太兇了。」
「……」
我停下腳，一個拐子就把他架到身邊：「你該不會也這麼覺得吧？」
「不、不會呀。」
看他結結巴巴，我失望地放開他：「連你也怕。看來我是真的太兇。」
「我、我怎麼覺得不重要吧，重要的是小威的看法吧。」
「唉，他都不理我了，只跟胡妍婷好而已。」
「妳不要灰心嘛，以後應該就會好了。其實妳人很好，真的。」
我瞥了一眼，看不出來是真心話還是畏懼我強勢的應酬話。

第三話

比起閨蜜只會酸我、比起親娘只會咒我，至少，知道我在乎鐵凜威，失落時還會安慰我，這樣的朋友可交。就這樣，我選擇談心的對象居然是岳融。

從此，在放學途中我們會聊班上發生的趣事。

總是我哈哈狂笑的說、咬牙切齒的罵；他靜靜的聽，抿嘴微笑或握拳揪眉。

不知從何時起，我好像不那麼討厭這隻放學後的跟屁蟲了。

小三和小四就在偷偷喜歡鐵凜威，只能跟岳融說的日子裡飛逝。

值得一提的是，因為不當班長了，和許國永那幫臭男生衝突少了，後來下課時也會玩在一塊。畢竟才九歲的年紀，哪有什麼隔夜仇。

反而是鐵凜威，連續三學期都當班長，經常木著臉獨來獨往，朋友好像不多。

長大後才知道，班長必須是守規矩的好學生。守規矩本身就是件辛苦的事。

升上五年級，學校又重新編班。

開業式那天早上，在公告欄前找了半天，才在九班的名單裡發現自己名字。

溫巧婇……齊珞琪……胡妍婷……岳融……咦，鐵凜威哪去了？

來回看了兩遍，九班的名單裡確實沒有他啊。

「婇婇，他在這裡啦。」一轉頭，發現岳融指著二班的名單叫道。

雖然不可置信地瞅著他，我還是兩個箭步上前，順著他指的方向看：哎呀，鐵凜威真的被編在不同班了。那我提袋裡的早餐怎麼辦……

「你先幫我揹到教室。」我把書包扔給岳融，拎著提袋往反方向跑。

暑假一整個超無聊。補英文、數學就算了，老媽還逼我去上古箏課，說什麼學琴能陶冶心性，培養氣質，修修我像隻毛猴的個性。

上英文數學我能忍。學彈古箏我能忍，但還要上美姿美儀課是怎樣？

「妳有臉問，我還沒臉回答。」老媽止住放浪形駭的大笑，線視離開電視睨我：「也不看看妳自己的德性。」

兩腿開開半癱在沙發上，我抓起裙子掀啊掀地搧風，的確不雅，但誰叫天氣這麼熱溫太太還捨不得開冷氣。「只有要當名模的人才會去學那些做作姿勢。人家不去啦。」

「名模？妳會不會想太多。不要害我被笑說養出一隻妖魔就不錯了。」

我氣到躲回房間打手機給珞琪，抱怨原本一起出去玩的計畫要更改。

「美姿美儀？坐著要疊腿，站著要挺直，走路要扭臀，妳行不行啊？」

「厚！一聽就很累啊。」把雙腿放在書桌上，椅子四腳被我用屁股頂成兩腳搖出嘎吱嘎吱的怪聲。

「學那些很假掰耶。」

「溫媽媽為了栽培妳，真是用心良苦。」

「人家想學的她一樣都不給學，居然叫人家學這些……唉。」

「妳想學什麼？」

「劍道、跆拳道、搏擊！」

手機那頭傳來她噗的把珍珠奶茶吐滿地的聲音：「溫小婇，妳學……勃起？」

換我把珍珠奶茶吐滿地，還差點沒從椅子上跌下：「搏擊！武術那個搏擊！」
「都學些打架還要花錢，難怪溫媽媽不理妳。咦……嘻嘻嘻……」
「笑屁啊。」
「妳學會打架，武功高強，又會彈古箏，然後走路搖來搖去，吵架時卻很粗聲，讓我想到一個人耶。」
「誰？」
「東方不敗。呵呵。」
「我如果是東方不敗，怎麼勃起啊？」
「哇哈哈哈……」
「呵呵呵。」我笑的淒涼，猛地把通話切了。
死珞琪。一點也不同理，還取笑我。在聯絡人名單裡滑了半天，點了岳融。
「矮鼠，你在幹嘛？」
「我在……廚房。」
「幫你媽洗碗？」
「不是……呃，妳找我有事？」
我把滿腹苦水一股腦全倒給他聽，最後唉聲嘆氣道：「天將亡我啊。」
「我問過鐵凜威他喜歡的女孩是什麼類型。」
「講到鐵凜威我更有氣，本來想明天約他出去看電影的，現在我媽——喂，等一下，你剛剛說什麼？」
「我說，我知道小威喜歡哪類型的女生。」

我放下手中的飲料杯：「你、你跟我說這個幹嘛。」

「原來妳不想知道。那算了。」

「既、既然你問了，你也很想說，我就順便聽一下也無妨。」

「我沒有很想說。只是想說妳現在心情不好，開心的事也許能轉換心情。」

他馬的，這矮鼠怎麼那麼貼心呀。

嘴賤說他是矮鼠，其實他並非尖嘴猴腮，而是有著讓人想捏一把的嬰兒肥，傻笑時也很可愛，就是膽小、矮小和兩眼分很開而已。但怕他像珞琪一樣取笑我：「那我不聽豈不辜負了你的好意。本宮開恩，准你說吧。」

「他說他喜歡坐有坐相、站有站相，講話細聲、個性溫柔的女生。」

「坐相站相什麼的，是什麼？」

「坐著要疊腿，站著要挺直，走路要扭臀。咦，跟妳剛剛說的美什麼課很像。」

「一個小五男生喜歡看女生扭臀走路是怎麼回事？」

「妳總是說他很有家教，也許爸媽灌輸他以後找女朋友的外表就是這樣吧。」

「是喔。那……你覺得他說的是我──我們班的誰嗎？」

「我覺得他說的比較像胡妍婷、林妤芳她們那一類的。」

「那、那我是屬於哪一類的？」

「妳是屬於武則天那一類的。」

哐啷砰哩！我從椅子上摔在地上，慌忙忍住屁股的疼連滾帶爬跳起來：「你在廚房偷吃是不是！死老鼠！找死啊你！」

「所以如果想讓小威喜歡，妳好像真的必須去上美什麼課的。」

死矮鼠！罵雖罵，我還是乖乖去上了美儀課。

整個暑假都沒法約鐵凜威出來玩，現在開學終於可解相思之苦，三步作兩步就衝到二班走廊上。探頭張望，教室裡三五成群圍著聊天，沒發現他的蹤影。

身後謎之音：「他在那裡。」

回頭一眼就看到鐵凜威跟著幾個人一起走過來；本想邁開大步衝過去，身後謎之音：「注意形象。」我馬上剎車，撥撥頭髮，挺直身子，下巴內縮，右掌疊在左手背上，嘴角微揚，保持連樹上麻雀也覺得親切的表情，朝他邁開小碎步。

「嗨，小威。」朝他揮揮手，展開微笑。美儀老師說最美的笑只露齒八顆。

他愣了一下才認出是我：「溫巧妹……呃，妳還好吧？」

「我很好呀。我被編到九班耶。你在哪一班呢？」

「我二班……」

「二班？那以後可以常來九班找我們呀，胡妍婷、齊珞琪都跟我同班。」

「妳……怎麼了？腳好像受傷了是不是？」

他身邊一個女生也插嘴：「妳是顏面神經失調嗎？怎麼笑得這麼詭異？」

身邊爆出笑聲，我才注意到一群女生圍在他身邊……全都在看我笑話。

「笑屁呀！」我一掌打在齊珞琪的臂上。

「唉唷！」她痛得哀叫，還是止不住狂笑：「哈哈……笑死我了，妳根本是女瓦昆嘛。」

「瓦昆是誰？」

「哈哈哈哈……」她笑得彎腰顫抖擦淚，根本無力回答。

坐在旁邊的胡妍婷說：「她說的是演《小丑》的那個瓦昆菲尼克斯。」

我拿起手機用谷歌大神搜尋。看到對劇照裡瓦昆那張驚悚的笑臉時也瞬間發傻，但仍強作鎮定：「珞琪，妳太誇張了。」

「不然妳自己看像不像嘛。呵呵呵呵……」她搶過岳融的手機遞到我面前，點開岳融在身後為我拍的那個錄影檔。然後，我一整個垂頭沮喪。

胡妍婷安慰我：「不要灰心嘛，妳做自己的時候很帥呀。」

「她只是想要給小威一個好印象，可能，有些太在意了才會這樣。」岳融也幫我找理由。我一把揪住他衣領：「誰叫你躲在我身後偷拍的！」

「是妳說都沒有把握機會跟小威合照，叫我有機會幫妳跟他留下一些美照，最好能有一些互動畫面……呃，妳忘了？」

「我什麼時候說過！」

「暑假我們講電話時，妳也曾跟我說過喲。」珞琪見岳融嚇得直打哆嗦，忍不住作證說。我只得放手嘟嘴：「可這麼醜你還拍！」

「我覺得還好啊。」岳融搔腦，一臉沒長美感細胞地傻樣說。

「妳別怪人家岳融，是妳自己有前世的東西沒處理乾淨，留有陰影，怪不得別人。」珞琪忽然很嚴肅地說。

「……什麼東西？」

「雞雞。所以妳今生才會像男生那麼粗魯。」

啪！我一掌打她手臂要她去吃屎。她又狂笑到蹲在地上。

這頓午餐便當宴，怎麼這麼難以下嚥。

「唉，結果我蛋糕也沒送出去。」
我把提袋裡的蛋糕拿出來分給她們。妍婷與珞琪嚐過都叫好吃。
那是岳融幫我準備的。
當時心情太惡劣，根本忘了問他是哪家店買的，連買蛋糕的錢都忘了給他。
小五時我身形加速抽高，上體育課打躲避球時又贏得「人鬼均愁」的勇猛外號，結果被體育老師選入排球校隊。
比起胡妍婷、齊珞琪她們喜歡少女動漫、瘋迷偶像團體、學習韓國熱舞，我寧願選擇可以暢快流汗的打球、與男生勾肩搭背打打鬧鬧、學習可以保護幼小的跆拳道。
加入排球校隊後很開心，還結識二班也熱愛打球的魏芊芸。集訓時必須整個下午都在太陽下跑跳，能脫離無聊的數學課，所以整學期都很爽。
因為放學後必須留校訓練，岳融大多獨自回家，有時也會留在球場邊的大王椰子樹下，邊寫功課邊看我們練托球和墊球。
「婇婇，為什麼他有時會跟在我們後頭回家？」
魏芊芸在結束練球後第一次察覺岳融跟在身後時，好奇地問。
對此習以為常的事我懶得解釋，半開玩笑說：「他啊，幫我揹書包的書僮。」說完還把書包往他扔過去。岳融居然輕巧地接過，就掛在自己另一邊肩頭。
「這麼好？」魏芊芸吐吐舌頭。
「妳不信啊？喂，岳融，你過來。」
岳融上前了兩步。我問：「作業呢？」
他立刻從書包裡取出我的作業簿。我亮給魏芊芸看：「哪，他都幫我做完了。」

魏芊芸不可置信地接過作業簿：「哇靠！也能幫我寫嗎？」
「那妳轉來我們九班吧。」
想不到岳融居然說：「其實也是可以的。」
魏芊芸聽了笑得燦爛。我認為岳融應該是喜歡她。
雖然我喜歡的是鐵凜威，但對於岳融居然答應幫她寫作業，還是有點小不爽。
幾天後有次上學途中我想起這事，問他：「你又不是二班的，幹嘛答應幫芊芸寫作業？」
「這樣子的話，妳問她關於小威的事，她比較會告訴妳。」
「小威有什麼事我直接問他就好了，哪需要透過芊芸。」
「小威不喜歡太主動的女生。」
「你怎麼知道？」
「小威有時候會來找我玩。」
原來是為了我？我一拐子挾住他頸子：「月光鼠，想不到你還蠻有頭腦的嘛。」
從此鐵凜威在二班的一舉一動，透過線民芊芸的耳目，都在我的掌握之中。
鐵凜威早餐喜歡吃蘿蔔糕，我經常帶著煎蘿蔔糕衝進校園；飯後愛吃甜點，午飯時我經常帶著便當和甜點，到二班教室門口等他。
起初他也頗開心跟我一起午餐，一起聊以前同班時的同學、聊發生在他們二班的趣事。我有芊芸提供的二班情報，搭配岳融提供的巧克力蛋糕，時光真是過得滿是粉紅小泡泡。
直到那天我一如往常拎著便當和甜點，踩著輕跳來到二班走廊上，沒瞧見他在座位上，身後有人拍我肩：「找小威？他不在喔。」
返頭發現是芊芸，我趕緊拉她到人少的樓梯間：「他請假嗎？」

芊芸臉上表情古怪：「他被楊喜慧約走了。」她在手機滑幾下翻出照片，移到我面前。是那個曾笑我顏面神經失調的女生。

那女生和鐵凜威一起坐在校園的榕樹下吃便當，兩人笑容燦爛如花。

不知情的人見了，都會覺得他們是天造地設的一雙金童玉女。

我卻覺得他們是姦夫淫婦般紙紮金童玉女，想把他們扔進金爐裡燒了！

我恨恨地返回自己教室，恨恨地打開便當，恨恨地啃吃，再恨恨地把甜點掃進肚裡。

「今天妳怎麼沒跟小威一起吃蛋糕？」岳融洗完便當盒進來，撞見我把兩塊蛋糕吞了，發傻了問。

一肚子氣正無處宣洩，我揪住他衣襟猛搖：「都是你害的！」

「哇哇哇哇哇，輕點輕點……」他被我搖得踉蹌欲跌，哀哀亂叫。「到到到底發生什麼事了？」

「沒事。」我推開他，跑進女生廁所偷偷流淚。

失戀原來這麼難過。世界好像已經走到最後一天了。

上完下午的兩堂課後就到球場。今天練殺球。

我把手中排球當鐵凜威和楊喜慧殺，殺得震天價響。隊友都看傻了眼，只有芊芸知道我發生了什麼事。

教練老師很快就說：「今天殺球的技巧只有溫巧婇最正確、最有氣勢，可以先下場休息。其他的人繼續練。」

我真想跟老師說：這哪需要怎麼練，被人甩了自然就有氣勢了。哼。

坐在場邊擦汗，我仰頭灌礦泉水，瞥見場外岳融坐在石板長椅上，書包放在雙腿上墊著，低頭很認真在寫家庭作業簿。

想起中午推他出氣的事，我走過去隔著鐵網圍籬喚他：「月光鼠！」

聞聲抬頭，他隨即放下書包和作業奔過來：「嫊嫊妳可以回家了嗎？」

「還要等一下。呃，那個，中午的時候——」

「中午的時候小威是因為不好意思拒絕楊喜慧，才跟她一起吃飯的，妳不要誤會，他不太會拒絕別人，他沒有說不喜歡跟妳一起吃便當，所以明天——」

「你嘰哩呱啦說一大堆是幹嘛啦。」我沒好氣地打斷他。

他怔住，搔搔後腦：「我以為妳在生氣？」

「我生氣也不是對你。你不用這麼緊張。」

「可是芊芸說妳是因為小威他和楊喜慧……」

「你還跑去問芊芸？喂，不准給我亂傳，知道嗎？不然我打斷你狗腿。」

「我沒有亂傳，我只是問芊芸中午發生什麼事而已。」

「聽你放屁。那你怎麼會知道小威怎麼想的？」

「呃，對啦，我還有去找小威。」

「誰准你去找他的？」

「我……只是剛好在廁所遇到他。」

「算了啦，連謊都不會掰。我們還要練一會兒，你今天先回家吧。」

他臉上有放鬆的表情，大概覺得沒事先提供小威移情別戀的情報，我沒再怪他，有種解脫感。「我可以等妳——」

「不用了。」我甩甩手離開，忽然又轉身：「喂，你應該會過馬路了吧？」

「會了、會了。」

「過馬路用跑的會被撞死，聽到沒？滾吧。」

望著他揹著沉重書包，愈來愈小的背影，忽然想起剛剛明明要道歉才叫他過來的，怎麼又變成恐嚇了呢。嘖。

結束訓練我和芊芸一起步出校園。在路口分道揚鑣後，才踏進「老貓咪冰品店」的騎樓下，一個身影突然竄出，我立馬往他小腿踹了幾腳：「你要嚇死我呀！」

「妳看這個。」他舉起一個白紙盒在我眼前晃，然後塞到我手裡。

「什麼啦。」我邊走邊打開：咦，好漂亮的小蛋糕。

一隻白巧克力做成的馬爾濟斯小狗，對著我展露可愛的笑。「送給妳。」

「你哪裡買的？真可愛耶。」

「吃了吧。」

「誰捨得吃啊，這麼可愛。」

「那妳冰箱還可以放三天唷。」

「咦，你不是回家了嗎？」

他從書包拿出作業簿：「下午妳有兩堂課沒上。這是老師交代要做的作業。」

「這次我月考的成績超爛，再這麼爛被珞琪笑死，所以我決定戒掉抄你作業的壞習慣。」

他怔了一下，默默把作業簿收回書包裡。「那如果妳有不懂的，可以問我。」

我聳聳肩不置可否，往回家的路上邁步。

「看到妳有精神了，我就放心了。」因為矮小。他加快了腳步跟上。

我知道他在講什麼。「其實我沒那麼喜歡小威。」

「……？」

「你說他不太會拒絕別人。所以他跟我一起吃便當，應該也是不知怎麼拒絕我吧。」

「……」
「與其等他厭煩了甩掉我，不如我先甩掉他。」
「……」
我彎進家門前的公園，在長鐵椅坐下，打開手中的紙盒，望著那可愛的馬爾濟斯蛋糕說：「你聽懂我在說什麼嗎？」
他搖搖頭：「他又沒有說不喜歡妳，怎麼會甩掉妳？」
「你不是說過小威喜歡講話細聲、個性溫柔的女生？我高興時超愛大笑，生氣時愛亂罵，平常動作又粗魯，你覺得我是他喜歡的類型嗎？」
他搖搖頭。他馬的，搖得還真快。
「小威不喜歡太主動的女生，也是你告訴我的吧。那早餐午餐都是我去找他一起吃，你覺得我是矜持的女生嗎？」
他又搖頭。這次更快。
我一掌巴他在後腦：「你就不能假裝想一下嗎，或至少搖的慢一點可以嗎？」
他摀住後腦，痛得皺起了眉頭：「想什麼呢，妳說的很對呀。」
「那你到底知不知道我中午在不開心什麼啊。」
這次他真的想了一下：「不就是小威跟楊喜慧吃便當嘛，但我覺得那也沒什麼啊。」
「唉，你還太小，不明白的啦。先被男生甩掉，是很丟臉的。」
他怔了，這次認真的想了好久：「可是妳先甩掉他，他不會覺得丟臉啊。」
換我怔了，他講的好像有道理又好像哪裡不對勁。我頂著白眼想半天，覺得有些煩：「唉，算了啦，隨便啦。」我站起身，頭也不回就把他扔在公園裡了。

那時的我才小五。小學生的失戀，不過失落一下午，打一場球、一個甜點、和岳融裝大人般聊聊就療癒了。

第四話

「嫊嫊妳快來！」路琪衝進教室時，我正一邊啃英文文法、一邊挖鼻孔抒壓。

「怎樣了啦。」我不耐煩地白她一眼。

她不理我臭臉，硬把我從座位上拉起來衝出教室：「有人找妍婷麻煩！」

「快去跟學務處報告啊。」我被她拉著走。

「學務主任不在，不知死哪去了。」

「可以不要把我扯進去嗎。」

自從上個月在校門口無意中撞見一個國三學姊被她在別校的男友欺負、我挺身而出解救後，什麼「神力女超人正義護學妹」、「國一學妹打爆F中渣男，帥度爆表」亂七八糟的標題文章充斥網路各大八卦論壇，讓我名聲大噪。

走在校園裡老覺得背後靈跟著，還察覺有人拿手機偷拍我，搞得很煩。

最誇張的是，居然還有周刊記者在網路校園板看到討論被推爆，以為是什麼校園美女，來學校裡要採訪。

結果發現我只是個臉上還有嬰兒肥的短髮妹，失望立馬寫在臉上。

不過他還是不想白跑一趟的問了該問的問題。

「沒什麼啦，就，那個男生聽說是那個學姊的男友，當街打人，學姊哭得很大聲都沒人敢上前救她。

旁邊有人說學務主任接獲通知後認為是發生在校門外，不歸他管。我覺得很誇張，氣不過就上前質問那個男生——」

「等一下，那男生長得怎麼樣？」他盯著我尚未發育的胸部，沒精打采地問。

怎麼樣？不就跟你一樣是個猥瑣渣男嘛，還能怎麼樣……

正當我努力搜尋形容詞以免讓他有指桑罵槐的聯想時，身旁的胡妍婷插嘴：「厚，個子比婇婇高大，手臂上的肌肉還看得到黑龍刺青，好可怕。」

「是喔……」瞄見妍婷飽滿的胸部，猥瑣記者精神立刻一振，連聲音都起立敬禮了。「那溫同學是怎麼對付他的？」

「婇婇往他腿上就是一踹，趁他痛得鬼叫時，一把就拉走學姊衝進學校。」妍婷用崇拜的眼神看著我說。

「萬一沒踢到，豈不危險？」他把視線移回我身上，神情又暗淡了下來。

我聳聳肩：「我小學六年級時學過跆拳道。」

「婇婇已經是黑帶了。」妍婷提高音調強調。

猥瑣記者嚇到，終於正視我的視線：「難怪妳胸有成竹。」

對，上了國一我還沒進入青春期，所以胸部像竹子般瘦。

幾天後珞琪從家裡帶來周刊，說已經刊出了關於我的報導。

標題是「L國中無敵爆奶妹狠踹賤男，勇救受暴學姊」。

「咦？」我翻回目錄找半天，滿頭問號：「妳不是說有我的報導嗎？」

「就剛才那篇呀。妳又回去找目錄幹嘛？」

我快速翻回那篇報導，標題下方是一個穿著泳裝，擠出半顆奶露出淫笑的女生照片。我傻在那裡：

「沒呀，這不是我啊。」

「就是妳呀。」旁邊座位上的珞琪嗑著早餐，提高音量企圖說服我。

我拉開衣領向胸部確認，再將視線移回手上的周刊：「這女的就不是我啊。」

她從蛋餅盒裡抬起頭，不可置信地看著我：「沒吃早餐餓昏了嗎，妳怎麼可能長的跟那個寫真女星一樣。我是叫妳看報導的文字！」

蛤？居然有這種事……

仔細看過報導，說什麼代替月亮懲罰惡人的美少女，路見不平助拔刀相助，除了加油添醋把我塑造成俠女外，還是看不出跟那個露奶女有什麼關係。

「為什麼要用這種照片？」

「增加翻閱率。因為男生愛看呀。」

「可這是關於我的報導，為什麼不用我的照片？」

珞琪朝我胸部瞄一眼，用很刻意不傷自尊的語氣說：「那這篇報導可能會被讀者跳過，直接翻看下一篇。」

從此我有些討厭管別人閒事。管完閒事總被人品頭論足，外表又不是妍婷那種甜心型或珞琪這種氣質型美少女，身上被視線掃來掃去，感覺很噁。

無奈援救學姊事件後，三不五時總有什麼小貓被困樹上的鳥事、隔壁班女生打架要人評理的怪事、樓上學長打架需要排解的江湖事找上我。雖說爬大樹不是難事，評理後被不服一方罵不是衰事，排解不開自己跳下去打兩拳也算爽事，但總覺得煩。所以現在又被珞琪拉著要去救人，嘴上怎麼樣也會說不想要。

但看到楚楚可憐的妍婷哭得淚眼漣漣，想要伸張正義的身體卻很誠實，不自覺開始活絡指頭關節。

五個高大的女生圍著妍婷，粗聲厲氣的指責她。

校服上學號顯示她們是二年級的學姊。我一旁聽了，就知道發生了什麼事。

妍婷和珞琪今天是值日生，中午到廚房抬便當，顯得很吃力，某個路過的學長見狀好心上前幫忙。家教良好的妍婷禮貌地跟學長聊了幾句；學長覺得妍婷可愛，跟她要了手機號碼。殊不料事情被鄉民傳開，到他女友耳裡時傳成妍婷勾引學長。

現在這些學姊就是仗義來為那位女友學姊出氣，大家展現浸豬籠興致極高的問罪氣勢，把妍婷嚇到哭。

「呃哼。」我清清喉嚨，打斷她們：「學姊們好。」

她們上下打量我。其中一個金剛芭比冷問：「妳哪位？」

「和胡妍婷同班，我叫溫巧婇。」

「沒事的人回教室去。」

「我有點事想幫妍婷澄清。所以恕難從命。」

「澄清什麼？」

「妍婷不可能去勾引學長，大家誤會她了。」

「我們有目擊證人耶」、「明明有說有笑，哪來什麼誤會」、「同班的當然幫她的嘛，怎麼可能有誤會」

望著七嘴八舌嗆我的嘴臉，超想賞她們一人一腳。但我居然忍住了。

因為忽然想起一句話：「其實不動手就能救人，比動手才能救人，更帥。」

講這話的人，當時滿臉是血的模樣，浮現在我腦海。

等她們嗆滿意了，我才繼續說：「妍婷喜歡的是女生，她勾引學長是要幹嘛。」

空氣突然的安靜……

妍婷的臉僵掉。路琪的臉硬掉。

剛剛說這話的人是那個名叫溫巧媃的天兵嗎？內心居然這樣懷疑我自己。

金剛芭比滿是狐疑睨我：「怎麼證明？」

呃，怎麼證明……當初那個滿臉是血的傢伙沒跟我說還有什麼證不證明的問題啊……嘖，這麼麻煩，乾脆動手比較快吧。

就在我不耐煩，捲起袖子準備出手之際，妍婷突然衝過來抱住我手臂：「因為我喜歡的人是她啊。」

蛤？這……傻望她深情款款的注視，心想她也未免太會演了吧。

既然這樣，救人為先，我也摟住她的腰：「這種事，哪需要什麼證明。」

學姊們一陣錯愕，臉上表情瞬間變軟。

「出櫃真的需要很大勇氣耶」、「原來是這樣」、「個子一高一矮、頭髮一短一長，一個沒胸一個有胸，其實很配耶」……

周遭圍觀者紛紛議論，甚至有人感動拭淚，學姊們才露出歉意撤退。

只有金剛芭比拿出手機拍照存證。

雖然解了危機，但這次好像沒有以往的帥感，反而有不祥預感。

岳融衝進老貓咪冰品店裡時，街上正在下雨，我正在生氣。

入座後，他取了面紙擦拭臉上的雨水：「找我幹嘛？」

升上國中後，我們被分在不同班級，加上放學後我要直接去補習班，不再像小學時上學放學都走在一起。現在有事還得發簡訊約時間才能找到他。

幾個月不見，他的身高好像抽長了些。

把周刊往他面前一甩，我撇臉朝向窗外生悶氣：「都是你害的！」

他滿頭問號翻了幾頁，找到那篇關於我的後續報導。

我和胡妍婷相依的照片被登在「L國中無敵爆奶妹出櫃，偕女友高調示愛」的標題下，內容從第一字到最後一字都是假新聞。

死金剛芭比！死猥瑣記者！

「唉，原來妳是——」他很認真從頭到尾看完，輕嘆道。

「我不是、我不是！你明明知道我不是！」

「冷靜、冷靜。」向附近客人頷首致歉，他把周刊還給我。「那是怎麼回事？」

我嘰哩呱啦把事情前因後果講了一遍，其間嘩啦嘩啦夾雜髒話罵了一遍。

「原來如此。」他啜了口冰沙，輕鬆自在地說：「這有什麼好氣的，勇敢伸出援手，有能力幫助別人，我覺得妳很帥啊。」

聽他這樣說，火氣不知為何頓時消了一半，不過我還是扁著嘴道：「可是被誤會是拉子、被當成是T仔，還是很不爽。」

「珞琪、妍婷她們應該知道妳只是權宜之計、配合演出而已吧。」

「哪是呀！」

他盯著我幾秒，咬著的吸管掉下：「妳、妳的意思該不會是……？」

「就是！」

回想那天，我們進了教室，直到有人突然對我說：「婇婇，妳手受傷了嗎？」才察覺妍婷挽著的手臂還沒放開。對上她的眼神，某種異樣感覺突然襲上……我要自己別胡思亂想，故作坦然對她說：「已經沒事了。」

「謝謝妳，婇婇。」她雙頰泛紅說：「妳對我真好。」

「這沒什麼。」我緩緩抽回自己的手臂。因為她的眼神太……摯熱。

「會不會是妳想多了？也許妍婷是真心感謝，臉紅是因為天氣太熱——」

「屁啦。那天之後，她每天帶早餐來給我、上廁所要我陪、還報名同一家補習班，放學抓著我書包帶子要跟——」

「我看很多感情要好的女生不是都這樣嗎。如果覺得煩，妳可以拒絕呀。」

「可是珞琪說，我直接拒絕妍婷，妍婷一定會受傷，搞不好她會想不開。」

「搞不好她只當妳是閨蜜，妳卻把事情想像成這樣。我還是認為妳想太多。」

我急得跺了兩下腳：「沒有女生喜歡你被你發現對不對？你根本不知道那種感覺。」

「妳是說直覺啊？」

「對對對，就是直覺。直覺告訴我，妍婷她是真的喜歡我。」

「是喔。」他搔搔後腦，偏著頭說：「有人喜歡妳，妳不是應該高興嗎？」

「問題是，她是女生啊。」我沮喪地說。

「妳就把她當做一般朋友相處，就好了嘛。」

我伸手一把揪住他胸前衣襟：「說的輕鬆！你給我想辦法！」

「為、為什麼是我要想辦法呀……」他身子往後抵抗，還是不敵我的蠻力。

「因為一切都是你害的！不動手就能救人，比動手才能救人更帥。」我瞪著他說：「這不是你告訴我的嗎？我照你說的做了，為什麼變成這樣？」

他聽了放棄抵抗，無奈地說：「我有說錯嗎。」

「但你沒告訴我結果會是這樣！」

知道自己任性，但看在當年我帶他過馬路的恩情上，這事就要賴他負責。

他想了半晌說：「根本解決之道，妳以後學會做個純女生，她就會找別人了。」

「純女生？我哪裡不像女生了？」

「妳哪裡像女生了？」

我一拳搥他手臂：「找死啊你。」

他猛搓手臂，臉皺得像包子：「我是說妳是帥氣俠女，是一般單純女生比不上的。」

「學做純女生就真的能讓妍婷死心，你保證？」

「我又沒被女生喜歡過，也沒被同性喜歡過，哪能保證。」

「是說，你還記得當初說過不動手救人更帥這樣的話吧。」

那是六年級上學期快結束的前幾天。

整學期都忙著排球訓練，上周還參加校際賽。得冠軍的開心不過兩天，就必須面對學業落後的壓力，所以周末還約珞琪、岳融一起到麥當勞啃書。

珞琪已經把社會課的進度告訴我，還幫我畫了重點後，月光融融才進來。

我注意到他走路的樣子有點怪：「你怎麼一跛一跛的？」

「沒什麼。」他放下書包，說要先點薯條和飲料，就往櫃檯去。

珞琪馬上說：「他去惹到四班三虎，被他們霸凌腳踝才扭傷的，還說沒什麼。」

六年四班有三個臭男生，家長都有權有勢，捐錢給學校都毫不手軟。校長和學務主任感恩戴德於家長的貢獻，對於他們經常欺負別人的惡行總是規勸一番了事，他們因而有恃無恐，被冠上「三虎」惡名。

其中還有個我們的老朋友：許國永。升上六年級他身高抽長、臉也抽長成馬臉。

爭議從五年級就傳開，大家都慶幸沒人遇到，只把三虎的事當聊天話題。想不到我忙於球賽之際，岳融居然已遭他們毒手……

聽說他是為幫一個低年級的忙，得罪了三虎。

得罪三虎？膽小如鼠的他敢得罪三虎？

月光融融端著飲料和薯條回來。望著他走路的樣子，確定腿有傷。

先讓他教我最近數學上課的內容；珞琪也不時加入討論。

「吃東西喝飲料吧。」一小時後都搞懂了那些惱人方程式後，我闔上作業簿，拿起可樂一飲而盡，還打了個嗝。「如果不是你們幫我，期末考我怎麼辦哪。」

珞琪知道我要幹嘛，露出詭異的笑。只有月光融融掉以輕心地傻笑。

「岳融，你長大了。」

「蛤？」半睜著眼、垂著八字眉望著我，他樣子傻傻的，超級呆萌。

「你長大變聰明了，功課變好了，我們都需要你幫我們複習數學。」

他不好意思地笑了笑，又吃了根薯條。

「你長大變懂事了。會自己過馬路了。」

把薯條包移到我面前，畢竟從小一相處至今，彼此也有默契，他忽然察覺我話中有話，隨即綻出疑惑的表情。我憋忍笑意：「你長大變大膽了，居然敢去得罪四班三虎了，齁？」

「……哪有。」

「你長大了，膽子也大了，居然敢對我說謊了。」

他不知所措的模樣超困窘。

我臂彎狠夾他後頸：「你忘了是誰教你過馬路的？」

他漲紅了臉：「……妳。」

「那還不說！三虎為什麼整你？」

「是我自己講話不注意。」

想不到他硬是不說。箇中到底有什麼隱情？他講話向來和善有禮，認識他以來從未與同學發生爭執，在班上永遠是最安靜的那個，他會因為講話得罪人，那就像要求政客不說謊一樣不可能。

我放開他，正經地問：「那你說了什麼？」

他凝視我幾秒，移開視線：「是我自己不對。」

想不到這小子居然也有倔強的一面……那天後我開始密切注意他。下課後我偷偷跟著他。放學後若要去補習，也請珞琪幫我跟著他。

幾天後就發現了隱情。

一個四年級的學妹放學後悄悄飄近，不知在跟岳融說什麼。

哼哼，原來是在偷戀愛！難怪不敢說。還以為他喜歡芊芸，原來另有小女友。

他帶著她步出校門，往回家相反方向走。

穿過幾條街後來到一條小巷，止步目送她進了一棟大樓，才掉頭獨自回家。

溫馨接送情？月光融融很會嘛。我遠遠跟在後頭，暗自竊笑。

知道了答案，第二天我就決定不跟了。

講給珞琪聽。珞琪納悶說：「如果這樣，也不會被三虎打跛了吧？」

「咦，也對喲。」我暗罵自己神經怎麼老是這麼直。「難道學妹是被三虎的誰看中，被岳融橫刀奪愛才——」

珞琪的眼睛因為我說的這種八卦劇情而亮了：「岳融這麼帥？不會吧。」

第二天我才知道，岳融比我們想像得還要帥太多。

課後清潔時間時，我拖著掃帚，與珞琪有說有笑要去倒垃圾。走過四年級教室區前，聽到異樣吵鬧聲。我們擠上去，問圍觀的人發生何事。

三虎一起欺負那個四年級的小學妹，把小學妹嚇哭了。據說大家都遠遠圍觀，只有岳融上前勸阻：「她不是故意的，你們不要這樣！」

「蛤？又是你這個矮子？」

「你怎麼知道她不是故意？灑水把我的鞋子都淋溼了，該怎麼辦啊？」

小學妹揉著哭腫的雙眼：「嗚……是他們自己踢倒水桶的……」

「什麼？我們走路又不是沒長眼睛，怎麼可能妳在拖地我們故意踢水桶！」

「因為……因為你笑我胖，要我承認自己很胖，我不要。」

「妳不承認也沒關係，反正妳就是胖。」馬臉男許國永直接這樣說，平頭男和橫肉男立刻放肆爆笑。

臉上有嬰兒肥的小學妹因此哭得更淒厲。

這時岳融向他們彎身道歉：「算我不對，我向你們道歉。我幫你擦鞋。」語畢就蹲下去用手心幫橫肉男抹拭鞋上水漬。

想不到橫肉男一腳踹開他：「拿開你手，搞髒了我鞋啊你！」

岳融不以為意，馬上站起身：「那你們別生氣了，這不是她的錯，就像你臉上有橫肉也不是你願意的吧。我代她父母向你道歉。」

「蛤！你說什麼！」橫肉男狠推一個踉蹌，岳融竟還不停口：「就像他臉長得像馬、他頭像草原，也不是什麼錯嘛。」

居然還去惹另外兩個！

接著他們三個就對抱頭蜷縮在地上的岳融一陣拳打腳踢。

岳融忍著，痛到喘氣：「……輕點……輕點……唉喲喂呀，好痛……輕點……」

珞琪轉身跑去報告老師。小學妹嚇到逃走。圍觀男生都面露懼色、女生都嚇到摀嘴。

膽敢欺負我的融融！火在肚裡燒得熱血沸騰，我衝上前去：「喂！住手！」

聽到氣壯山河般大聲喝斥，他們霎時愣住，全都轉頭望向我。

第五話

「六年九班溫巧媃、六年九班溫巧媃，請馬上向學務處報到。」

才剛從廁所回來，就聽到學務主任用廣播呼喚我。

主任的臉很臭。三個珠光寶氣的中年婦人臉更臭。整個室內裡充滿肅殺之氣。

橫肉男臉上貼著繃帶變喪屍。平頭男頭上的繃帶綁得頗像印度人。

至於馬臉男許國永……褲子外表看起來鼓鼓的。他的那裡應該腫了一大包。

岳融垂著頭、直挺挺站在中央，被他們圍著公審。

主任問我昨天是不是有動手打三虎。我說是他們先欺負四年級的小學妹。

主任說我只問妳有沒有出手打人妳跟我說那麼多幹嘛。我頂嘴你這查案態度不對，要知道無風不起浪，無潮水自平。

主任聽了一陣錯愕，隨即臉歪嘴斜，喝斥說廢話什麼，看看妳把人家打成什麼樣了，還敢找理由狡辯，死不認錯。

我不服，回嘴說：他們裝的！打不過我就裝死，孬種。

砰的巨響，主任猛力拍桌子站起來，看不出來是生氣還是手痛讓臉頰通紅，震驚和暴怒演得很到位，噴著飛沫罵：剛剛聽岳融說妳一個弱女子怎麼可能戰贏三虎喔不是是打得過小永他們三個我也有點懷疑，現在看妳這種態度就知道小永所言不假，如果不處罰妳怎麼對得起本校先聖先賢吧啦吧啦個沒完。

我瞄了岳融一眼，他使眼色，要我謙卑、謙卑、再謙卑。

我隨即謙卑地說抱歉主任，打斷一下，請問小永是誰。他說是許國永。我喔了一聲說請繼續，卻瞥見許賤人在主任背後比了個耶，表情由苦情變成色情。

如果今天你們兩個不跟小永他們道歉，就記大過並且通知家長帶回管教。

岳融聽主任這樣說，立刻向三虎鞠躬說對不起，害你們受傷了我很抱歉。

我也想道歉，但脊椎硬、膝蓋硬，拳頭更硬。身子不知為何硬是彎不下去。是非不分、顛倒黑白的歉我道不下去。

岳融又對我使了個眼色：謙卑、謙卑、再謙卑。

我看著岳融的眼睛，使出了洪荒之力抵抗自己的良心，終於很謙卑地說了：如果你們跟小學妹和岳融道歉，我就跟你們道歉。

橫肉男大喊天理何在，平頭男抱他媽大腿叫傷口好痛，馬臉許賤人則癱軟在他媽懷裡哭著要轉學。臉上擦脂抹粉的貴婦一個大罵我無法無天、一個揶揄本校教育真成功、另一個乾脆要陳主任下台負責。

陳主任趕忙安撫，然後氣呼呼地拿起桌上話筒，說要叫我家長出來。

岳融滿是抱歉地看著我，彷彿是他害了我。我只覺得他沒出息，居然向惡勢力低頭，也不想想昨天自己滿臉是血的模樣，來理論的應是融媽才對，怎麼是三隻惡虎的家長在這裡發潑作妖。

昨天我問他幹嘛對三虎講那些討打的話，他居然說：其實不動手就能救人，比動手才能救人，更帥。

被打到滿臉是血了還帥？你不但長不大，還傻了吧。

所以我瞪了他一眼，就把臉轉向另一邊，卻瞥見走廊上被主任叫罵聲吸引來的圍觀者擠滿了窗邊，其中有一張臉寫著失望與同情。

那張臉好帥唷。
顯然他想起了三年級時我當班長、他當副班長時被叫來學務處的痛苦回憶。失望顯示他認為我三年來個性完全沒改。但同情，表示他對我還有情分在。不管是喜歡之情還是憐憫之情，只要有情分在，就有機會。
放下電話後，我和岳融被主任持續罵了半個小時；這段期間我靠欣賞窗外小威的帥臉，才能以充耳不聞抵擋主任的吠聲。
劣勢直到溫夫人出現在學務處門口，風向才開始轉變。
辦公室的門啪地一聲巨響被推開，一陣狂風吹亂了每個人的眼、襲捲了大家的流海——當然，平頭男和禿子陳主任是沒有流海可捲的。
身著高領風衣，嘴角含著牙籤，彷彿踩著雲朵般的慢動作，加上雷朋墨鏡形塑的酷更添帥勁。眾人震懾於如此英雌本色的造型之際，墨鏡取下後兩道銳利如鋒的眼刀四處掃射，被掃到的人無不背脊惡寒，深覺來人背景並不單純，尤其那句陰森冷恻的：「陳主任是哪位？」，更讓主任兩腿不自覺夾緊以免閃尿。
主任小心翼翼問明來者身分後才鬆了口氣，三名貴婦面露鄙色。但溫夫人不為所動，依舊維持高貴氣質與身段。陳主任開始指控我暴力刁蠻不受教，幾乎把我抹黑成十惡不赦的大姊頭，加上三虎在旁邊一把鼻涕一把眼淚的悲催，以及三名貴婦又是疼惜又是哽咽的表情，不知情的路人經過學務處無不誤認我把三虎拖進草叢裡怎樣怎樣了。
值此風雨飄搖的晦暗，冷眼面對千夫所指，溫夫人如護國神山般屹立不搖，充分召告天下她是將何等優秀的基因遺傳給我。在無情砲火猛轟暫歇後，她只冷冷回應：「能讓我問一下我女兒嗎？」

「溫巧媃，妳自己做了什麼，老實跟妳媽說。」主任恨恨地對我說。彷彿他的頭髮是被我拔光的。

正要從頭解釋，溫夫人直接打斷：「我只問妳，妳有沒有打他們三個？」

我怔了三秒：「……有。」

主任立馬展現妳看吧妳看吧的得意。三名貴婦一副看妳這張老臉往哪裡擺的爽樣。三虎則直接拿出乖乖和蝦味鮮嗑了起來。窗外圍觀的眾生莫不露出溫巧媃這下子死定了的同情。

殊不料溫夫人話鋒一轉，對三名貴婦開火：「妳們現在是要鬥死我們全家嗎？小時候誰沒罵過人、誰沒跟人打過架、誰沒被人欺負過？妳嗎？妳嗎？還是妳？蛤？妳敢說自己是聖女、是媽祖還是上帝？妳們從沒罵過人沒跟人打過架沒跟人起過衝突的人就拿石頭砸死溫巧媃好了，我沒話說！小孩子打打鬧鬧大人就要興師問罪學校還怎麼辦下去，來學校舉白布條抗議還是上街遊行妳的小孩就會成為偉人嗎？搞不好長大後變成陽萎之人也說不定，不要以為不可能因為報應快得讓妳措手不及，妳們出生就含著大金條吃三代所以可以終日閒閒來學校鬧鬧，我和我老公每天為柴米油鹽做到流汗拉拔兩個孩子、一個巧媃就被妳們嫌到流嘴沫以後我日子還怎麼過，要我死在妳們面前妳們才甘願嗎？」

都以死明志了，誰還敢再多說一句？

三名貴婦嘴角一陣哆嗦，把目光甩向陳主任。陳主任靠勢選邊，但也震懾於我媽氣場太強大，只好放緩語調：「溫太太您先別激動，今天請您來是想要討論一下怎麼約束巧媃的個性，畢竟她犯了錯，不處罰的話對於人家家長也是很難交代，這是學校的立場，請您體諒。」

「我很體諒。要怎麼處罰，主任說吧。」

不愧是溫巧媃之媽。豪爽。

「一個大過——」

「蛤——？」三名貴婦異口同聲。

「一個大過可能還不足以讓她警惕，兩大過——」

「嗯——？」三名貴婦又發出怪聲。

「嗯屁呀！妳們是嘴裡長瘡膿破流湯嗎？我快畢業了還兩大過，乾脆投胎從小一唸起比較快吧。」我忍不住喃喃自語。

「妳說什麼？」主任眼珠骨碌一轉望向我。

「沒、沒什麼，我說我快畢業了還兩大過，應該從小一開始學習從新做人。」

但是主任沒能體會我是如此謙卑，依然畏懼於三名貴婦的臉色：「兩大過也抵不過三個孩子受到的傷害，乾脆請您幫溫巧媃轉學好了。」

轉學？我只剩一學期就畢業了居然要被轉學！六月飛霜呀！嗚嗚嗚……

「轉學就轉學。權勢可以沒有，財富可以沒有，溫家兒女就是不能沒有骨氣！」

咦？媽，可以不要這麼爽快嗎，要不要再考慮看看啊……

但是窗外圍觀者響起一片掌聲，門外偷聽的老師們也都熱淚盈眶。

唉，人在江湖飄，哪能不挨刀。這一點我小六就有很深的體悟。

「哼哼。」三名貴婦從椅子上起身，心滿意足地步出辦公室。

曲終人散，我媽正準備帶我離開，陳主任說：「請去教務處辦手續就可以了。」

見四下無人，我媽忽然一個華麗轉身，就——跪了下去！

我驚出一身冷汗，岳融也被嚇懵。

「主任、主任，小女脾氣固執頑劣，經常惹禍，我回家一定好好管教，拜託拜託，不要讓她轉學啦，要叫她起床已經很累了，還要接送她到別的學區去上下學太麻煩了，拜託啦……」

媽，妳氣勢非凡的大進場咧？我溫家兒女的骨氣還要不要啊……

主任嘴角抽搐，錯愕地望著拉他衣袖猛搖的溫夫人，最後狠下心說：「不行！」

「好不好啦？好不好啦？」

望著老媽為了我的一時衝動，這般低聲下氣求人，真是自責。

「嗯哼。」已經許久沒出聲的岳融這時清了清喉嚨：「主任，我有話說。」

「什、什麼話快說。」陳主任死命掙扎也無法掙脫我媽的糾纏，無奈地回應。

岳融請我媽先起來，再附耳跟陳主任講了什麼。陳主任愀然變色：「……不、不用轉學了……罰你們勞動服務一個月。」

「咦，真的？」我和媽媽驚訝地同聲問道。

主任瞪了岳融一眼：「不准說出去，否則我也罩不了你們。」

「謝謝主任。」岳融喜上眉梢，轉身就拉著我衝出學務處。

被他拉著跑，到了教室前樹下他才放手。我喘著氣問：「你跟主任說了什麼？」

「沒什麼。反正妳不用轉學，太好了。」

我媽跟上來，笑面佛般：「唉呀，還是融融乖，幫了阿姨大忙，呵呵呵。」隨即變臉女閻王：「溫巧媃妳學著點！害妳老母夏夕夏景，回去看我修理妳。哼！」

雖然當晚就被老媽罰跪面壁，但我不以為苦。因為一直在思索岳融跟我說的那句話：其實不動手就能救人，比動手才能救人，更帥。

往事說到這裡，我關上回憶的窗：「這樣你再想不起來就是失智了吧。」

「喔，好像有這麼回事。」他把杯底最後一口冰沙吸光。「妳這麼困擾，我就幫妳跟她說妳喜歡的不是女生，不就好了。」

「唉，我已經請珞琪委婉的說過了，但妍婷說，巧媃只是還不知道自己的方向，只要有人開發調教一下，她就會知道自己是有潛質的。」

「開發調教是什麼意思？」

我覺得臉上一陣躁，頓了幾秒，壓低聲音說：「……她借了些漫畫要我看。」

「喔，原來只是看看漫畫。同學也常借我看呀，那有什麼。」

「你看些什麼？」

「金田一呀，航海王呀的。」

「她都借我看一些咿呀、喔呀、妳是我的王呀的。」

「嗯？什麼？為什麼妳口齒不清？」

「你才腦袋不清啦。就……兩個女生在一起做那種事。」

「兩個女生做的那種事……聊八卦？」

「唉呀，你還太小，聽不懂啦。」

我賞他個大白眼，取出手機上網找了劇情類似的動漫，點給他看，還特別將耳機塞緊他耳裡。他看著看著，原本滿臉疑惑的表情隨著劇情呆掉、眼睛逐漸睜大、眼珠逐漸僵掉，然後臉頰整個漲紅，呼吸困難到快喘不過氣。

我怕他中風，趕緊拉下耳機搶回手機。

他扶著桌邊、木著表情對服務生招手：「再來一杯抹茶冰沙，冰塊雙倍。」

「這樣你知道了吧。」

「不行，這樣妳唯一的路就是、就是，要做一個單純女生。對，單純女生。」

「怎麼做，你幫我呀！」

「從今天起，妳言行舉止都學班上的女生，愈女生愈好，幾個月後，妳應該就能轉性了。」
「呸呸呸！我是女生！我本來就是女生，哪需要轉性。」
「我我我是說，妍婷應該就知道妳跟她都、都是女生，呃，也不是，應該是說……」他還震驚於剛才看到的畫面，結結巴巴：「她喜歡的是女生、妳喜歡的是男生，妳們不一樣……對，就是這樣。」
「真的啊？」
他沒回答，接過服務生送來的冰沙，用力吸了一大口。壓壓驚。
我要齊珞琪抱著課本，從走廊的那頭走過來，讓我拍她走路樣了。她跟胡妍婷吃午餐、和同學聊天談笑，我也拍。
吃便當時，我盯著手機學她抿嘴吃飯；談笑時也掩嘴，而且小小聲。
這樣辛苦了三天，周末在補習班下課後一起回家。珞琪想起這事問：「上次妳說要學我走路，到底是怎麼回事？」
我說了岳融告訴我的方法。她驚訝到嘴闔不攏：「原來妳在練葵花寶典。」
「喂，妳在笑我像男的，我聽得懂蛤。」我瞪她。
她說想要看我的練功成果。我帶她到公園，放下書包，從樹下走向她。遠遠就發現她的嘴角開始抽搐，最後忍不住抱著肚子蹲下去狂笑。
「幹嘛啦，我很認真的好不好。」
「妳幹嘛學魔鬼終結者啦，笑死我了，呵呵呵……」
「我學妳的耶。」
「最好是啦，我哪這樣呀。」她站起來模仿我剛剛的樣子。

她同手同腳，走得怪異。我不承認：「屁啦，我哪有這樣。」

她要我再走一遍，然後她拍下來讓我看。

唉，她很善良，沒說我走得像陰屍路裡的活屍，已經很對得起我了。

「妳自然走就好了啊，幹嘛刻意學別人啊。」

「可岳融說我走路像男生，才會吸引妍婷的嘛。」

「哪有只因為妳走路姿勢霸氣就喜歡妳這種事。」

「妳剛剛用了霸氣這個詞對吧？」

「我、我意思是說，妳會因為小威走路像個男生妳就喜歡他，不會吧？」

「說的也是。」我是因為小威的顏值……

「說到小威，我昨天在穿堂公告欄上還看到他的名字，他代表學校參加數學競試得到第一耶，好強喔。」

「上國中課業變重，好久沒遇到他了，想不到他還是那麼優秀。」

暗自發誓一定要變成淑女，改變鐵凜威對我的印象。

想不到第二天中午，我和珞琪、妍婷相約在麥當勞K書，就遇到了鐵凜威。

那時邊唸英文邊聊天，唸到snore這個單字時，我們聊到班上的蔡子芬上課打瞌睡，被公民老師叫醒，迷糊惺忪間還發出豬嚎般鼾聲時，因為妍婷學得太滑稽，我忍不住放聲大笑。

笑到一半，手肘被珞琪推了推。順著她使眼色的方向望去：三個男生剛推門進來愣在那裡，六道目光全部射向我。

我立即斂起笑容……完了完了，剛才笑得太豪邁。

妍婷背對門口不知情，還繼續講蔡子芬在班上的糗事。我聽得分心，眼神不時飄向他們那邊。但妍婷實在模仿得太像，我不小心瞥到她把鼻孔抬起來學豬的樟樣，終於忍不住爆笑出聲。

鐵凜威他們點完餐，又被我笑聲吸引，其中一個男生認出我是誰，忽然大叫：「咦，那不是以前九班的婇哥嗎？你們還記得嗎？就是很凶惡、敢跟男生打架的那個女生呀！」

我當他巧遇粉絲太興奮，不跟他計較。

「婇哥？」洛琪低下頭，小聲揶揄我。

我忍住，回道：「他搞錯了。是婇爺。」

我們偷笑。沒注意到妍婷返頭發現了鐵凜威，起身跟他揮手。

鐵凜威有點意外，走過來跟我們打招呼：「嗨，這麼巧。」

眼睛還是那麼漂亮。身形看來比我高了，還有還有，他變聲了。

幾個月不見他好像長大了，講話像個少年紳士：「妳們在溫書啊？」

「你們找不到座位嗎，可以來這裡一起坐啊。」妍婷說。

「可以嗎？」他可能不想跟我們坐，抬頭環顧四周，但身邊那個大嗓門的男生說：「好呀、好呀。」就把他推入座位。

他剛好坐我正對面！天公伯啊，我感謝你！呵呵。

不由自主併攏了桌下雙腿，我拇指和食指輕輕捏起一根薯條，優雅抿嘴地吃。

聽到洛琪、妍婷和他們聊天，我始終低著頭寫著作業簿，耳裡只選聽他的聲音。只有在他們發出笑聲時，才禮貌地抬頭望他一眼，微微一笑。

應該只有露八顆牙齒吧。

聊過一輪終於注意到我，鐵凜威忽然問：「妳們的英文已經教到這裡了喔？」

抬眼發現他看著我的作業簿，我輕聲細語：「嗯。我們英文老師很厲害。」

「是……咦，是郭老師嗎？」
他偏著頭想事情的模樣也好帥喔，怎麼辦……我的手心好像出汗了。
「嗯。你們班好像也是被她教的。」
「記得妳小學時候就對語文很感興趣，成績也不錯。」
「嗯，想不到你還記得。」
「妳現在還打排球嗎？」
我搖搖頭，半張臉隱在頭髮後，含著嬌弱說：「太累了，現在功課很重。」
「唔。的確。」他點點頭，咬了一口漢堡。
這時有人橫空插嘴：「媃哥，妳現在變好多啊。」
徐大智。本爺記住你了。我望了一眼大嗓男制服上繡著的名字，輕輕將髮梢攏到耳際：「人要學著成長，不能總是那麼幼稚，不是嗎？」
鐵凜威微微頷首，眼裡寫著認同。
胡妍婷和徐大智嘴巴微張，臉上寫著錯愕。
齊珞琪妳抽著嘴角幹嘛，想笑也給我忍著。
「可是妳成長變這樣覺得好不習慣喲，我記得妳以前很豪爽的。」徐大智咧著塞滿薯條的大嘴，一副不知將死的欠打樣。
誰管你習不習慣，滾。
「那是小時候。畢竟，不動手就能救人，比動手才能救人更帥。不是嗎？」
鐵凜威眼睛一亮。我知道他認為我已非昔日吳下阿媃。
但可惡的徐大智還是不肯放過我：「不動手怎麼救人，總要伸手拉人一把才能救人吧，只出一張嘴怎麼帥得起來。我才不信。」

信不信我伸出手上有圓圓的拳頭，從頭敲下去，能把你的屁股釘進座椅裡三天拔不出來長出徐大痔？為了形象，我可以忍：「人家畢竟是女生，動手動腳的……不太好吧。」

不太好吧前面要停頓三秒。這是我學胡妍婷的。上次在校門口有個三年級的男生跟她要手機號碼，她就是這樣嬌羞地說：「我們不認識，這樣……不太好吧。」當下發現那個男生巴不得把她吞了。

徐大智聽了不以為然，吸了一大口可樂，還打了個嗝後說：「可是每個女生都這樣需要別人保護，我們男生很累耶。我們班上還有人常提到以前妳打打殺殺的驍勇，大家都好熱血。」

來人呀，門關上，放狗！

快裝不下去，趕緊低頭閉嘴，以免被鐵凜威發現嘴唇已變成幹字發音的口形。

「對了，三虎中那個許國永在隔壁班，聽說記恨到現在，常說遇到妳一定要報仇。哪天妳跟他要決鬥記得通知，我們一定到場加油。」

「徐大智！別以為你現在聲音粗了臉變肥了我就不認識你，你就是三虎中那個平頭男！」我突然站起來橫過桌子揪他衣領，惡狠狠說：「你這樣挑撥離間又破壞我形象是什麼居心！蛤？」

「婇婇！婇婇！」珞琪急著拉住我的手：「形象、形象。」

「嗚呃咯、咯、咯……」鐵凜威嚇到被可樂嗆到，咳得臉都紅了。

我冷靜下來，發現在座的人都被嚇到，趕緊鬆手：「對不起……」

望著鐵凜威失望的眼神，我超想死。

第六話

「都是你害的！」一見到岳融，我就追著他幾個飛踢。

他嚇到左閃右躲，驚叫連連：「哇、哇、哇……到底我又害妳什麼了？」

在操場邊追了半天，發現他真的很會跑，怎麼踢居然都踢不著他。

我累到一屁股坐在樹下，命令他把掛在書包旁的水瓶交出來，灌了幾大口。

見我拭著嘴角，他思忖半晌：「該不會是跟鐵凜威有關吧？」

我白他一眼，氣他這麼聰明幹嘛，忽然又覺得在鐵凜威面前丟臉的事不能全怪他，就把那天在麥當勞的事說了一遍。

「妳不是女生嗎，怎麼學女生說話就這麼困難……」他很困惑地苦苦思索道。

「喂，我是女生，我講話就是一個女生在說話，為什麼還要學女生說話。」

「不好好學習如何做一個女生，妳覺得小威會喜歡妳嗎？」

「是也……不會。」我無從反駁，只能認命。

「應該說，妳可能要學習成為小威喜歡的那種女生。」

「好難呀。我照你所說的學珞琪、妍婷她們說話，結果只有一種感覺。」

「很溫柔？」

「心好累。」

「……」

「天啊，有沒有什麼速成方法，能讓自己喜歡的人也能喜歡自己呀。」我舉起雙臂吶喊道。他悄悄起身，想默默地飄開。我立刻叫：「你給我回來。」

他又倒車回來坐下：「那種方法連老天都想不出，我能有什麼辦法。」

我掐他脖子來回猛搖：「我不管、我不管，你給我想辦法。」

他努力掙脫，虛脫地問：「為什麼我要為這種事傷腦筋啊？」

「忘恩負義的東西，當初是誰帶你過馬路的、是誰在身後護你周全的，蛤？」

「……給我三天，三天內我一定想到辦法。」

「兩天。」

他蹙著的眉頭，變成八字眉。

不知從何時起，我學會了用帶他過馬路這事來勒索他。

「作業借我抄」、「幫我寫作業」、「課本忘了帶，你先借我」、「報告太難，你準備資料時幫我多準備一份」、「我要練球，你先幫我把書包揹回家」，如果他膽敢有怨言或面露難色，我就會說：想當初是誰帶你過馬路的、是誰在你身後護你周全的？

當時覺得用這事勒索很有趣，特別是看到他先是蹙著眉，聽我勒索後又變成八字眉的表情，超想笑。日子久了，好像遇到什麼麻煩事就想勒索他，長大後回想，是直線個性討厭複雜的事，把麻煩事丟給他比較快。

日子再久，貌似變得有點依賴他了。

兩天後最後一節課上課前，岳融傳來簡訊：「放學後。廚房後榕樹下。」

那天我心情特別不好。

中午去廚房抬便當，發現鐵凜威和一個女生走在一起，有說有笑的。

小學五年級時曾嘲諷我笑的時候像顏面神經失調。那女生叫楊喜慧。

想不通為什麼每次我快要跟鐵凜威有進展，她就橫空出現。小學時已經讓過她一次，但上次在麥當勞時我偷問鐵凜威的同學，他說鐵凜威並沒有跟哪個女生走得特別近，讓我又燃起希望，不料又發現她跟鐵凜威一起。

珞琪發現我臉臭。我告訴她發現鐵凜威還被楊喜慧纏著。

她沒同理我，反而說：「啊，那個楊喜慧我曾經跟她一起參加社團活動，很多學長喜歡她。笑的時候可嬌俏了。」

「嬌俏？怎樣嬌俏，妳給我學學。」

珞琪學楊喜慧：眼睛彎成新月、微微揚揚嘴角，發出清脆笑聲：「小威，你好帥呀。」說完眼波盈盈，順道甩一下髮，真是笑顏如綻，玉音婉轉……

太騷了——呃，太騷亂我心了，彷彿巨大潮騷般騷亂著啊。

模仿就已經這樣了，本尊豈不是……唉。

「怎麼樣？」模仿完，珞琪對於自己的演技顯然很有信心地問。

「太像了！」旁邊的妍婷不禁讚嘆：「太像狐狸精了。」

珞琪不理她，拉著我手肘說：「如果妳能學會她的三成，應該就有希望了。」

「難度好高。我沒有天分。」

「妳為什麼要婇婇學楊喜慧呀。」

「就是因為沒天分才要學呀，岳融不是也要妳學做一個女生嗎？妳試試嘛。」

「呃，那，我試試吧。」我放下筷子，眼睛彎成新月、微微揚揚嘴角，同時發出自認最清脆的笑聲，笑完還眨了兩眼，希望能眼波盈盈，最後甩一下髮收尾。

「怎麼樣、怎麼樣？」

她們不約而同低下頭，專心吃便當。

「喂，我學的怎麼樣嘛？妳們怎麼只顧吃啦。」

「婇婇，妳還是做自己比較好。」妍婷不以為然，顯然嬌俏被我模仿成起肖。

「模仿還是需要天分，才行。」珞琪強忍笑意，顯然擔心說實話會被我打。

「我這樣……男生不會被吸引嗎？」

「應該是會逃到東引。」

「……」

做人要知道反省，做事要懂得檢討，這是老媽每回罵我必唸的金句。

我深自反省澈底檢討，加上岳融的建議、參考珞琪的嘲諷，終於知道問題所在：我沒有女人味。

所以放學後我拖著想罵人的心情來到廚房後。長石椅上，岳融已經等著。

他說想到了方法，就是要我學習發嗲、撒嬌、要性感。

說完就有點後悔，眼神透著提心吊膽，唯恐被踹，他趕緊解釋：「這兩天我問班上很多同學，他們都說喜歡女生這樣。我還特別問了小威，他也說女生撒嬌時很可愛，我才敢這樣跟妳說的。」

小流浪狗為了討好我可辛苦的咧，我怎麼忍心踹他：「別怕嘛，我又不會對你怎麼樣。坐過來一點。」

他放心坐過來。我把楊喜慧那套嬌俏學給他看。

「很好啊，看起來很有氣質耶。」他睜圓了眼，驚異地說。

「真的嗎？」詫異於他會這樣說，我半信半疑：「你不覺得我做自己比較好？你不覺得模仿還是需要天分？你不覺得男生會被嚇到躲去東引？」

「不會呀，為什麼妳要這樣說自己？」他很放鬆地說：「我覺得能為了自己想追求的事去改變自己，是很棒的事。包括追求自己喜歡的人也是。」

我有點想哭。

見我默不作聲，他以為我不認同，又繼續說：「因為要改變原來的自己，本來就是辛苦的事，願意改變，不就是要犧牲一些自己嗎。」

我別過頭去偷偷擦掉眼角的淚。

他馬的，國中一年級的他居然可以講出這麼帥的話，我自己卻在幹嘛呢。

「我是說真的。」他再次加強語氣道。

「我沒說不信，可是我再怎麼學，也比不過天生嬌俏的楊喜慧吧。」

我說了目睹她和鐵凜威走在一起的事。

「老師說過有志者事竟成，對吧。」他拿出手機，寄了幾個影音檔到我的信箱：「妳可以參考一下這些宅男女神的樣子。」

我看完那幾個影音檔，覺得老天真的不公平。

為什麼那些女生可以長得那麼甜美、笑得那麼開心、姿勢那麼性感、表情那麼自然，讓男生看了想擁抱，女生看了很暴躁。

至少我覺得她們真的太假、太做作。但，男生原來喜歡女生這樣喔……

「跟鐵凜威在一起時這樣笑，擺這些姿勢，真的沒問題嗎？」

「啊，不然妳學這個女的，我幫妳拍一張照片，然後想辦法讓小威看到，試試他的反應。」

「好辦法。」我勤奮好學，我孜孜矻矻，我立馬就坐在草地上把臀部扭出、把頭放斜、雙臂夾在胸前，笑的時候伸出一小截舌頭在嘴角的詭異姿勢。最重要的是，還解開兩顆鈕扣，把香肩露出。哇，生平第一次嘗試這麼大膽的性感，連岳融都驚呆了。叫我婊女神吧！

「呃，那個，」傻了半晌，他終於忍不住說：「肩膀應該可以不用露。」

「為什麼，那些宅男女神還露奶咧，我只是奶還沒有長出來而已——」

「不、不是，我不是說妳這樣不好看。」他尷尬地搔搔後腦，搜索枯腸找適合的話：「我們才國中一年級呀。」

「那怎樣？」

「國一的小威，應該喜歡清純的女生，不會喜歡女生……太豪放。」

露個肩膀就是豪放？會不會想太多，男生在這方面真是囉嗦。

我收回肩頭扣好鈕扣，再順了一下頭髮：「這樣總可以了吧。」

他趕忙用手機幫我拍了幾張。

接著我又學那些女神，擺了更多詭異勢姿讓他拍。因為老是扭曲身子，搞得肚子好像有點抽筋不適，事後想想，討好一個人為什麼非得搞得自己像個女神經病不可。但當時，我太迷戀鐵凜威的容顏和自信眼神，沒辦法。

我們坐在石椅上挑選照片，並將照片上傳臉書。這時我的腹部一陣怪疼，也許是剛才的哪姿勢刺激了腸子，我說肚子痛要去廁所。他點點頭，目光沒移開修圖軟體正在調整的照片。

起身離開前，我無意中瞥見他的人中有些黑黑的小汗毛，暗忖這小鬼注意宅男女神之類，是什麼時候開始的呀。

殊不知，跑去廁所，我的人生也開始從婊哥轉變了。

「婇婇妳怎麼了？快開門呀！」

當岳融聽到我的尖叫聲時，應該是從石椅上跌倒在地連滾帶爬衝進女生廁所的吧。因為我開門衝出去時，第一眼見到的是他手肘的破皮和驚恐的表情。

事後回想，我真的用盡洪荒之力尖叫。叫聲之淒厲，堪比遇到女鬼。

他睜圓了眼看著廁所，再看看我露在裙下的小腿，我們又一起驚恐大叫了一次。然後我整個人就軟了。

不知哪來神力扶起癱在地上的我，他揹起我就往外衝：「我帶妳去醫院！」

為什麼，我才十三歲，就生了這樣恐怖的病……難道我的人生只有這樣？

在他背上盯著他的髮旋和隨著步子彈跳的頭髮發傻，想著自己短暫的人生，愈想愈悲催，不禁放聲大哭：「哇！我會不會死掉啊……嗚嗚……」

「不會不會，」他拔腿狂奔，頭髮被風推攪亂舞。「現在醫學很發達，什麼病醫師都會治的。」

我趴在他背上啜泣：「這一定是我的報應……嗚嗚……我以後再也不要逞凶鬥狠了……嗚嗚……」

「……妳不要這樣說，呼、呼、呼……」他喘著氣跑，兩手往後護著我，惟恐我太害怕摔下去。

「……妳比我勇敢，對於不好的事敢說敢挺身，是很好的，不會有什麼報應的。呼、呼、呼……」

「嗚嗚嗚……岳融，我以前對你太壞了，我死了以後你就可以免於恐懼了。」

「蛤？妳會死？這麼嚴重……」

「我媽說上帝處罰那些做壞事的人，就會讓他們會得到絕症的報應……我一定是得到絕症了啦，哇！嗚嗚……」

矮小的岳融就這樣揹著嚎啕慟哭的我衝到三條街外的醫院急診室。當護士小姐推著病床車迎上來時，他慌張地大叫：「快救救她！她流了好多好多血啊！」
「妹妹妳哪裡不舒服？」
「肚子痛……」
「不要緊張，我們馬上替妳檢查。」護士跑去叫喚醫師過來。
岳融仍緊握我手：「醫師馬上就來，一定會沒事的……會沒事的……」
他緊張我的神情，嚇得淚盈滿眶的模樣，在後來的漫長歲月裡，歷歷在目。
我被推進檢查室裡，腦袋一片空白，完全不知醫師護士對我做了什麼檢查。
直到被推出檢查室，見到我媽衝上來抱著我聲嘶力竭嚎哭：「嫣嫣啊，妳怎麼這麼命苦，還沒嫁人就得了什麼絕症啊！」
醫師護士錯愕地望著我媽十秒後，拉開她：「我們到診療室去說好嗎。」
來了，要宣判了。
上帝啊，祢要判我死刑嗎，我不過是教訓了可惡的三虎，罪不致死吧。
因為岳融不是家屬，所以護士關上診療室的門之前，把他請了出去。
也好，他從小膽子小，宣判結果可能讓他打擊太大，承受不住。
「溫太太，請妳先不要那麼激動——」
「嫣嫣是我唯一的女兒，她腹部大出血成這樣，我做媽的怎麼能不緊張、怎麼能不激動！如果她有個什麼三長兩短，我也不想活了……嗚嗚嗚……」
「檢查結果她沒什麼的啦——」
「醫師你不必再安慰我了，我已經做好了心理準備……」我媽瞥見我也淚眼漣漣，為了展現為母則強的氣場，強捺激動情緒問：「是什麼？是癌症嗎？」

「是月經。」
「……蛤？」
「恭喜您，您的女兒順利進入青春期了。」
「……」
當我和我媽推門步出診療室，瞧見岳融的焦急時，就深感世上有一種表情超難，這表情叫若無其事。
「阿姨？婇婇怎麼了？」
「沒、沒什麼……」我媽迴避他的目光，直直朝外面走去。
「婇婇？妳還好吧？」他追上來拉著我追問。
「唔。」我看天花板上的燈看地板上的磚，就是不敢看他的眼。
「不用住院嗎？」
「不用。」
「真的不用？」
「唔。」
「那病怎麼會好？」
我低頭加快腳步，希望頭髮遮住發紅的臉頰，小聲說：「……每個月用一次小棉棉就好了。」
「服用小棉棉？這種藥只要每個月吃一次就會好？」
「……」很煩耶。
跳上機車後座，希望我媽能把油門催到底，以逃離這個煩人的臭男生。
岳融雖然煩，但他幫我拍的美照上傳到ＩＧ後，倒是收到了預期的效果。

我幾天就上傳一張美照，因為ＩＧ有加鐵凜威為好友，所以他也能看到。上傳幾張後，就發現他也有按讚。再上傳幾張加了效果的，他開始留言。第一次看到他留言時，心裡那種滿是麻雀飛呀跳呀的喜悅，至今還記得。我始終關注他在ＩＧ上的貼文，按讚留言之外，還不時傳些私訊聊天。依岳融說的，我開始學習發嗲；結果被珞琪說像發瘋。

也曾模仿別的女生撒嬌；但從同學的反應看來，我似撒野。

而自己躲在房間裡自拍要性感的照片，愈看愈覺得照片中人約莫在耍白痴。

為維持在鐵凜威心目中的好印象，我不敢再接近他，偶爾在校園裡遠遠遇見，也會繞道而行。

因為困擾自己的頭髮分岔，煩惱跟他打招呼時會僵笑，憂慮跟他錯身時走路的速度該如何……最擔心的是那天我𡇼巴巴的印象他是否還記憶猶新。

變得好像對很多芝麻小事都很在乎，真不像以前的自己。

國中就在表面上課考試、私下偷偷喜歡卻不敢表白，學做淑女卻貌似痴女的日子裡飛快而過。

至於岳融，除了在ＩＧ上幫我按讚加油外，不知為何也很少在校園裡遇到。這樣也好，不然對於到底小棉棉是治療什麼病他又問東問西的話，我還真不知該如何回應。

不過有個人好像首先發現了我的改變。我那白目弟弟溫志剛。

每天早上我們都會為了搶廁所暴走，大抵上會上演這般戲碼：

搶輸的人會在外狂敲廁所門大罵：「祝你烙賽烙到脫水脫肛脫人腸！」

坐在馬桶上的人就會回嗆：「總好過有人便祕解出大理石吧。」

「對，我解出的大理石有人就是愛吃，不然坐在馬桶上的人是在等什麼。」

「再不閉上臭嘴，小心痔瘡開花！」

「閉不閉嘴跟痔瘡有什麼關係呀，真是腦殘。」

「你不知道你的嘴就像你的肛門一樣臭嗎？」

但那天在前往廁所的途中，被溫志剛超車搶進，砰的一聲關上門，太倉促的結果裡面傳來摔倒的聲音；若是往昔我一定放聲大笑，對著門後詛咒：「急著去化糞池投胎呀，衝什麼衝」、「摔進馬桶了齁？別忘了按沖水把自己沖進化糞池啊」之類惡毒的話，不過這次我只愣了兩秒，居然隔著門說：「這麼不小心，溫志剛你有沒有受傷啊？」

說完，我自己靜默了三秒，反省自己昨天是不是吃錯了什麼藥。

裡面靜默了五秒，溫志剛冷哼了兩聲：「小心妳自己的膀胱吧。」

我轉身先到廚房，並對著廁所喊：「你要吃土司嗎，我順便幫你烤兩片吧？」

「休想這樣騙我開門讓妳先用！我順便放多一點屁，待會兒把妳薰到吐絲。」

我懶得再搭理他，真的著手準備早餐。不一會兒他聞到烤土司的香味，居然開門探頭：「溫巧媃，妳被髒東西附身了？」

「什麼啦。」

「妳……居然不跟我搶廁所了，還真的幫我準備早餐……媽，今天太陽是從哪邊爬出來啊？」

話說，溫志剛居然一邊聞著自己的屎味還能一邊聞到烤土司的香味，他鼻子是什麼鬼做的……

假日晚飯時跟著媽媽端碗坐在電視機前追劇時，看到相貌平凡的女主角苦戀多年，為了讓超帥男主角注意到自己，受盡委屈與嘲笑，終於得到男主角從遠方寄來的聖誕卡時，那種激動心情，讓自己的心不知道為何也激動了起來。

「啊妳是在哭屁啊……？」溫志剛瞥見我用手背快速拭淚，驚呆了問。

「誰哭呀，看你的電視吧。」

「咦，妳以前不是都說這種劇是腦弱劇嗎，現在自己怎麼也腦弱了起來。」

「再囉嗦，信不信我把你打成蒟蒻。」

我被白目的溫志剛揶揄到有點惱，又想要打打殺殺，被坐在旁邊的溫夫人刨了一眼：「妳膝蓋又癢了？想跪？」

「沒啦。誰叫溫痔瘡講話老愛惹人厭啊。」

溫夫人自己也被劇情染得淚光閃閃，這回可沒重男輕女，一掌巴在他後腦：「什麼腦弱劇！我就是腦弱，才生出你這種老愛招惹你姊的蠢材。」

溫志剛痛得猛搓後腦，不解又忿忿地瞪我一眼。

他這一瞪，讓我察覺自己開始改變了。因為要是一如往常，他早被我打趴在地了，哪輪得到溫夫人出手。

第二天英文課下課時，座位在後面的珞琪忽然問：「咦，婇婇妳留長髮了？」

「唔。」

「自從認識妳以來，妳都是短髮……看妳留長髮好像有些不太習慣。」

「人總要成長，成長就會改變。」

「喲，妳現在也會說這種話了。」

「國三了，不能再那麼幼稚了。」

人總要成長，成長就會改變。其實這話是昨天在臉書上看到岳融跟另一個人在聊天時提到的。

想到岳融，好像也很久未見到他了。

最近一次見到他，是在校慶運動會上。

那是光燦炙熱的一天，也是身體虛弱的妖孽被豔陽一照就會現原形的一天。

那時我正在班上的帳棚下拉腿暖身，因為過一會兒就是女生組的田徑賽。有雙大長腿的我連半秒反應時間都沒有，就在班會上被推選為代表選手。場上正進行男生組的田徑賽，珞琪突然從外面閃進來，神祕兮兮拉著我：「婇婇，快去看妳的夢中情郎，他代表他們班跑耶。」

我微微一怔，隨即正色：「呿！大戰在即，兒女私情算什麼。」

「只不過看一眼而已嘛，難道這樣妳就高潮了？」

「高、高什麼鬼，妳講話怎麼愈來愈沒氣質了。」

「那要怎樣講才能有氣質？」

「講話要迂迴一點。要說欣賞一下。」

「那婇婇，妳餓了嗎？妳渴了嗎？」

「唔，有一點。」

「我們能去欣賞一下鮮肉嗎？」

「磨蹭什麼，還不走？」

我們快速奔往操場邊，擠進嘰嘰喳喳的女生堆裡。起跑點上一排鮮肉可口誘人，讓場邊的女生們莫不興奮異常。

「那裡！他在那裡！」

我順著珞琪的手指，見到燦麗爛漫的陽光下，鐵凜威神采奕奕跳躍著，做著暖身運動。我身邊的眾女生不知在激動什麼，互相拉著手尖叫著：「他真的好帥唷」、「他去年也是全校冠軍耶」、「小威加油」……

這時大會廣播：「男生組一百公尺，請就位！」，才讓場邊的喧鬧稍歇。

我的心跳也跟著快了起來。

半分鐘後，一聲槍響，所有屈膝半跪的選手立即起跑。

「小威加油！」、「他好快呀！」「啊——！」……

音頻愈叫愈高，我的耳膜差點沒被震破。

女生花痴起來的叫聲如果用來發電，應該就足以取代核電。

鐵凜威不負眾望，率先衝抵終點線，贏得如雷掌聲和尖叫。

除了鐵凜威，緊跟在後的亞軍也吸引了我的目光。

好眼熟，貌似在哪裡看過。個子高過鐵凜威半個頭，手臂肌肉線條渾然有形。

「大會報告：男生組一百公尺，第一名三年甲班鐵凜威，第二名三年庚班岳融，第三名……」

什麼！我和珞琪對看一眼：他是岳融？

第七話

接著是女生組一百公尺短跑。

「妍婷加油！」我們班的代表是胡妍婷。她個子小小，速度卻非常驚人。聽到大家的加油聲，她喜孜孜揮揮手，還看著我，我只好趕忙移開視線。已多次拒絕邀約，也儘量不去回應她在Line的訊息，希望可以明白我對她沒有任何那種感覺。面對她多次告白，我向珞琪求救。珞琪煩了，要我乾脆一刀斃命直接攤牌。

直到那天下課後，她又拉著我說有事要說。到圖書館旁的水池畔，她從書包取出小髮飾，問我好不好看。我說好看。她要求我為她戴上，戴髮飾的過程中，她卻忽然抱住我，說好喜歡我。

我愣在當下，小心翼翼地說：「我也喜歡妳，但，不是兒女私情的那種喜歡。」

身子哆嗦了一下，她仰頭對我笑：「那妳喜歡我什麼？」

「呃，妳長得很可愛呀，個性很樂觀，」我裝作若無其事：「也很喜歡助人，人緣很好，班上大家都很喜歡妳不是嗎。」

「我終於等到妳說喜歡我了！」她居然熱淚盈眶，把我抱得更緊。「我好開心……」

我試圖掙脫她：「不、不是，我說的喜歡不是情侶那種，妳懂不懂呀？」。

豈料她死不放手：「但我是啊。」

這，這要怎麼處理啊，難不成要我去變性還是裝個假喉結？我終於狠下心，攤牌說：「可我不喜歡女生，我喜歡的是男生。」

「我知道妳喜歡的是男生呀。但是我可以等。」

「別浪費時間了。」我用力推開她，慍火道：「妳等不到的。」

「妳值得我等。」

拒絕的夠明白了吧。但看她現在的眼神……

鳴槍起跑後，她奮力向前跑，大家一起為她加油。

我發現和她相鄰跑道的選手居然是楊喜慧。

會注意到楊喜慧，是因為她跑最慢，而且還不小心摔倒，引來一陣驚呼。

也許是傷得不輕，她趴在地上。這時人群中有個男生衝出一把抱起她，就往保健室跑，又引來圍觀女生們的騷動，還包含竊竊私語：「是故意跌倒的吧」、「心機好重」、「真綠茶」。

原來那男生是鐵凜威。

這時大會廣播要男生組二百公尺選手準備。我和珞琪移向操場的另一邊，忍不住低聲說：「人家跌倒受傷了還把人家講成這樣。嘖。」

珞琪轉頭望了我一眼：「妳不是真正的女生，所以妳覺得奇怪。」

「什麼啦。幹嘛講這樣。」

「真正女生會有的小心機，妳完全沒有，當然覺得奇怪啊。」

「唉，哪有人會在賽跑時還耍心機的，妳們想像力太豐富了。」我不屑地說。

男生組二百公尺選手就定位時，眾女目光又全投向鐵凜威。

這項目當然又是他獲得冠軍。當他在終點線前衝刺時，整個校園都快被尖叫聲掀翻了。我忍不住摀住耳朵，無奈地望著珞琪：「實在太誇張。」

「這就是妳威郎的魅力呀。路過的女生都會瞬間轉粉唷。」她還假鬼假怪學我的聲音：「喔，威郎，我的威郎！」

我作勢往她臀部假踹：「拎刀稀郎啦！」

不過，鐵凜威起跑前的自信、得勝後的陽光笑容，真的是帥。

女生組二百公尺。我們班派出的選手還是剛剛奪冠的妍婷。

長跑講究的是耐力，短跑則要求爆發力，如果不是體育課時的表現，誰也看不出來聲音嬌嗲個子嬌小的妍婷爆發力過人。

一百公尺賽她得了第一，大家的注意力卻集中在殿尾又摔倒的楊喜慧，讓她回到帳棚喝水時抱怨了一下。所以班長決定帶大家到終點前為她加油。

當她起跑後，我幫她加油時發現一件怪事。

跑的時候，她目光直視我。一直一直。

所以當她先奔向終點時，也是看著我綻出勝利的笑意。

我也忘情地跳起來，用力尖叫、鼓掌，迎接她的勝利。

下一秒，她的臉突然轉變為驚慌，整個人斜向一邊——啊！她要跌倒了！

我整個正義體質發作，想都沒想就跳出去接住她！

她撲向我，在驚叫聲中，我們一起往後摔在地上。

「妳、妳還好吧？」我跳起身，連忙檢視她的身上。她抱著腿喊痛。我自然反應就是抱起她奔向行政大樓：「妳忍一忍，我帶妳去保健室。」

焦急地跑進保健室，向校護阿姨大喊：「謝阿姨，麻煩妳看一下她的腿。」

謝阿姨過來認真檢視妍婷的腳踝。我眼角餘光卻瞥見妍婷的臉。
這表情……讓我想起剛剛有個人的表情，很像。
像楊喜慧被抱起時，臉上漾著奇怪的表情。
不是傷口疼痛，而是幸福。
我趕緊把她還圈在我頸子上雙手脫開。「怎、怎麼樣？」
「不要緊，她有點扭傷，我替她冰敷，噴一點藥，很快就好。」謝阿姨見我表情古怪，以為我還擔心，笑笑說：「剛才有個男生公主抱一個女生，跟她的傷一樣，現在已經回操場去了。」
「那，妳、妳好好休養。四百公尺的比賽快開始了。我走了。」
「嗯，加油喔。」她點點頭，聲如銀鈴般嬌俏開心。
我轉身快步走出保健室，心頭一陣混亂。暗忖剛剛的情景好像在哪裡見過。
昨晚跟溫夫人追劇時，女主角對著要上班的帥老公，也是這種語氣態度……
不行，不能被掰彎。絕對不。

四百公尺賽，要跑操場一圈，非得有相當的耐力不可。
在做著暖身運動的選手中，我發現岳融在其中。
天啊，這兩年他是吃什麼飼料長這麼高……這個男孩是兩年前那個岳融嗎？
他被派到第八道，最接近場邊，我趕緊從人群後面往他那邊靠近。
他半跪下去待跑，深呼吸調整氣息，一看就知道平常有練習長跑。
臂膀肌線精壯，身形瘦長結實，手背和小腿上還有些黑黑的汗毛。
嗯，上等鮮肉——呃哼，應該說骨骼精奇，是運動員的上等奇才。

「岳融！」
聽到我喚他，轉頭視線搜尋，很快在人群中找到我，馬上露出好看的笑容：「妳也有參加四百吧？」
「嗯。」
「我們一起加油。」
「加油！一定要拿第一！」覺得胸口熱血在翻騰，我不禁對他喊道。
他用手背抹了一下額頭的汗，點點頭，視線聚焦在跑道。
山根鼻樑高起，兩眼集中，睫毛也長了，眼睛炯亮有神。
這哪是小時候那個月光鼠呀。人的成長真是奇妙。
鳴槍聲的同時他彈跳起跑，像陣旋風般迅速竄出……真快啊……
眼神堅定，頭髮翻飛，雙臂振律地切開風動、劃破空氣疾馳而過。
砰、砰……沉重而堅定的跑步聲，和我的心跳一致，迅速而有力。
抵達終點時，其他七班的選手被遠遠拋在身後。我興奮地大叫耶。
他大口大口地呼吸，臉頰淌下的汗和他的表情一樣看來暢快淋漓。
我對著他比了大拇指。他又笑了，指著我作個手勢，要看我表現。
女生組四百公尺賽很受矚目，因為有乙班的林穎馨和丁班的薛珍珍，兩人都是去年代表學校參加全國中學校運動會的選手，丁珍珍得過金牌，林穎馨曾破全國紀錄。
從小擅長球類競賽，不太喜歡田徑，但想到岳融的笑容，我就決定奮力一搏。
但，該如何贏得破全國紀錄的林穎馨呀……我伸展大腿，邊拉筋邊傷腦筋。頸上搭著拭汗毛巾的岳融靠過來：「很想贏？」
「當然啦。」

「人家是全國紀錄耶？」

「什麼紀錄都是人打破的。」

「好，那我告訴妳。」他低聲對我說了句：「妳就想著陳主任在前面被妳追。」

我還沒來得及反應，大會廣播就傳來：「女生四百公尺選手，請就定位。」

他退後到場邊，凝視著我，還比了個戰鬥手勢。

「預備——」裁判高喊。我只得趕緊屈身就位。

陳主任？那個害我被溫夫人罰跪的學務主任……起跑槍聲在耳邊爆開，我反射性地彈起來往前衝，跑了五十公尺左右就發現前方視角範圍內的跑道上有兩個飛快的身影。

黑背心的是丁班的薛珍珍，馬尾被風高高抬在半空。我咬牙猛追，操場已經跑過半圈了還追不上……可惡，想到鐵凜威可能就在場邊觀戰，怎麼樣也不想輸。

陳主任……陳主任……可恨的陳主任，欺善怕惡，怎麼教育我們啊……我伸張正義有什麼不對，還害溫夫人丟臉，氣死我啊啊啊啊……

把黑背心身影想像成被我追殺的陳主任，雙腿好像就來勁了，咻地一下我居然超越了黑背心！

視野裡只剩鄰道紅背心的林穎馨，手刀快得嚇人，彷彿電動次元刀將我切割在平行時空外。

跑第一小威就會注意到我……跑第一小威就會愛上我……我要跑第一……跑第一……呼、呼、呼……不行，肺吸不到空氣，痛到抽筋……大腿爆痠快要變鐵條啦……

就在要過第二個轉彎時，眼角餘光掃到兩個身影：鐵凜威與岳融站在場邊！

「溫巧嫊妳跑好爛啊！」呼嘯的風聲中傳來岳融的叫聲。

竟敢直呼我名諱！還在小威面前說我跑很爛？臭小子，別以為你現在個子高了我就不敢踹你……嫊爺趕快跑完就給你好看！

腎上腺素大爆發，拚命揮著手刀，發誓要讓手刀變成光速次元刀，劈開林穎馨的平行時空，讓金牌與銀牌的時空翻轉！呀呀呀呀呀呀呀……

在超越的剎那，餘光瞄到林穎馨咬牙猛衝的表情閃過一絲意外——

全國紀錄又怎樣，婇婇愛的力量有如洪荒之力，誰比得過呀呀呀呀……

轉彎後，眼前的跑道只剩風聲，我急著將腳踹向岳融那對好像很翹的屁股——呃，不是，是那對欠踹的屁股，腳底更輕盈，速度變更快。

在一片尖叫和掌聲中衝過終點，我癱跪地上大喘氣，整個人要死要死的。

「婇婇妳好棒！」有人衝過來把我抱在懷裡，又親又叫的。

為什麼是胡妍婷而不是鐵凜威……

「婇婇，恭喜妳！」鐵凜威跑過來，滿臉喜色對我說。

「……謝謝。」我趕緊起身望著他，臉上一陣躁熱。

餘光瞄到許多女生投來羨慕眼光……我接過鐵凜威遞過來的礦泉水，發誓永世不開瓶當做傳家之寶。

校園男神給的礦泉水耶，他還跟身邊的同學介紹說我是他小學同學。

撒花轉圈圈！

休息時聽周圍都在熱議待會兒的重頭戲：男子組的大隊接力。

田徑跑道雖有八道，但實力最被看好的是由鐵凜威帶隊的三年甲班、和岳融領軍的三年庚班。因為型男鮮肉花美男、帥哥暖男小偽娘，兩班各式菜色俱全，尤其鐵凜威在校內網站上被女生票選為第一男神，大家再怎麼七嘴八舌也是無異議認為甲班獲勝。

喔，想不到一個是我暗戀的男神，一個是我的好友耶。

我也認為甲班會贏耶，怎麼辦。融融啊，剛剛對我喊爛欠的那一踹就免了吧。是說這傢伙跑哪去了，我跑第一也不見他人影，真沒義氣。

「男子大隊接力賽的選手，請各選手到跑道就定位。」

大會廣播一結束，棚下所有女生花痴亂顫，像聽到活屍來了般一窩蜂全部衝出去，圍在跑道邊搶著要點菜——呃，要一飽眼福。

甲班黑色運動服上繡著一隻小獅子，選手一上場就獲得滿場尖叫與掌聲。

庚班白色運動服上只有兩條斜紅槓，聽身邊的珞琪說是代表奮戰與團結。

起跑後，八個班級的第一、二棒都勢均力敵。到第三棒搶跑道就開始出現變化，黑衣鐵獅隊遙遙領先，後面依序為紅衣的丙班、綠衣的丁班，至於白衣的岳家軍則排第四。

第四棒時發生紅衣選手棒子沒接穩落地、被綠衣、白衣及其後的黃衣選手趕上的意外，引發一陣驚呼。彎道後黃衣選手衝一波，趕過白衣選手，岳家軍成員依然排第四。

悲慘的是，第五棒白衣選手不慎摔倒，反而被後面紅衣、紫衣選手超越，落後到排第六！我搖搖頭，覺得岳家軍大勢已去，掉轉視線關注遙遙領先的鐵獅隊。

英雄的光芒總是耀眼。鐵獅隊個個高大英挺，跑來游刃有餘，賞心悅目。

尤其是在場邊的鐵凜威，看著他的隊員露出笑容，那般自信……

啊，我太迷戀這個笑了。呵呵。

直到第八棒時，操場另一邊起了騷動喧鬧。我移開視線，發覺岳家軍不知何時快馬加鞭，從第六衝回第四，在一瞬間超過了黃衣選手，拼到第三名了……

「怎麼回事？」我問珞琪。

為了蓋過場上的加油吶喊聲，珞琪附我耳邊大聲說：「妳看那裡！」

現場中央有個白色身影跟著跑道中的選手跑，並嚷叫著什麼，那個第九棒選手腳程更快，以與綠衣隊極接近距離交棒給第十位隊員……白色身影是岳融！

「他從剛剛就一直這樣，不知是在指導還是鼓勵什麼的，他的隊員就不斷超車——啊！快超過丁班了！」

一直在場中央跟著隊員繞著跑……我緊張起來。

額頭上綁著色帶的最後一棒已經進入操場對面跑道上。岳融和鐵凜威都注視著這邊的賽況，以決定踩在哪一道。

眼看岳家軍即將超越綠衣選手，但在轉彎處一個踉蹌，居然不慎跌了下去，不僅引發全場驚呼，還被黃衣隊趕了上去……我不禁忘情大喊：「加油啊！」

那位第十一棒起身仍然奮勇往前，因為岳融對他大吼：「起來！堅持下去！」

我怔怔地望著岳融……他臉上寫著堅持的神情。

第十一棒追回一些進度，交棒給岳融。岳融腿抬得很高、跨得很遠，每一步都很輕彈，拼了命飆跑。他先拼過黃衣選手，再以極快速度超越綠衣選手……

那景況就像在平行的道路上，高鐵列車輕鬆拼過一輛機車般令人瞠目。

不僅如此，他腳下有如神助，又以極快速度即將趕上鐵凜威！

整個傻眼，心臟快要躍出咽喉……耳畔加油和尖叫聲愈來愈激昂，我不禁跟著大喊「加油！加油！」，但真的不知是在為誰加油。

最後半圈居然變成兩個領隊在拚命，而且岳融在最後二十公尺前已經近身欺近鐵凜威，甚至已換至第二跑道，表示可以第三次超車了！

鐵凜威察覺身邊有人想要超越，略瞄一眼，發現是岳融，也爆發了速度。

但岳融已經領先他半個身子了——

下一秒，不知為何鐵凜威與岳融居然發生擦撞！

「啊！」、「啊啊啊——」

抵達終點線前發生擦撞，岳融身子往第三跑道偏出去，搖搖擺擺了兩三步，力圖穩住腳步，卻撐不住擦撞造成重心偏離整個人往前撲倒，在跌下之前仍奮力挽救，伸長了手臂企圖碰觸終點帶……但碰觸後後他仍重重摔飛在終點後的跑道上！

我和珞琪連忙跑上前，途中我問：「到底誰贏啊？」

「好像是鐵凜威先觸點的……」

許多人已經圍上去了，我們擠開人群。看到倒在地上痛苦的岳融，我倏然全身細胞炸開，頭頂發麻：他的腳踝有一小截白骨露出來了！

體育老師和另一個男生架起臂膀，把他扶上擔架。

我焦急，想跟著去。珞琪拉住我：「女生組的大隊接力要開始了。」

運動會結束後，珞琪打聽到岳融被送到哪家醫院，我們立即前去探望。

病房門前的走廊上，看到甲班和庚班導師都在。周圍幾個還身著黑色白色運動服的同學不知為何在吵架。

細聽之下，原來是庚班認為鐵凜威是故意去撞岳融、才害他受傷，要鐵凜威給個交代。但甲班認為是岳融為了超車搶跑道逼得太近才擦撞的，既然是岳融自己沒保持距離怎能責怪鐵凜威。兩班的人吵了起來，導師則忙著勸阻排解。

鐵凜威站在導師身邊，低頭不語，看起來好像很自責。

「為了求勝搶跑道發生意外，不能全怪小威吧。」我低聲說。

珞琪偏著頭，顰眉說：「他們都跑很快，而且很接近，我沒看清楚當時到底是怎麼發生的。」

「責怪小威的人是認為不發生意外的話，第一名就是他們的嗎？」

「所以是因為金牌的關係，大家才在這裡吵？」

這時房門被推開，岳融坐在輪椅上被護理師推出來要去上石膏。

望著各種眼神的注視，岳融露出疲憊神情：「讓你們擔心了，真對不起。不要怪小威，是我自己求快不小心的，跟小威沒關係。」

雖然有人立即反駁說不可能，但被導師制止：「到底是怎麼發生的，當事人自己最清楚。岳融都說是他不小心，你們還堅持什麼呢。」

岳融對鐵凜威說：「幸好你沒有受傷。」

這事件就這樣落幕。

岳融住院期間，我和珞琪來探望他兩次，他還很關心鐵凜威的心情。我奚落他：「得第一名真的那麼重要？連自己的安全都不顧。」

他抓抓後腦傻笑：「那時就一心只想要贏嘛。」

「幸好人家小威福大命大，才不會被你拖累了。」

我數落多了，他也會稍稍反擊一下：「妳不是也很想贏，四百公尺跑好快呀。」

「我誰？我婇哥耶，字典裡有輸這個字嗎？哼哼。」我霸氣地回嗆。

坐在病床上的他連忙低頭：「是是是。婇哥好。」，把我和珞琪都逗笑了。

出院後，好長一段時間他都沒跑步，走路好像也有點怪怪的，聽說天氣變的時候還會痠疼。

也許這就是好勝的青春要付出的代價吧。我當時是這樣想的。

接下來的日子都在準備國中會考的忙碌中度過。

殊不料會考後，我的Line裡出現最期待的人邀請加入好友：鐵凜威。

我一秒不考慮就加入，然後展開了聊天、貼文、分享生活。

然後覺得，在Line的聊天中，他好像對我頗有好感。

愛情來得好突然呵……難道是老天被我真情感動的恩賜？

自己有初戀感覺的那天，是六月初某個星期天早上。

當時還抱著枕頭、腿夾被子昏睡中，手機傳來鈴聲。

我罵了句三字經，抓起手機就聽到一個爽朗聲音：「溫巧媃，妳還在睡呀！」

「你……你是小威？」我精神一振，另一手不自覺開始理順披散臉前的髮。

「哈哈哈，聽力不錯嘛。喂，變形金剛上演了，要不要去看？」

約我去看電影……咦，我有沒有聽錯？

「還有，昨天妳說的那間冰品店，我想去吃看看。」

昨天在Line上聊到天氣熱得讓人發瘋，我隨意提及想吃冰消暑，不然會想打人。他說他最喜歡哈根達斯的冰淇淋。我說我喜歡一家冰品店的刨冰，水果多味道香分量又大，吃了有助於社會祥和與增進感情。

他回給我一個頭上冒出三個問號的小鴨貼圖。我說黑社會弟兄吃了可消火除衝動，治安會好、情侶吵架吃了心頭一甜，就想起彼此的好，當然有助感情。

他回一個笑彎了腰的貼圖，並留了句：「妳這是業配文還是置入文？」

不是，是撩弟文。撩你這個小嫩弟呀。因為關鍵詞是「情侶」和「增進感情」。

怎麼樣，媃哥也學會迂迴了吧。

想不到居然中了！我趕緊答應他，約了時間就火速衝進浴室梳洗，挑了自己唯一一件小洋裝還噴了香水就奪門而出。

在影城門口碰面，他見到我時顯得意外，害我心跳有點快：「……好看嗎？」

「蛤？喔……不錯啊。」

嘿嘿，想必驚喜於我也有淑女的一面吧。

「那，我們買票吧。」

我亮出早已買好的兩張票：「噠啦，我已經買好了。反正我早到了嘛。」

他納罕了幾秒，從口袋裡掏出小皮夾：「那我給妳錢……」

我制止他：「不不不，我請你呀。」

「不、不好吧。」

「待會兒你可以請我吃冰呀，那不就扯平了嗎。」

「喔……」

那場電影演些什麼已完全不記得，只記得變形金剛的狂派和博派打得乒哩乓啷，我的心跳也一直咚咚作響，老在意身邊的他會不會偷看我髮鬢是不是整齊。

後來想想，其實他應該沒有。因為他有隨著劇情發笑和嘆息。

散場時他問我好不好看，我連聲說好看，一邊下樓梯一邊和他討論劇情。這時有個想投胎的冒失鬼說了聲借過、就突然從後頭往前竄擠，鐵凜威來不及反應被擠到重心不穩眼看就要失足跌下樓，剎那間我抓住他手肘並往自己拉近，同時忍不住對那人罵：「擠什麼啊！沒看到人家差點被你推下樓嗎，幹──」

溫巧媃，妳正在約會！天上突然降下謎之音提醒自己……

我警覺，餘光瞥見鐵凜威正盯著自己，立馬將要脫口的三字經轉彎：「──幹什麼。」

他怔怔地盯著，害我有些害臊：「……你沒事吧？幹嘛這麼近看著人家……」

「因為妳抓著我的手。」

這才驚覺他想掙脫卻甩不掉，我趕緊鬆手：「不好意思。」

他撫著發痛的手腕面無表情走出影城。我跟上去，繼續剛才的劇情話題才化解尷尬。我們一邊聊一邊走去搭車，公車亭下這時已有許多人在候車。

公車靠站、車門一開，有個形貌猥瑣的傢伙擠進人群想插隊，前面的人只砸嘴發噴，沒人敢出聲制止。我立馬甩下還在讚嘆柯博文多麼神勇的鐵凜威，上前對猥瑣男：「請你排隊好嗎？」

猥瑣男刨我一眼：「關妳屁事！」

「請你排隊好嗎？」

「妳、妳到底想幹嘛，自以為是的正義魔人嗎？」他居然大聲嚷嚷起來。

隊伍無視於我，大家陸續上車。但我仍然堅持：「我只是請你排隊而已。」

「哪條法律規定上車必須排隊？」

「這種道德不需要法律規定！」我也大聲起來。

我和那混蛋就這樣在公車門前為了該不該排隊、排隊的依據、排隊與人類文明的程度、排隊與同理心間的關係、插隊會不會下地獄等等諸多嚴肅又攸關公平正義的議題爭論不休。

「美眉，妳要不要上車？」司機阿北終於找了個空檔插話問我，語氣中有對我的肅然起敬。

我返頭發現全車的人都在等我和那混蛋，只得趕緊衝上去；不料那混蛋竟一把推開我就先溜上車。

「超沒禮貌的。」坐在鐵凜威旁邊的位子，我餘怒未消地說。

說這話是希望他也義憤填膺地回應我。但他到下車前都沒再接一句話。

第八話

下了車，我猜鐵凜威可能因為我剛才置他不顧有點不高興：「我剛才講話有點心急啊……」沉默半晌，他終於說：「以後不要理那種沒水準的人。」

「可是大家都視而不見，他就會更囂張吧。」

「萬一他拿刀出來怎麼辦，妳畢竟是女生。」

「我不怕，我練過跆拳道。」

「可是我會擔心呀。」

喔，原來是擔心我的安全呀。我笑著說：「好啦，下次不會了。」

然後我們又恢復原本的聊天話題，一直到下車走進「老貓咪冰品店」。

謹記上次在麥當勞的教訓，我笑時掩著嘴，兩腿併攏攏，講話小小聲，吃冰小小口，話題嚴肅時的凝視穿插適切時機的幾次蹙眉，話題輕鬆時的淺笑搭配十五度角的嬌媚聳肩。當他開我玩笑時，適時在他臂膀上施以力度剛好的輕拍以示撒嬌……窮盡一生對於淑女氣質研究的絕學，悉數在此展現。

畢竟別人放假時，我都躲在家裡苦練「怎樣成為甜美女孩」、「那些男生喜歡的女生」、「三分鐘讓他愛上妳」、「吸睛穿搭術」、「女性特質大解密」之類的九陰真經，務求除去自己天生的若男體質。

觀察他對我的反應，似乎已經走出上次我對徐大智窮凶惡極的陰影了。

不枉我平日孜孜矻矻鑽研如何做個單純的女生。

吃完冰，我們起身去櫃檯。當鐵凜威在結帳時，我眼角餘光無意間掃到店裡角落位子有個熟悉身影，對我比了個大拇指。

岳融。

在公車上聊天時，肚子裡已有一具電鋸不停在轉動般疼痛。

但第一次和鐵凜威單獨約會，當然要留下最佳印象，所以忍住。

忍到後來，耳邊只剩他在講些什麼的聲音，內容完全不知所云。

因為額頭開始冒冷汗，腳底也發冷起來。

要是往昔，我一定口飆三字經、下車衝到藥房買止痛藥吞。

但那是婇哥的行為；現在我是婇妹，必須是個柔媚女生，所以仍要不時扯扯嘴角，時時回應他「咦」、「是嗎」、「真的啊」、「原來如此」。

難道是吃壞肚子了？在老貓咪冰品店吃了那麼多次，從沒這樣啊，剛剛的刨冰也很新鮮啊……呃，好像更痛了，唉呀……

「妳怎麼了？」

「沒、沒什麼，只是有點熱……」

他舉起手，把上方的冷氣孔朝向我。

結果冷風往頭頂一吹，腹痛更厲害，痛得雙腿微微打顫了。

「好一點了嗎？」

「好、好多了……謝謝。」

他又繼續原先的話題。

我捏緊手心，暗自希望司機大哥開快一點，不然讓我死一死算了。

第一次跟喜歡的人約會就要讓我挫賽嗎？老天爺分明是在整我吧……

好不容易撐到站，下車時差點腿軟。暗想他難道都沒察覺異樣嗎……

「那，我要回去了，掰掰。」他露出太陽般的燦笑，對我揮揮手。

呃，不送我回家嗎……我也舉手向他揮了兩下，硬擠出笑容。

望著他消失在街角的背影，身體裡彷彿遭到帶稜角的石塊來回輾壓，我一手抓在公車候車亭長椅的椅背努力不讓自己蹲下去、一手捂住抽搐的腹部。從候車亭不銹鋼的柱子反映，看到自己嘴唇慘白，披頭散髮像個女鬼。

就在頭暈目眩之際，猛地被人拉住手臂才不致於跌倒：「妳怎麼了？」

我抬起頭，努力張口卻說不出話，哆嗦著唇角只迸出：「……他馬的痛……」

整個人一轉，我就被岳融揹在背上：「忍一下，我帶妳去醫院。」

他跑得很快，抵達大馬路上那家婦產科門前時疼痛居然稍稍緩解。

事後回想，應該是跑步時肚子貼著他的背，約莫跑步的律動加上他的體溫有如按摩般，讓剛剛吃冰造成的冰冷得以紓緩。

但當衝抵婦產科大門前，我想到的只有：你這個臭蟲，幹嘛帶我來這裡？

「護士姊姊請幫忙，她很痛呀。」他氣急敗壞地對櫃檯後的護理師叫道。

護理師起身過來，問了我情形，就讓我躺在診療間的病床上。

「她、她會不會死啊？」岳融一邊用手帕擦我的臉頰、一邊焦急地問。

護理師瞅他一眼：「先別緊張，我去請醫師過來。」

在等醫師的那一會兒，我終於忍不住虛弱地問：「幹嘛帶我來這裡……」

「妳不知道自己流血了嗎？」

低下頭瞥一眼，才發現裙下大腿內側真的有條紅蛇般的血痕淌到足踝！

一位女醫師進來診間睇見他：「你先在外面等。」，他只得跟著護理師出去了。

「幾個月了？」女醫師掀起衣服，拿聽診器在我肚子上摁來壓去，金屬拾音片傳來一陣涼，我抽了個冷顫：「就大約半小時前。」

「呿，怎麼可能。自己幾個月了都不知道，現在的孩子真是的。」

「真的啦！」我承認自己不夠溫柔，但也不致於下地獄吧，肚痛又流血幾個月是哪個朝代酷刑啊。她刨我一眼，揪著眉拉來超音波儀探頭在我肚上滑。

這時診療間外，護理師問：「這裡填一下她的身分證字號和住址。」

岳融默了半晌，訥訥道：「……我只知道她家在哪、不知道地址怎麼辦？」

「不知道？把你女朋友肚子搞大了居然連她住址都不知道？」

「……」

媽喲，搞半天妳們以為我跟岳融……這、這怎麼可能……

誰來還我清白！六月飛霜啊！

「那她家的電話你總知道了吧？」

「我只知道她的手機……護士姊姊，她不是我女朋友。」

「蛤？連女朋友都還不是你們兩個就已經……現在年輕人是怎麼回事。」

「……」

好你個死岳融，怎麼又默了呢，解釋呀！你根本不是孩子的爹——呃不是不是，氣的神智混亂了。你原來是不敢過馬路的流浪狗、我和我媽是好心路人，後來你只是我的帶把閨蜜，我只是你的同窗好友，剛才你只是剛好路過碰見我肚子痛，日行一善帶我來醫院，任何解釋都可以的嘛，你快解釋呀！Say

Something！

結果我居然聽到他問護理師：「她這種病，上次是吃一種叫小棉棉的藥好的。」

「……」

護理師沒了聲響。我猜可能被嚇昏躺在地上抽搐吐白沫吧。

「咦，妳沒有懷孕？」女醫師盯著超音波螢幕，滿臉疑問地發現了這個事實。

「我說我懷孕了嗎？」我朝天花板上的日光燈翻白眼。

「護理師怎麼跟我說疑似小產……」臉色陰晴一陣，看得出來她強作鎮定得很辛苦。「那妳是哪裡不舒服？」

忙活了半天終於搞清楚了我只是經痛。

打過止痛針、領了藥後步出醫院，我對他狠甩眼刀：「下次再帶我來這種地方你就等死吧。」

「誰叫妳那個來了還吃冰……」他別開視線，訕訕地說。

「你管我！」連自己那個來了都不知道，想來也真丟臉。

「下次跟小威約會，可以選別的店嘛。」

「走開啦，大笨蛋！大笨蛋！大笨蛋！」

「我走、我走，別生氣嘛。」

為什麼帶我來的是他不是鐵凜威……望著他的背影，我這麼想著。

頓時又覺得自己是氣傻了，這年紀來這種地方跟誰來都很丟臉好嗎。

我拔腿就往家裡跑。

說到笨，我覺得自己才是大笨蛋。

國中畢業典禮的次日，鐵凜威就跟家人去美國旅遊兼學語言，害我暑假無聊死了，除了在Line上向岳融抱怨外，只能約珞琪出來逛街。

一路上聊小學時暗戀鐵凜威、討厭楊喜慧的種種，逛累了想吃冰淇淋，就進入一間甜點店。

聊得開心時，我無意中提及上次被岳融送到婦產科的瞎事，珞琪聽完噗的就把口中的抹茶冰淇淋噴了滿桌，還有部分吐到我臉上。

然後她連嘴也不擦就狂笑。整整笑了五分鐘，笑到岔氣咳嗽，笑到即將往生。

忍受被笑的屈辱，我用面紙擦臉和桌子，心裡恐嚇自己如果下次再笨到將我和岳融發生的事告訴這個女人，就會用菜刀把自己的豬腦袋剁下來直接投胎。

「唉唷喂呀，笑死我了……岳融太天兵了吧。」她終於止住笑，也拿面紙擦拭眼角的眼淚。「妳更天兵，連姨媽來了也不記得用小棉棉。」

「唉，總之，當個女生就是麻煩。」

「對，但就算妳是個女漢子，也難逃女生的束縛吧。」

「什麼束縛？」

「暗戀男生不敢講。和女生爭風吃醋。大姨媽和小棉棉。」

「我有什麼不敢講的，大不了開學後就直接跟他告白。至於楊喜慧，聽說國中是唸別的學校，而我跟小威同校近水樓台，所以沒威脅了。」

「嗯嗯。」

「至於大姨媽和小棉棉……就真的沒辦法了。」

「去一趟泰國不就行了。」

「……」

「哈哈哈……」她又開始狂笑。這個死女人。
我把罵人的話硬是吞了回去，恨恨地啜著冰：「隨妳怎麼笑。」
珞琪一聽，居然立馬止住，饒富興味地望著我：「咦，妳變了。」
「……哪有。」
「要是以前，妳不是立刻一掌打來，就是罵我死女人笑屁。」
「我也是會長進的好嗎，難道真的要去泰國處理嗎。」
我們同聲大笑起來。我忽然想起岳融曾跟我說的一句話。
那是三年前，我和溫夫人被叫到學務處遭陳主任和三虎之母羞辱後，回家的路上，我忿忿不平狂罵，被溫夫人冷斥要我閉嘴。第一次被岳融看到我被老媽罵，為了面子，只好憋屈扯著笑，撐起堅強：「唉，我的缺點就是心直口快。」
其實心直口快也不算是什麼缺點。我心裡期待他會這麼回應。
想不到，他崇拜地對我說：「如果能笑著承認自己的缺點，那才是成長。」
這傢伙，外表看起來像個小孩，怎麼盡說些同樣也是小孩的我不懂的話。
我忽然覺得，不能再把岳融當做以前的流浪狗、跟屁蟲看待了。
「喂，妳發什麼呆呀？」珞琪在我眼前揮揮手喚道。
我回過神：「不好意思……妳剛剛說什麼？」
「我說，妳好像因為小威的關係，改變了很多。」
「是嗎。」
「那，他跟妳到底是男女朋友了嗎？」
「不、不算吧，只是聊得來的異性朋友而已。」

「妳向來心直口快，這事怎麼可能慢成這樣。」
「齊珞琪，妳知不知道什麼是女生的矜持啊。」
「唷，妳也知道要矜持啦，看來我家婇婇真的長大了。放心吧，開學後我幫妳。畢竟妳喜歡小威那麼久了，現在既然他對妳也有好感，我就幫妳成其好事吧。」
「成什麼好事，別瞎說……」
「唉喲，看看妳，臉都紅了。嘿嘿嘿嘿……」
「齊珞琪，向來氣質美少女的妳，什麼時候變老鴇了。」
「我看到婇哥嬌羞的時候，就會自動轉成老鴇模式啦，嘿嘿嘿嘿……」
其實珞琪住我家附近，我倆從小就是無話不談的閨密，只有跟我在一起時才會放得這麼開，不然她真的是氣質少女，讀書認真待人和善，言出必行，所以高中開學前一個禮拜，她就打電話來：「Surprise！」
當時我正因搶電視遙控器被溫痔瘡惹惱，惱火未消：「傻什麼不賴啦。」
「我拿到新生編班名單囉。我們兩個又同班啦。」
「孽緣喲。」
「Surprise！」
「又有什麼不賴啦。」
「岳融又跟我們同班啦。」
「跟屁蟲沒有本宮罩著，日子想必不好過吧。」
「還講人家跟屁蟲，也不想想他幫妳多少次了。」
「是是是，那本宮封他為御前侍衛，專責保衛本宮和琪妃的安全，可以吧。」
「為什麼我是琪妃？好，告訴妳第三個Surprise！」

「還有？」

「啟稟娘娘，娘娘的夢中情人鐵小威，也和娘娘同班啦！」

「……」

「咦，怎麼沒回應？該不會在偷笑吧？」

「哇哈哈哈哈……天助本宮也！」

不僅天助我，岳融也在暗中助我，提供了我所有他所知鐵凜威的線索。

我的手機裡有他寄來的詳細情報，平常的興趣、喜歡的電影、崇拜的球星、愛吃的小吃、最強的功課、家裡的情形……我想知道的，都要他幫我打聽，只差沒問他鐵凜威平常喜歡的內褲顏色，畢竟現在我已知道女生要矜持一點。

這樣想來，鐵凜威是本宮的囊中物了嘛，呵呵呵呵。

我立馬撥了岳融的手機，要他到附近的麥當勞等我。

懷著即將與鐵凜威展開初戀的心情，小跳步來到他座位旁：「融融！」

他低頭，看著一本厚厚的書，聞聲抬頭，對我露出潔白牙齒。

我落座，把手中套餐遞一份給他。這傢伙每次來麥當勞，都只點綠茶。

「你暑假幹嘛？」整個暑假用Line講話、看臉書和ＩＧ照片外，我們都沒見過面。

「就——」

「欸欸欸，我告訴你，我們和珞琪、小威又同班了。一年忠班。」我迫不及待告訴他這個好消息，同時大口咬下漢堡。

「是嗎……」他怔一下，扯扯嘴角。「那很好啊。」

「你好像不怎麼想跟我同班啊，是害怕被本宮就近蹂躪？」
「沒啦……同班很好啊，以後有事就可以直接說，不必Line來Line去的。」
「嘿嘿，我好懷念小學在一起打球的日子。你還記得嗎，自從小三體育課那場躲避球和小威分隊廝殺後，我們不是放學後或假日就經常相約打球嗎，有時打到校工來趕人了還意猶未盡。」
「嗯。妳總說一定要贏小威。小威也很好勝，經常跟我說輸給女生很丟臉。」
「但有時我這隊贏、有時他那隊贏，好像沒有誰比較強吧。」
「妳是要說，妳和他實力相當，英雄惜英雄，對吧。」
「你怎麼知道？」
「因為每次打完球，在回家的路上，妳一定會說：小威跟我好速配喲。」
「我哪有這樣說。」臉一陣躁熱。因為我確實有這樣說，而且每次都這樣說。
「但開學後我們就高一了，還打躲避球？」
「啊，這就是我約你出來的原因。我問你啊，你覺得我如果要約小威，該以什麼名義比較好啊？總不能又約打球吧，雖然籃球撞球橄欖球，本宮無一不精。」
「我知道，妳向來不拘小節，無分男女。」
「什麼無分男女！」我一掌狠拍他臂膀上，發現他臂膀肌肉變得好硬。「你不是說過，小威喜歡個性溫柔的女生，打球要衝要勇，一點也不溫柔。」
「妳也可以打得溫柔一點……」
「打球溫柔那還打屁——」自從發願做一個單純女生，我警覺女生不該說話粗魯的速度愈來愈快，所以立刻改口：「呃，那還不如聊天打屁，比較能展現我溫柔的一面。」
「溫柔……」他的額頭淌下兩道汗。「我怎麼不知道妳有這一面？」

桌下小腿立馬被我溫柔地踹了一腳，他痛得縮起來搓揉；我溫柔地笑：「不覺得我現在講話都很細聲嗎？」

「唔，知道了小威跟妳同班，要是往常，妳早就興奮得狂笑了。」

「對，你果然了解我。快幫我想嘛，我第一次要以什麼理由跟他約會比較好。看電影？好像太平常。逛街？你以前跟我說他最不喜歡逛街？」

「我是說我不太喜歡——」

「……」

「真要打球？也是可以，但打球要勇猛才好玩，可約會只有兩個人怎麼打？」

「聽音樂會我會睡，看展覽太無趣……嗯……做什麼好呢？」

「……」

「啊，不然，去遊樂園好了，我最喜歡自由落體、斷軌飛車，啊，笑傲飛鷹也不錯。」

「……」

「幹嘛？有什麼問題嗎？」察覺他怔怔的看著我在想著什麼，讓我自說自話了半天。

「沒、沒什麼……」回過神般他眨了眨眼：「那個什麼自由落體之類的，適合約會時玩嗎？」

「他一緊張，我就抓住他的手給他安全感，這樣不就牽手了嗎——啊，坐完後他也許會嚇得腿軟，我就順勢扶住他，讓他跌入我的懷裡——」

「……溫柔女生有像妳這麼猴急的嗎？」

望著他額上疑似浮現三條黑線，我笑嘻嘻說：「嘿嘿，我亂說的啦。如果不妥，去海邊看海景怎麼樣，當海風吹亂他的頭髮時，我就幫他撥一下，這樣兩個人就能非常接近……啊，不然去山上好了，看看夜景好像也很浪漫耶。」

「……」
「喂，你今天老看著我不說話，到底是在呆什麼？」
「沒什麼。那就去山上看夜景好了。」他移開視線，吸了一大口冰綠茶。
「趁著夜色的掩護之下，萬一我有什麼失態的地方，他也比較不會發現，加上我輕聲細語，是不是很符合他期待中女友的形象。」
「也許吧……」
「好，就這麼決定！那你先去幫我向你堂哥借他那台重機。」
「借重機車？」他發傻地諦視我。
「你別滿頭黑人問號的蠢樣好嗎，借騎一下會死喲。」
「可是小威不會騎機車啊……」
「誰說要讓小威騎呀。是我騎。」
「妳、妳要載他？喂，妳還不到考駕照的年齡吧。」
「反正全罩式安全帽一戴，誰看得到幾歲呀。」
「妳會騎嗎？」
「我偷騎過我媽的五十西西，簡單得很。」
「約會幹嘛一定要騎重機車……」
「你不覺得我騎重機車會很帥嗎？而且，我騎的時候會不時加速再緊急剎車，這樣後座的小威一緊張，就會抱緊我，喔，小威那青春的肉體嗷嗚——」
「……」

開學那天進教室前，就在樓梯間遇到了鐵凜威。
我只怔了一秒，隨即展開生平最燦爛的笑容迎上去：「嗨，小威。」笑的時候，頭微微偏十五度角。
他也怔了一下，露出笑意：「聽說我們又同班了。」
「是啊。好巧喔。」
那天的陽光好晶亮，我們的笑容很燦爛，也很舒甜。
我知道，除了同窗緣分外，應該還有一份情愫正在發酵吧。
我開始找機會接近鐵凜威：
「小威，人家這題不會，可以教教我嗎？」
「小威，數學筆記可以借我嗎？」
「小威，你去忙電腦的事，清掃的事交給我，我幫你。」
「今天便當好重喲，可是值日生珞琪手有點扭到，你可以跟我一起去抬嗎？」
各種機會都不放過，態度之積極，講話之嬌柔，珞琪說的貼切：忝不知恥到令人動容。
鐵凜威並沒有拒絕我。因為有軍師岳融提供我最佳軍情，有閨蜜珞琪告訴我女兒家該有的各種小心機，讓我得以完整掌握鐵凜威的喜怒哀樂。
但，到底我們算不算在一起，他也沒有表態。
直到某天下課後，我藉由問他數學之便，跟著他一起往公車站走去。
因為太過專注聽他說解題的方法，沒有注意人行道上有個窟窿，腳一拐，就直接往前摔出去，本來兩個快步就能平衡身子，但被鐵凜威拉住手反而失去平衡——哇啊！我失聲驚叫，身子隨即被拉進他的懷裡。

回過神，他的鼻息已經噴到我臉上了……
我只愣了三秒，就以溫家兒女慣有的矜持態度，毫不猶豫地吻上他的唇。

第九話

和鐵凜威在一起一學期後，發生了一件改變人生的事。

下學期開學後的第二個禮拜，鐵凜威代表學校去外縣市參加數學競試。

本來男友不在身邊，應該頗為想念，所謂小別勝新婚吧。但我卻連發一則簡訊都提不起勁，反而有種鬆口氣的感覺。

午餐時，我大口啃著排骨，聽到妍婷與珞琪在互糗時忍不住笑到拍桌，肉屑還不慎掉出來。珞琪橫我一眼：「氣質、氣質，注意一下。」

我趕緊撿起來，低頭抿嘴。

她們繼續聊，甚至開始比賽講笑話，以誰先讓對方發笑為勝。

妍婷說：「齊珞琪對一個漆黑的山洞口大喊：嗚郎滴欸某？山洞裡有聲音回答：『嗚～』，齊珞琪就死了，為什麼？」

「……？」

「因為她被火車撞死了。」

珞琪說：「珞琪和妍婷快樂地在草地上騎馬，珞琪看到前方是懸崖大叫：『妳快勒馬！』，妍婷回頭說：『我很快樂！』，於是妍婷就掉下崖嗝屁了。」

妍婷翻白眼，反嗆說：「珞琪投胎當了青蛙，結果吃什麼不會叫？」

「……什麼？」

「南瓜。」

「……為什麼？」

「不是跟妳說難呱了嗎。」

珞琪冷說：「妍婷投胎當了國王超愛吃蛋，每天吃八個，這國王叫什麼名字？」

王八蛋？我忍得好難受啊，終於放聲狂笑：「啊哈哈哈哈……」

笑到一半發現全班都投來驚異目光。因為我笑得震天價響、眼角泛淚。

一直提醒自己要克制，但這兩個笑話界的女奇葩，講的話真是笑中帶毒的極品，若非突然出現更高音頻的尖叫聲，我可能會笑死方休。

「啊——蟑螂！蟑螂！有蟑螂！」

班上女生都跳起來往四面八方驚慌逃竄，男生被這股厲鬼般尖叫氣勢震懾，都不知所措。我止住了笑，起身朝著千夫所指的胖子蘇正倉走去，往他課桌上那隻揮舞著觸鬚的小強一掌擊去——啪！

空氣突然好安靜。我翻掌，望著稀爛成漿的屍體說：「投胎去吧。下輩子別再做小強了。阿彌陀佛。」

在往洗手檯的途中，身後響起掌聲。當下我心中還有些許虛榮，料是剛才的如來神掌折服各路英雄。

與我男兒氣概本性一樣的是，蘇正倉的好吃懶散也是本性，中午才因桌上出現蟑螂驚擾了大家，還不整理發餿的抽屜，下午國文課，正當大家被古文搞得昏昏欲睡時，除了老師唸課文的聲音外，空氣中乍現微微震動異響……

「嗚哇～～！」

蘇正倉旁邊座位的妍婷忽然嚇到放聲尖叫，整個人像遇到鬼般連跑帶跳躲到我座位後方，抓著我背斛蝀顫抖。全班瞬時從昏沉驚醒，有人發現一隻大蟑螂從蘇正倉的桌邊起飛，在教室空中盤旋飛舞……

「啊啊啊啊啊啊啊啊啊啊——」

「哇哇哇哇哇哇哇哇哇哇哇哇哇哇哇哇哇哇哇——」

班上立即慘叫驚呼四起，逃到老師背後的多到擠不下，奔出教室的也難計其數。

然後老師終於搞清楚發生了什麼事，她把手中的書本一甩，就衝下講台，彷彿為了保護學生準備往小強方向給予迎頭痛擊——

但她居然……往反方向衝出教室了！邊跑還邊叫：「哇哇哇哇哇——」

後面跟著一票人爭先恐後逃出去。

我起身往愣在座位上的蘇正倉走去：「喂，你造的孽，該自己收拾吧？」

他站起身，脫下球鞋跳了幾輪，臉上肥肉晃了兩晃，根本搆不到那隻振翅高飛的小強，喘著氣說：

「我、我打不到呀。」

唉，當年四班三虎之一的平頭男，如今只長肥肉不長個子和腦子，落得被一隻小強捉弄，老天也算公平了。我嘆了口氣，盯著那飛舞的小強幾秒，以迅雷不及掩耳之勢在空中兩掌一拍——

啪！擊掌的清脆在教室裡了發出了迴音，久久未絕。

打開雙掌，小強化為一縷幽魂，只剩後腿幾許抽搐就氣絕了。

「願上帝接納你卑微的靈魂。阿們。」

躲在走廊上遠觀的人見狀，衝回教室對蘇正倉一陣唾棄斥罵、拳腳相向，逼著他立刻整理抽屜。班長把國文老師找回來。老師驚魂未甫地瞪著蘇正倉將發霉麵包和長蛆零食拿出去丟，才放心地說：「溫巧媃護主有功，我請你們班導師記一個嘉獎。」

可惜這個嘉獎並不能挽回鐵凜威跟我分手的決心。

不知是哪個該死傢伙，把我英勇擊殺小強的過程拍攝下來上傳班上群組，還下了個〈史前巨蟑來襲，婇哥勇救災民〉的悚動標題。

鐵凜威點開看，人還沒回來，電話就來了：「我們分手吧。」

「分、分手！到底發生了什麼事為、為什麼要分手？我做錯什麼了嗎？」

「妳徒手打過蟑螂，我不敢再牽妳的手了。」

「什、什麼？我用香皂洗過手、還用酒精消毒過了呀。」

「我想牽的是女孩溫暖柔軟的手，不是殘殺害小動物、留有屍味的毒手。」

殘殺害小動物？他什麼時候皈依我佛視蟑螂為小動物了？

「我只不過是為班上除害蟲而已，如果不是蘇正倉太髒，也不會生蟑螂吧，這怎麼能怪我呢？」我哀怨地說。

「溫巧婇，妳想想想看，我忍妳多久了。」

「……忍我？」

「算了，多說無益。就這樣，我們分手吧。」

我還想爭辯什麼，他連機會都不給就掛上電話了。

我跑去珞琪家訴苦。一見面就噼哩啪啦說了一大堆，什麼簡訊不讀手機不接，傳了五十多則簡訊後乾脆手機變空號、衝到他家去堵還被他嗆回來，為什麼打一隻蟑螂自己就像蟑螂附身般被嫌棄，放下尊嚴丟了羞恥做個小女人輕聲細語跟前跟後端茶遞水把他捧在手心換來的卻是被甩，喜歡他那麼久花了那麼多心力討好他好不容易在一起只因一隻害蟲就要分手到底是什麼天理……

她只插嘴說我打的蟑螂是兩隻。但我失心瘋般說個不停，她只能靜靜聆聽。

她嘆了口氣，說她其實覺得鐵凜威沒有那麼好，不解為何我總如此痴迷。

我認為她是為我抱不平才如此說，強調這其中一定有什麼誤會。

她白眼一翻，說原本以為帥氣如我不致為情所困，現在看來真是高估了我。

一番爭辯之後，我牙一咬，終於忝不知恥地問到底有什麼方法能夠挽回他。

靜靜地睥睨我半晌，她說這種鳥事不要找她，去找岳融。

岳融？自從跟鐵凜威在一起，生活中好像就沒這個人了。

我心虛地移開眼神，訕訕地說這種事岳融能有什麼辦法。

「別忘了妳能跟小威在一起，不是妳多麼優秀，是因為岳融在中間努力的結果。」她啜了口熱紅茶，約莫我是個鳥盡弓藏的無良女人般睇了我一眼。

「是嗎……可是如果我沒有變得淑女一點，也不可能讓小威多看我一眼吧。」

「最好是。妳從小學就認識小威，不知道他要求很高、很要面子的嗎？」

我憶起小學時，因為班級秩序比賽他與我一起被叫到學務處聽訓的往事，嘴硬地說：「因為這樣，所以我才會打蟑螂就被甩的嗎？」

打蟑螂就被甩？這種原因真是爛透了。

「妳自己問岳融，我懶得理妳。」

「嫊嫊，妳還好嗎？」

驚異於他的聲音從何而來，這才發現我在抱怨時，珞琪不知何時用手機開了直播。我橫了珞琪一眼，對著她立在茶几上的手機說：「嗨，岳融。」

「他每天跟我們在同一個教室上課生活，妳是多久沒見到他了，嗨什麼嗨。」

珞琪聲附鄙夷地罵我。我支吾起來：「不、不好意思……讓你看笑話了。」

「妳別聽琪琪胡說，因為妳是溫巧媄，小威才決定跟妳在一起的，這不是我能如何如何的結果。」

「我也是這麼認為……」我避過路琪的眼刀，特別心虛地小聲道。

「我幫妳勸勸他吧。」

「謝謝。」

「幹嘛說謝。那當年妳帶我過馬路，我現在也要說謝謝妳囉？」

「嘿嘿。難得你知恩圖報啊。」聽他這麼說，我終放寬心抬起視線移向手機畫面，發現他的眼神充滿不捨。

路琪要我去浴室梳洗一番，之後帶我去吃飯。

吃晚餐時她跟我聊了很多，話中幾許迂迴，重點只有一個：真止喜歡，是不會在意她是用藍白拖還是用手打蟑螂的。

我聽不進耳，只一心期待岳融能幫我挽回鐵凜威的心，所以虛應著。

這天和我一起輪值日生的妍婷說她手扭到了，抱怨找不到別人換值。

平常就嬌貴的她，說扭到手是藉口，不過是覺得抬餐桶餐盤是粗活不想幹而已吧。瞟了嬌聲嬌氣的她一眼，我說自己可以搞定，就小跑步奔到學校廚房。

肚子餓得慌時容易生氣，一心只想趕快吃飽，不想用她滿臉歉意實則崇拜的表情，也沒心情聽她說些廢話。

在廚房裡，我雙臂一展腰力一施，裝滿飯的鐵桶邊靠在腹部就捧了起來，另一側將餐盤邊邊放在肩上，單手撐扶著。步出廚房時迎面而來的人都驚呼連連：「唉唷，神力女超人」、「是把抬餐桶當做舉重嗎」。

當我扛著餐桶餐盤經過校園的楊桃樹下時，兩個身影讓我不禁緩下了腳步。
他們在打架？有人打架我就熱血沸騰了，腳下不自覺轉往他們的方向移動。
「就說不要了，你是在堅持什麼！」
「明明不錯的，是你自己眼睛還怪別人！」
「哪裡不錯？你講這話不覺得噁心嗎？」
「噁心的是你！」
「居然敢這樣說我！」
這兩個傢伙邊打邊指責對方，但聽不懂在吵什麼，拉扯推擠又互相往彼此身上餵拳頂踹，好像兩隻野狗鬥毆般。我夾在人群中原先看得津津有味，直到聽見身邊圍觀的人討論：「你看那個矮個子的一直被打」、「有人流血了、好像是那個跛的」、「他們哪一班的」、「一年忠班的男生」時，我驚覺不對……
一年忠班……我們班？跛的……岳融？
我把餐桶餐盤放在樹下長椅上，趕緊衝上去勸架：「別打了！別打了！」
男生要置對方於死地時所使出的蠻力真是可怕，拚命拉都拉不開他們，還推擠撞到地上屁股痛得火，情急之下我只好喊：「溫巧婇要死了啦！」
乍然，他們停下了手，一起望向跌坐地上的我，怔了兩秒一起過來扶起我。
「你們在幹什麼？忠班的臉都被你們丟光了！」
岳融瞥我一眼，又瞟鐵凜威一眼，低著頭不說話。
鐵凜威怒瞪岳融：「妳自己問他到底想幹什麼。」
見鐵凜威臉頰上瘀腫了一塊，我心疼不已，趕緊為他輕揉，本能反應覺得岳融心裡有鬼，怒斥道：
「你看看你，把小威都打成這樣了！」

用手背擦去鼻孔和眼尾流下來的血，岳融低頭喘著氣，欲言又止，最後還是選擇沉默。他這樣子讓我更火：「你到底怎麼回事？」

「他就是——」鐵凜威出聲，岳融抬起視線怒瞪並指著他，制止他想說的話。

我上前一步推他：「你幹什麼，恐嚇小威嗎！」

他倒退兩步，轉身離去，經過長椅時還順手抱起餐桶扛起餐盤，就往教室走。

「小威，你還好吧？」

「沒事。」鐵凜威整整頭髮和衣服，也往教室方向走。

我緊跟在後：「到底發生什麼事？」

「去問妳的岳融吧。」

「我的岳融？」我拉住他手肘：「你把話說清楚再走。」

「其實他比我適合妳，這還要我說得多清楚。」

「這、我……你幹嘛這樣說呀，我跟岳融又沒有什麼！」

「沒有什麼他會這麼關心妳、幫妳來要求復合。」

「你誤會了，是我……不想分手，但不知如何是好，才請他幫忙的。」我大概猜到他在生氣什麼了，急著解釋道：「我跟他就只是好兄弟而已，你誤會了。」

「不要假了，從小學時他就在妳身邊跟前跟後，我那時還以為妳跟他在交往呢，現在看來，當時的觀察沒錯吧。」

「不是這樣！我不是跟你說過，他就是——」

「妳帶著膽小的他過馬路嘛，妳說過很多遍了呀。但是這種理由誰相信？」

「好，那從今天起我都不再理他，若我跟他還有互動，你就跟我分手。」

「我本來就要跟妳分手。」他甩開我手，頭也不回就要進教室。

我追上去拽住他手臂：「小威！我有哪裡不好我可以改，你不要不理我嘛。」

「可以呀，妳當著全班的面給岳融兩耳光，告訴他妳是屬於我的，叫他以後不要再糾纏妳，我就相信他跟妳之間沒什麼。」

糾纏？岳融是幫我才……給岳融兩耳光？這種事我怎麼可能……

「心疼了？還是妳的心其實是在他身上？」

教室裡有許多人透過窗戶注視著我們。我怔在走廊上進退唯谷，拉著鐵凜威低聲說：「我會去跟他說清楚，可是打他耳光……不太好吧。」

「如果妳連宣示要跟我在一起的決心都沒有，我們在一起還有什麼意思。」

事、事情怎會發展成這樣？岳融你這臭小子到底是怎麼幫我的啊啊啊啊……

就在我不知所措之際，岳融忽然從教室裡走出來，對著我冷笑：「溫巧婇，不要以為自己很帥很講義氣，在我看來，妳既沒膽又沒擔當！」

咦，是剛剛被打傻了嗎，居然講這種話……我不可置信地瞪他，他眼尾的傷口又開始流血了。

「拿鏡子看看自己，跟以前的妳完全是兩個樣，孬成什麼了，以前還叫我矮鼠，妳自己的膽子又多大？虧我以前那麼崇拜妳，看來溫巧婇才是鼠輩吧。」

你這忘恩負義的矮鼠，現在長高了、翅膀硬了是不是，敢這樣講話了？我氣得雙手握拳發抖。

「只是宣示主權也不敢，難道其實妳喜歡的是我，要我幫妳挽回小威不過是藉口而已？我可不敢要妳這種女友的唷——」

啪！啪！

清脆的兩記耳光聲在安靜的空氣中炸開。伴隨教室裡和走廊上一陣驚呼。

既然找死敢羞辱媃哥，就不要怪媃哥心狠手辣。
岳融抹抹嘴角的血絲，面無表情地睃視鐵凜威一眼，轉身就走進教室。
鐵凜威從身後把我拉進他懷裡，炫耀般的目光回敬岳融的背影。
而我，手心陣陣辣痛，腦袋一片空白。

有一種愁叫強說愁，有一種累叫心好累。
自從打了岳融兩耳光後，心中的愁苦絕不是強說愁，心中疲累是真的好累。
在教室裡，我的視線會自動迴避他，無意中在走廊上遇到了也會視而不見。
不是我還在生氣，而是心虛。特別的心虛。
當珞琪責問時，我明知自己不對，但還是嘴硬地說是岳融先出言激怒我的。
珞琪私下分別去向鐵凜威和岳融打聽，始終問不出那天他倆因為什麼打架。
是妳自己要人家去幫妳的，就算沒幫上忙或是幫了倒忙，妳都該感激人家，就不要說事後鐵凜威確實也沒再提要分手的事，可妳溫巧媃就是與眾不同的不可理喻，居然還對恩人動手，天理何在呀。
聽珞琪這樣說，我自知理虧默不作聲。但聽到她指責鐵凜威要我去打岳融的行為真是混蛋時，我忍不住反駁說一定是岳融說錯了什麼惹怒小威，小威是誤會一時氣憤才這樣的。
珞琪睥睨了我半晌，特別不齒地問我：妳當時又不在場，怎麼知道岳融是說了什麼惹怒小威的？我避開她銳利的眼光，嘴上不饒人反嗆：看他當眾激怒我講了些什麼，不就知道他對小威講了什麼好話了嗎，我唯一的錯就是所託非人。
希望妳的猜測是對的，否則就等著後悔吧。珞琪放棄爭辯，淡淡地說。
其實打岳融的當下我就後悔了。

那天下午的課我都不知道在上什麼，偷偷瞄著岳融的背影，慚怍於為了留住鐵凜威的心竟對他出手，自己簡直是失心瘋。

回家後躲在房間裡，想打電話跟他道歉，手機拿起又放下又拿起又放下彷彿在復健，坐在書桌前愧疚到想死又死不了，簡訊寫了又刪又寫又刪，不知說什麼才能既表達歉疚又不致於丟臉，站起來想出門透透氣卻又怕在路上遇到他，思來想去不知如何是好，恨到只差沒拿刀剁了自己搧他耳光的手。

晚上睡覺時乍然想到，對自己而言，岳融除了是同學外，到底還是什麼……

小時候的小跟班？當然是。好友？算。好弟兄？算。

帶把閨蜜？算。青梅竹馬？也算。

「我可不敢要妳這種女友的唷」

難道他曾想過，我們有沒有可能成為男女朋友這種事？

往自己後腦門用力一拍：溫巧媃妳醒醒！不可能的事妳是在胡思亂想什麼。

到底該怎麼辦啊啊啊啊啊啊啊啊啊啊啊啊啊……

比起義氣，怎麼好像還是比較在意面子問題。我真是鄙視妳呀溫巧媃。

在床上輾轉反側，痛苦掙扎一夜不得安眠，第二天帶著貓熊眼到學校。

上英文課時因此偷打瞌睡，被英文老師發現，故意叫我起來唸課文。但我昏昏沉沉的腦袋哪知道剛剛老師唸到哪，一時錯愕發傻，引來周圍一陣竊笑聲，老師也不給提示故意要看我能糗多久。

硬著頭皮隨便唸一段，老師便陰惻惻道：「溫同學是剛從平行時空穿越回來教室嗎？」，立即引來大家更大笑聲。

我低頭紅著臉不知所措，本想向鐵凜威求救，無奈他座位在我之後、返身找他更丟臉；餘光不經意掃到岳融，他雖沒從書本裡抬頭，但左手在課桌邊比了比，我就立刻知道了。

翻到他打暗號的那頁和行數，我開始唸課文。而且唸得很大聲。
老師立即轉身尋找是誰偷打暗號，想要修理他，但哪還尋得到。
我邊唸邊瞥見老師不甘心的表情，嘴角不禁悄悄拉出笑意。
這才發現，我和岳融之間有任何人都無法察覺的默契存在。
從小到大毫無顧忌的相處，從未因性別相異就阻絕的頻率。
「上課專心，不要再睡了。」老師放棄再找暗號人，不爽地警告我。
打起精神，我決定放學後向岳融道歉。
放學後？因為要找個沒人地方私下當面道歉，既有誠意又可避免丟臉嘛。
反正放學後鐵凜威要直接去補習也沒空理我，擇日不如撞日，再不把事情跟岳融講清楚，難保今晚不會又失眠。
當放學的音樂從廣播中響起，我立馬收拾東西。因為岳融做什麼事都很快。
走路快、吃飯快、寫作業也快，所以以前我打排球時他能很快寫完兩份以上的作業，包括我和魏芊芸的。
閃開飛來的躲避球快，所以躲避球賽時他在身後神速閃避我都沒察覺。
連衝過馬路都很快。不要命般的快。
在放學的人群裡，我遠遠跟在岳融身後。
他搭上公車，找位子坐下就取出英文參考書低頭猛啃。直到下了公車都他沒有發現我隱身在其他座位上。也對，我承認他在課業上比我用功，不然哪有能力幫我寫作業。
下了公車，他快步往前走，來到公園邊解開綁在人道上鐵欄柵上的腳踏車，跨上車就像陣風般飄走；我也騎上自己的腳踏車緊跟在後。

幾乎快跟不上了。因為他騎得太快，我踩得很喘。

驀然察覺，以前自己身後總跟著他，曾幾何時變成自己在後跟著他。

好像有什麼事情，隨著時光的流動在不知不覺中悄悄發生了變化。

途經老貓咪冰品店，他沿高大的磚牆向右轉。記憶中，這段路我從來沒有走過，因為和他一起放學回家時都是在冰品店門前分開。

而我迄今不知他家住在哪裡……想來又有點心虛。

兩個轉彎後，我煞車停駐……呃，人咧？

我傻在路邊左右張望，怎麼一轉眼就不見人影了。

眼看天色漸暗，路邊西點麵包店傳來剛出爐的麵包香，惹得肚子一陣狂叫。

推開店門，檯上和架上的麵包看來都好可口。我隨意選了兩個到櫃檯結帳，在排隊時無意中瞥見冰櫃裡有個東西，讓我不禁低喚：「咦！」

第十話

那是一雙手端著一整盤蛋糕正要放進冰櫃。手肘上有被火燙傷的紅色疤痕。

很久以前我見過這種蝴蝶造型的巧克力蛋糕，之後在別的店裡都不曾找到。

「妳想追男朋友卻又這麼懶？」珞琪曾經這般指責我。

小學五年級我倒追鐵凜威，經常提著早餐點心跑去他的班上找他；那時的早餐和點心常常是岳融準備的。我說鐵凜威喜歡巧克力蛋糕，他就經常用小提袋幫我準備這種蝴蝶造型的蛋糕，讓我拿去討好鐵凜威。

在他揹我趕往醫院途中，緊護著我的手肘上，那個傷痕形狀始終印在眼底。

我曾笑說是小時候玩火燒的吧。他只淡淡一笑，不置可否。

順著那傷痕的手往上看……戴著白色小帽口罩，雙眼止專注於排放蛋糕。

第一次發覺，那雙眼睛明眸翦水，澄明中彷彿漾著些許謎般的憂鬱……

「小姐，請櫃檯結帳唷。」我被收銀機後方的店員姐姐喚醒，趕緊收回視線上前把手中的麵包放在檯上。

晚飯後我主動收拾碗盤清洗，還被跑來翻冰箱的濕志剛揶揄：「咦，妳居然也有賢慧的一面，是去動手術拿掉了嗎？」

之後寫了英文作業，我估計西點麵包店快結束營業了，就抓起外套。經過客廳順便踹了癱在沙發的溫痔瘡一腳，就在哀嚎聲中像陣風般衝下樓騎上腳踏車。

抵達時燈熄了一半。店員姐姐迎面步出店門差點撞上喘著氣的我，見我向店內張望：「我們打烊了，不好意思。」

「呃，那個……請問小師傅走了嗎？」

「小師傅……要找岳融？」她遲疑了幾秒，打量著我說：「妳要到後面去，他在鎖後門。」

我謝過她，趕緊繞到建物的後方小巷。在巷口就見他牽著單車走出來。

視線迎上，我說：「抓到了厚！」害他怔傻不知如何反應。

化解尷尬，我只好將手臂搭在他肩上：「你在這裡幹嘛？」

「……沒、沒幹嘛。」

「你明明在這裡打工，為什麼跟我說沒幹嘛！」

他移開我的視線，牽著車子往前走：「也、也不是什麼好值得說嘴的事……」

「什麼話，明明很厲害好不好。」我跟著他慢慢踱步：「你什麼時候在這裡打工的啊？」

他沉默不語，似乎還在想怎麼應付我這個討厭鬼。

我一把拽住手臂硬要他說，他吁了口氣：「小學三年級開始就在店裡幫忙。」

「原來你家是開麵包店的喔。」

「不是。這是我叔叔開的店。」

「那你家住哪？」

腳步頓了一下，他轉向我：「妳特別來找我，就是為了知道我家在哪？」

「當、當然不是。」換我避開他的視線；「你那天為什麼要故意惹我生氣？」

「小威的事？」

「對啊，還說了那麼多過分的話。」

「他後來沒有再跟妳說要分手的事了吧？」

「是也沒有，可是……」換我沉默了，不是不知從何說起，是不知該說什麼。

走到騎樓下我牽著自己的腳踏車。我們併肩的身影在路燈光影下緩慢變長又縮短再拉長，半晌後才整理好思緒：「你覺得我和小威能長長久久走下去嗎？」

會啊，妳喜歡他那麼久了，我一定會幫妳的。每次問這個問題，他都這麼回答，這個時候不知為何我特別想聽到他這麼說。

「……我不知道。」

「你、你怎麼可以不知道！」完全無法接受這種答案，錯愕於他居然非如往昔支持，我有些激動質問：「你為什麼這樣說？」

「……」

「你不是說你一定會幫我的嗎？」我拉住腳踏車把手阻止他再往前走。

「婇婇，我當然幫妳——」

「你幫了我什麼？你幫了我小威還會要跟我分手？」

竟然要賴，真是可恥，而且我幾乎忘了是因為打他的事來找他道歉的。

「……對不起。」

他臉上露出的苦澀表情讓人冒火，想不透向來支持我追鐵凜威的他為何一反往常，我要賴：「你不想幫我就算了，反正你就是記恨我打你兩巴掌的事嘛。」

「我沒有！」他憋屈地說：「那是鐵凜威要妳打的，妳也是不得已的啊。」

聽他這樣說，我的罪惡感減輕不少，也感動於他的體貼。

「說到這，你到底是跟小威講了什麼，惹得他那麼生氣？」

他欲言又止：「我說對不起是因為……覺得自己好像已經用盡全力了。」

「什麼意思？」

他的眼瞳晶晶熒熒，卻深遂神祕：「妳有沒有想過，小威真的適合妳嗎？」

「有、有什麼不適合的，我覺得很適合啊。為什麼這樣問？」

「我會這樣問，是……希望妳幸福。」他說這話時，臉上寫著落寞。

感動到有點想哭，但我嘴上還是很硬：「你希望我幸福還跟小威打架……」

「以後都不會了，因為我跟他可能不再是朋友了。」

「你們到底發生什麼事呀？」

「我為了幫妳……惹得他不高興就打了起來……」

「你……真是笨哪你。」

「……對不起。」

「算了算了。」

「呃、呃嗬呃嗬呃嗬……」珞琪睜大了眼睛，口中冰沙約莫不慎咕嚕吞了下去，咳到差點往生。「算了？就這樣？」

說了昨天找岳融的過程，她卻貌似不太理解；我提高聲調：「他就已經無能至此了，不算了難道我要罵他嗎。」

「我是說妳怎麼就只跟他講到這裡就算了，還說妳罵他？是我該罵醒妳吧。」

「蛤？講到這裡他就說時間不早了、要回家了啊……」

「所以，他家住哪？」

「……這很重要嗎？」實在不知珞琪在氣什麼，我小心翼翼地問。

「溫巧婇，妳的婇哥稱號真不是浪得虛名耶，像個男生　樣粗神經是怎麼回事。」珞琪橫我一眼，在眼前伸出手指數落道：「原先妳不是要去找他道歉的嗎，怎麼我聽到的都是他向妳說對不起呀？再來，妳不是好奇他怎麼會在麵包店打工的嗎，知道原因了嗎？還有，他為什麼住他叔叔家妳不覺得奇怪嗎？最重要的，他到底說了還是做了什麼讓鐵凜威生氣導致兩人打架呀？聽起來就跟妳有關呀。」

「咦，對厚……」

這麼說起來，自己對於岳融的了解真的好像不如原先自己以為的那樣。

「他為了幫妳費盡心力，甚至鬧到和小威絕交，妳卻——」

「就說他無能了嘛。」

「我說是妳無知吧。」

「我哪裡無知了。」

「是知己才這樣說妳。」她舀了一口冰沙，原本不滿表情因檸檬冰沙的酸甜變得柔和。「是說，岳融對妳還真好，妳叫他做什麼他從不拒絕。」

「他這次不就拒絕我了嗎。」

「唉呀，妳這是強人所難啊，他幫妳都已經幫到跟鐵凜威翻臉打架了，妳還要他怎樣。」

「……」我無言以對。

她見我默不作聲，雙瞳骨碌，話鋒一轉：「喂，妳說，他是不是喜歡妳呀？」

「這、這是什麼神發展……這怎麼可能啦。」我錯愕地望著她。

「怎麼不可能？一個男生對一個女生百依百順有求必應，不是喜歡是什麼。」

我手舉起來作勢要打，她指著我說：「妳看妳看，又來了！妳有沒有想過，為什麼鐵凜威想要跟妳分手呀。」

「不就是為了打蟑螂的事嗎。」

「妳是在哈囉喲！」她抓著我的雙臂猛搖：「不是、不是、並不是好嗎！」

被她搖得暈頭轉向，但也從懵懂迷糊中清醒了些。

鐵凜威若即若離、岳融講話諱莫如深，搞得我雲山霧罩，說不定珞琪能看到什麼我忽略的事。所以我拉下臉：「那不然是怎樣啊？」

「要聽真話還是假話？」

「假話……是怎樣？」

「鐵凜威會和妳真心相愛長長久久。岳融呢，真的是妳講義氣的好兄弟。」

我心涼了一截，有點後悔問了她：「那真話不就是……」

「鐵凜威已經不喜歡妳了。其實喜歡妳的是岳融。」

「誰管岳融喜歡誰！我問妳，為什麼小威不喜歡我了？」

「妳看，這就是妳的問題。一聽到不能接受的事就動怒，我問妳，哪個男生會喜歡這樣的女孩？」

「那妳還說岳融……」

「對，說到重點了。」她把杯底的檸檬冰沙一仰而盡，打了個嗝說：「岳融很善良，但就是個怪人。」

如果岳融喜歡我，還會提供情報助我和鐵凜威在一起？還會為我準備討好鐵凜威的甜點？太逆天了吧。珞琪所說的我一點都不信，所以星期六還是開開心心和鐵凜威相約K書。

偷瞄他俊美的臉龐，就覺得自己好幸福，早把岳融和珞琪的話忘得一乾二淨。

段考的範圍準備得差不多了，我拿著保溫瓶起身到走廊上的開飲機旁接水。

鐵凜威來到身後，環抱著我在耳邊問：「英文唸完了？」

「嗯。」我接過杯子幫他接水。熱水三冷水七，這比例已經熟得不必問了。

「妳今天好香喲。」他在我耳邊嗅了嗅，惹得我發癢閃躲，咯咯作笑。

決定暫時休息一下。我們就牽著手，走在校園的阿勃勒樹廊道上。

自顧自地說著上個星期代表學校去參加自然科學競賽得到首獎的經過，語氣裡聽得出來他對自己的表現頗為滿意。我聽不太懂他參賽的題目在講什麼，只是唯唯是諾地點頭回應，直到他提及一起去的團員，我不經意問：「岳融好像也有去不是嗎？」

「岳融呀，」他的語氣明顯轉變。「他那一組設定的題目超怪，什麼『從山海經看天體運行對人類古文明與遷徙的影響』，這種題目一看就知道不符評審口味嘛。真是傻得可以。」

「所以沒得獎？」

「只得到佳作，就是第三名。」

「那也不錯啦。」

「什麼不錯，獲得佳作的共有三個學校，差不多就在淘汰邊緣了。之前就跟他說了不要選這種鬼題目，硬是不聽才會這樣。」

為了附和他，我立馬狗腿地說：「從我認識岳融以來就覺得他很膽小但又固執。」

居然還這樣說岳融，溫巧婇妳會下地獄。

「膽小膽大我是不知道，但他真的很固執，還很白目。」

想到上次他誤會岳融喜歡我的事，覺得就此打住比較好，趕緊轉移話題笑著說：「你看，水塘裡的荷花開了耶，我最喜歡荷花了。」

「我覺得岳融最喜歡的人是妳。」

我的笑立馬僵住。因為被他這句話打臉，臉上拉不出自然的笑意。

「呃，呵呵，怎麼可能，他喜歡的人不是我，是魏芊芸。」

芊芸與我們唸不同的高中，她現在應該會忽然覺得耳朵很癢吧。

「我五年級班上的魏芊芸？有這種事……」

「唉呀，人家愛得很低調嘛。」

為了抓緊眼前的美色，連芊芸都出賣了，溫巧婇妳不是人啊啊啊啊啊……

「妳知道嗎，岳融其實很卑鄙。」

「很卑鄙？」

「他這個人很陰沉，心裏在想什麼很難讓人察覺。我勸妳跟他保持距離。」

聽他這樣說岳融，內心有些難過。

在我不知所措之餘，幸好迎面走來他在籃球校隊的兩個隊友跟他寒暄，才及時止住這個話題。

當晚上牀睡覺前，我實在忍不住，發了個簡訊給岳融：「月光融融，那天你到底跟鐵凜威說了什麼，你們才翻臉打架？」

他讀過簡訊後，過了快半小時才回：「跟小威在一起，妳快樂嗎？」

文不對題是怎麼回事。我思忖了半晌，忍住了直接通話的衝動，回傳：「嗯。」

「那就好，至少這一架打得也算值得。」

「但我不希望你們因為我，連朋友也做不成。」

「知道了，我會去向他道歉。」

我吁了口氣，原本緊繃的心得以抒解。又覺得這樣對他好像不公平，所以又傳：「讓你受委屈了。」

「沒什麼。妳和溫媽媽不也曾為了我的事受委屈。」

「六年級時你救學妹、我打三虎，結果被主任訓話的事？我早忘了好嗎。」

「我一直都記得。」

這臭小子一定要這麼暖心嗎，害人家有點想哭耶。我搞笑掩飾：「婇哥的帥勁讓你忘不了，對吧？呵呵。」

「是啊，妳的俠義風骨很難讓人忘記。」

「嘿嘿，不准喜歡上我，聽到沒有。」

「如果已經喜歡上了，怎麼辦？」

已經喜歡上了？我揉揉眼睛……沒看錯！

完了，一下子放得太鬆，自己先提到不該提的詞語……我瞪著手機發傻、小宇宙百轉千迴之際，他傳來：「跟妳開玩笑的。別介意。」

「……」

段考之後，鐵凜威開始為校際籃球賽的集訓忙碌。

但愈接近學期末課業愈重，只好拉著珞琪跟我一起上圖書館。

這天我早到，就先做數學習題。她傳來簡訊，說家裡臨時有點事會晚一點來。我也不以為意。再從參考書裡抬起頭，已經是一個小時後了。有一道公式的應用特別難懂，怎麼計算都算不出答案，我決定先擱著，等珞琪來了再跟她討論。

揉揉發痠的後頸，起身去走廊的飲水機裝熱水。

飲水機前有兩個女生在沖茶葉包，還嘰嘰喳喳談笑著什麼。

「小慧怎麼沒來？」

「見色忘友，約會去啦。」

「跟誰呀？什麼時候的事，怎麼都沒聽說。」

「就是那個高高帥帥的鐵凜威呀。在一起好幾個月了。」

聽到鐵凜威三個字，我耳朵豎了起來。

「舊情復燃了唷？他不是跟一年忠班那個恰北北的女生交往嗎？」

「早就分了。只是那個女生還糾纏不清而已。」

忠班恰北北的女生……忠班還有誰比我更恰北北？至於糾纏不清……

從廊柱的陰影下出來，我快步上前：「妳們說的小慧是楊喜慧吧？」

她們回頭，其中一個眼拙的沒認出我：「對啊——」，另一個眼尖的立即撞撞手肘，使個眼色就把眼拙的那個拉走了。

我滿頭霧水地踱回閱覽室，思緒一團混亂。

「喂！抽瘋喲！」珞琪在耳邊低喚，我才回過神來。

失神地將保溫瓶的水倒在桌上了都不知，連珞琪坐在身邊了都渾然未察。

我把聽到的八卦說給她聽。她二話不說拿起我手機就撥給鐵凜威。

「喂？」

「今天的訓練……結束了嗎？」我努力裝出鎮定。今天校隊被帶去另一所有體能訓練中心的高中，進行重量訓練。

「結束了，正要回家。」
「喔，我是想說，晚上一起吃飯。」聽到他的聲音，心安不少。
「不了，我今天好累，想要回家洗澡先睡一下，一點再起來準備功課。」
「好辛苦唷。那你好好休息。」
「嗯。掰掰。」
珞琪見我切斷通話，一掌甩我手臂上：「妳傻了呀！叫妳查勤妳卻嗲聲嗲氣請安問好是怎麼回事！」
「他重訓這麼辛苦，我還不相信他，不是很過分嗎……」
珞琪白眼翻了又翻：「齁！就沒看過傻成像妳這樣的！」

接下來是一連串的忙碌。除了社團社課和期末考，身為康樂股長的我還得和班長、服務股長配合舉辦下學期班際郊遊活動的事，常開會到很晚，除了午餐時間才能與鐵凜威小晒恩愛外，晚上也只能在睡前用簡訊互解相思。

珞琪說，一般女生聽到男友貌似劈腿的傳聞，早就備齊雙份不銹鋼豬籠籌畫捉姦洗門風事宜了，只有我這種男靈體質的奇葩女生，才會完全相信空穴和來風是兩回事。
「我誰？我溫巧婖耶！哪能跟那些小白花一樣疑神疑鬼。」
不過，一杯白開水裡被放了一匙白醋，還是一杯白開水嗎？看起來是。
嚐起來卻不是原來無味的純水了。
私底下，我查遍了鐵凜威的臉書、群組和ＩＧ的內容及連結，還趁不在座位上時偷看他的手機，都沒發現他與哪個女生有曖昧互動，甚至連群組好友裡都沒有楊喜慧。
所以，那兩個飲水機女生不過在嚼舌根講八卦而已吧。我這樣告訴自己。

放學前的清掃時間，另一個值日女生藉口生理期來就躲在教室跟人談笑，我不以為意，蹲在花圃邊除草，即使已經黃昏，太陽仍然毒辣得讓人頭昏。好不容易整理完畢，我起身想抬起裝滿雜枝枯草的籮筐，卻口乾舌燥，覺得整個校園轉啊轉的。驀然一陣暈眩襲來，整個人往下墜。

撲的一聲，我卻沒有跌在地上，貌似被什麼棉被還是墊子的東西接住了。

「婇婇！婇婇！」

彷彿某種恐怖的力量牽引，身體不停往下墜，揮著的手想在空中抓些什麼止住跌勢，努力睜開眼睛想看清楚發生什麼事，卻只有不停不停往下墜的暈眩。

就在快失去意識時，感到身子在飛。快速的飛。

「護士姊姊，我同學昏倒了！」

「快把她放在這裡！她什麼名字？」

「溫巧婇。」

「溫巧婇！溫巧婇！聽到我說話嗎？」

眼皮被人掀開，一道光線刺激瞳孔，我反射地縮緊身子舉手阻擋……

「她怎麼回事？」

「她可能是那個來了，又偷吃冰，剛剛在太陽底下除草，應該是貧血了。」

居然連我中午偷吃冰都知道！這講話的聲音是岳融。

這時額頭傳來冰涼，一口氣從腹部悠悠上升，我就從半昏眩的狀態中甦醒了。

校護姊姊問我原因，我說了。

她佩服的瞥了岳融一眼，然後說：「妳媽媽沒告訴妳女孩子月事來吃冰很傷身嗎，下次要忌口。」

我接過岳融遞過來的含糖飲料，啜了一口。「知道了。」

「幸好妳男友很了解妳，不然我要叫救護車送妳去醫院了。」

「去醫院？」不會又要被送婦產科吧？我趕緊坐起來：「不用不用，我很好。」

一起身又是猛一陣暈，被她斥道：「又暈了厚！妳沒躺個半小時不准起來，否則通知家長，知道嗎。」

我只得乖乖躺回去。見校護姊姊離開去忙別的事，我望了站在牀邊的岳融一眼，正要說話，他從口袋掏出手機點選了一下遞到面前。畫面上顯示受話人是鐵凜威。

只要一個眼神或一個動作，他好像都知道我在想什麼。

「喂？」語氣很冰。我意會到這支手機是岳融的，怕他誤以為是岳融找他，趕緊出聲：「是我啦。」

「巧婇？」

我說自己昏倒了。他笑出聲，說什麼連蟑螂都不怕的人怎麼可能被什麼嚇昏。

我說是真昏倒了，還強調自己現在躺在學校保健室，他才用懷疑的語氣問真的嗎、怎麼回事。

一面解釋一面覺得洩氣。偷瞄一眼岳融，他閃到門外的走廊上背對著室內。

撒嬌抱怨了半天，沒得到半句安慰，反而被唸：妳也真白目，明知身體不適還亂吃冰，現在搞到麻煩人家多丟臉什麼的。

人帥功課好、自我要求高，都是他的優點，但大男人個性，我必須經常忍受他言語間流露出女生真麻煩的語氣。

人家雖然巾幗不讓鬚眉，帥氣直逼英豪，但類此脆弱時候，也是希望有人能溫軟的安慰啊啊啊啊啊啊啊啊啊啊……

聽他叨叨絮絮唸完，最後竟以：「好了，妳自己小心一點吧。」就要掛電話了；我急著問：「那、那你……不來陪我回家啊？」

「我練完球還要去補習，妳忘了嗎？」
「……沒、沒忘……」
「妳剛剛不是說，校護告訴妳躺一下就可以了？」
「唔，是啊……」
「那就這樣。」說完就掛斷了通話。
我盯著手機，心裡長嘆了一聲。
岳融瞥見我講完了，返身進來：「他會來接妳回家吧？」
「嗯。你有事先去忙吧。放學的音樂剛剛不是已經下了嗎。」
「沒關係，等小威來我再走。」
「你先走吧，我好很多了。」我把手機還給他。
「這樣啊……那，我幫妳把書包拿來，不然大家放學後教室門要關了。」
「嗯。」
睇著他的背影，頓感悲涼。校護姊姊突然從她的辦公間探出頭：「妳偷吃齁？」
「偷吃？哪、哪有。」
「我知道妳行情好，但這個男友不錯，妳就好好珍惜嘛。」
「妳弄錯了，他不是。講手機的那個才是。」
她怔了幾秒，咋咋舌縮回辦公間不再多話。我心裡真是五味雜陳。
不一會兒岳融帶來我的書包。因為書包裡的手機在響，他手忙腳亂把手機掏出。我接起來，那端傳來鐵凜威冷問：「我問妳，為什麼妳昏倒，卻是用岳融的手機打給我？」
本來他的醋意應該讓我開心的，但剛才對話和校護姊姊的一番話讓我聽了反而來火。本想發作，瞟見校護姊姊和岳融投來的眼神，只得強忍脾氣跟他解釋自己昏倒時岳融剛好經過、清掃除草時也不可能帶手機在身上。

「別忘了，妳答應我不再理他的。」

「不是我要理他，是他見我昏倒抱我到保健室急救的，我們又沒有什麼——」

「他抱妳？他抱著妳？妳讓他抱？妳讓他當著那麼多人的面抱著妳？」

「我、我剛剛身體不舒服昏倒了——」

「對，妳不舒服，讓岳融抱著妳妳就舒服了就爽了、人就不藥而癒了嘛。」

「為什麼你要像個女生一樣計較這些有的沒的！」我終於忍不住吼了出來。

「妳這樣子有沒有想過我的感受？」

「你什麼感受？」

「女友被別的男生在校園裡抱著，我覺得丟臉！這就是我的感受！」

「我都昏倒了要怎麼想到你的感受！」我狠狠將手機往牆角摔砸！啪的一聲脆響，手機立即四分五裂。

岳融和校護姊姊驚嚇地瞅著我。我抱著腿把臉埋在兩膝間，氣到雙手發抖。

「媃媃，妳別激動，待會兒又不舒服了——」

「都是因為你！你幹嘛抱我！我不是叫你不要理我了嗎你幹嘛多管閒事！」我跳下牀撲過去往他身上拳打腳踢：「你對我那麼好是為了什麼目的！你幹嘛老跟著我！喜歡我啊？我不准你喜歡我、不准你喜歡我、不准你喜歡我！滾！」

岳融連躲帶閃也逃不過我的毒手，只好側著身任我毆打，直到我打到累了才低著頭輕聲說：「對不起……」，頹然地轉身走出去。

我癱坐牀邊喘著氣，腦袋一片空白。

直到校護姊姊忽然冷冷地冒出：「看來妳恢復得不錯，可以回去了。」

第十一話

摔爛手機後又大吵一架，結果整個暑假都在和鐵凜威冷戰。

我脾氣硬，為了面子，發毒誓若先低頭就註定孤老，生死了都沒人管。

岳融可能震懾於我摔爛手機的餘威，只透過珞琪來問有什麼可以幫忙。

「離我遠一點、別再害我跟鐵凜威了。」我叫珞琪這樣跟他說。

珞琪數落我，但還是轉達了。她回報說岳融很沮喪，認為自己很對不起我。

他根本沒錯，怎麼就是想找他出氣呢。心裡愧疚，但這時的自己還是很任性。

然而一開學，看到鐵凜威那張俊美的臉，我就軟了，發什麼誓都一概不承認。

「幹嘛？」下課後，我把他約到校園無人的角落；他冷冷地問。

「人家想要抱抱。」我嗲著聲，直接撲上去抱了。

暑假時跟著溫夫人追一部韓劇，女主角每次跟男主角吵架後都用這招。

我就用這招，再次化解了跟鐵凜威的分手危機。

開學後不久，籌畫已久的班際郊遊，即將登場。

升上高二，原本是副班長的鐵凜威，因為上學期代表學校參加數學競試得了冠軍，讓校長在朝會時咧嘴笑到闔不攏，所以當天班會就當然成為本班之光而被選為班長了。

至於我，莫名其妙被選為副班長。

事後在廁所裡無意中聽到有人私下八卦說：「若非小威女友，以溫巧婇那麼兩光，哪有被選為副班長的光環呀。」

若非當時屁股光光，以溫巧婇的個性，妳們的頭髮豈有不被拔光。呿！

班際郊遊的活動，是上學期幾個幹部經過場勘和討論許久才決定的，但鐵凜威在幹部會議時看完原本的計畫，卻皺眉搖頭：「這都是些什麼……」

這都是上學期的班長、服務和身為康樂的我三人宵衣旰食的心血結晶啊。

「選的這幾個場地，都不適合人數多的活動。」

「可、可是，有考慮過兩班的總人數，應該還好吧？」

「像這個，居然放在室內玩。」他白嫩修長食指指著計畫書上的位置，是我精心設想的遊戲；「完全沒考慮活動後大家會流汗，是想臭死誰呀。」

「對呀，是哪個豬頭想出來的呀。」這學期的康樂股長胡妍婷附和道。

「……當時是考慮戶外辦，也許會下雨嘛。」我用螞蟻的聲音辯白道。

他的眼珠流動，又翻到下一頁：「還有，午餐居然只吃餐盒，太寒酸了。」

「是啊，我們班男生吃不飽就算了，讓孝班的男生也吃不飽就太丟臉了。」

「妍婷，這餐盒是上學期我們跟孝班一起討論的結果耶。」我忍不住說。

「那又怎樣，活動成敗是我們在扛耶。」

我嘟囔：「那現在怎麼辦？」

「不好的地方當然要改進，再跟孝班幹部討論不就好了。」他這話說得好像我很懶一樣。

今天你們一定要跟這樣挑毛病嗎……我怔愣地望著鐵凜威和胡妍婷。

「怎麼會要大家在活動地點大門口集合呢。」他忽然又用挑高的音調質問。

我心都快揪成一團了：「有什麼不對嗎？」

「那不就要等那些遲到的人？」

「等……就等嘛。」

他放下計畫書，不可置信地瞟著我：「要等多久？如果有一個人遲到一小時，兩個班的人不就要浪費一小時？」

「應、應該不會吧，哪有人這麼白目讓大家等這麼久的……」

「妳能保證絕對沒有人遲到嗎？」妍婷又補我一槍。

「做事這麼草率，肯定要出事。我們是籌畫者，就要預想各種可能，一個活動要成功，就是要務求完美，各種問題都要事先掌握，否則發生臨時狀況，誰負責？說句不好聽的，這個計畫是我看過最爛的……」他像老師般唸了一大堆，其他幹部的目光不時轉向我，好像這計畫之爛全是我一人搞的。

夠了吧，我是你女友耶，一定要這樣讓我丟臉嗎……我低著頭，心情之沮喪。

還有胡妍婷，跟著鐵凜威針對我是怎樣，平日看似柔順，今天吃錯了什麼藥。

「應該要請兩輛遊覽車專車載送，這樣既可避免各人搭乘不同交通工具造成時間可能遲延，大家也可以在車上同歡，是比較妥適的做法。」鐵凜威的嫌棄告一段落後，兀自卜結論，但隨即又問：「大家以為如何？」

其他幹部一片叫好。其實，如果有人有異見，最後也會被他說服吧。

誰不知道坐遊覽車比較爽，但是貴啊，上學期討論過了。我索性不說話了。

這學期被選為服務股長、始終靜靜坐在角落的岳融，緩緩移開視線。

會後當晚，我用簡訊向鐵凜威表達不滿。他卻回訊說：「我是為妳好。」

不顧感受當眾批評女友的計畫，怎麼是為女友好？我豬腦袋，完全不解。

隔日下課，我私下找胡妍婷。她含情脈脈地盯著我說：「我是為了妳。」跟隨別人對著好友火力全開，是為了好友的什麼？我腦袋殘，完全懵懂。

我抱怨給珞琪聽，連帶把岳融也罵進去：「也不幫我圓一下。沒義氣。」

「他每次都會幫妳護短，但這次沒幫妳，應該是為妳好吧。」

「這樣也是為我好？見鬼呀。」

「不是妳叫他滾遠一點的嗎，怕妳又生氣對身體不好嘛。」

我聽得出來珞琪語帶嘲諷，乖乖閉上嘴。

每個人對別人好的方式不同，有的人形式上讓妳覺得對妳好，有的人則是真心為妳好。難就難在成長過程中，我們經常難以分辨對自己好的人是為了什麼目的對自己好。

對於別人在想什麼超級缺乏敏感度，珞琪常揶揄我個性大而化之，像個男孩般粗線條。但這次幹部會議卻讓我陷入前所未有的悒鬱，納悶於人與人之間感覺的掂掇，愛情、友情與義氣間的混亂到底如何辨證，原本的直言敢行因而蝟縮消極，變得不愛搭理人。

心情鬱悶時經常獨自跑回小學校園裡瞎晃，總覺得這裡有種未受污染的寧靜；就像我喜歡不複雜的單純。

那個星期天來到小學校園，瞎逛時意外在走廊遇到三、四年級的導師李老師。

李老師來學校值班。她開心地拉著我到教職員辦公室，拿了餅乾冰紅茶和我一起享用。幾番寒暄與問候後，她關心起我的高中生活。

「原來妳也到了對人際關係困惑的年紀了，時間真是快啊。」

李老師親切溫暖，我忍不住把煩惱講出來，希望她給我一些意見。

有些事跟身邊的人討論，因對方意見常摻雜主觀好惡，不如聽聽完全無關的第三者怎麼說，反而中肯。

老師靜靜聽完，啜了口紅茶，沒有直接回答我，視線眺向窗外校園的榕蔭步道，那裡是一整排的百年老榕樹。「巧婇，還記得妳四年級的那件事嗎？」

榕蔭步道？四年級時校慶活動的園遊會就是在榕蔭步道上舉辦的。

校慶那天陽光之毒辣，至今都還記憶猶新。

家長、家長的朋友、同學的家人朋友，還有一群穿著西裝、被校長主任帶著到處參觀的大人們，一大早學校裡就來了好多人，熱鬧異常。

我和姸婷負責的攤位是賣鹽酥雞和愛玉冰。會選這兩項是因為我倆都愛吃，但當我淌著滿身大汗，站在油鍋邊不停炸著雞排，還被一群猛揮兌換券吵著要吃雞的人嫌我手殘腳頓時，就覺得做人之痛苦，不如做雞！

因天氣熱，冰筒裡的愛玉冰一下子就賣光了。負責愛玉冰的姸婷原本笑逐顏開數著可以換多少現金，瞥見我臉臭像死雞，趕忙放下兌換券拿起面紙幫我擦掉額上汗水：「加油！婇婇炸雞排，好帥喲。」說完還用手機拍下我的狼狽樣。

睨一眼她的青蔥玉手和甜聲嬌語，想叫她接手幫忙的念頭，立馬灰飛煙滅。

咦？咦咦咦咦？油鍋怎麼不滾泡了？

煩躁到想殺人之際，鍋裡的雞排倏然靜止不動了。低下頭，發現瓦斯用盡火熄了！

擠在爐前的眾食客見狀，哀嚎慘叫他們的雞、斥責唾罵我的兩光。

「許賤人！」我不甘揹黑鍋，氣到甩掉手中的鐵夾，大罵總務股長許國永：「你負責買瓦斯的，這瓦斯怎麼回事，搞屁呀！」

在斜對面遊戲攤位的許國永聞言反嗆：「妳火搞那麼大，一下子用光了啊，鬼叫什麼。」

「不開大火怎麼炸雞排！你把你家烤肉用剩的瓦斯罐拿來充數，對不對？」

他眼珠飄忽，脹紅著臉：「聽、聽妳在放屁！」

「居然敢侵占大家的班費！一分鐘內不給我找到一罐瓦斯，就把你肛門裝在爐上用你的屁當燃料！」

「說什麼妳！臭三八！」他惱羞成怒從攤位衝出來。我怒急攻心，撇掉身上圍裙也衝出去：「凶什麼！搞得大家沒雞吃，就讓你體會這些泡在油鍋裡不能香酥的雞的心情！」然後我們就扭打成一團！

「溫巧嫊！許國永！都給我住手！」鐵凜威見狀跑過來，一把拉開我們。「今天這麼多校外客人來你們居然還打架，丟臉死了。」

我說許國永無恥，許國永痛罵我誣衊。鐵凜威聽得一頭霧水，只能以班長的身分指責我們的不該。就在剪不斷理還亂之際，餘光瞄到身後陸續有人拿著小紙袋啃著炸雞離開……

返身只見攤子上又開始傳來滋滋的油炸聲。推開圍在爐前的人群，見到岳融居然站在攤後手腳俐落地翻著油鍋裡的雞排。我靠過去，發現負責烤香腸的他從自己攤上搬了火爐過來，換到我的油鍋下，幫我解了燃眉之急。

那、那他自己的香腸怎麼烤？我探頭瞅了隔壁攤……他的爐換成用電烤箱？和他同攤的珞琪瞪我一眼：「早上我還嫌他帶電烤箱礙事，他說萬一瓦斯用完了還有備用的。想不到真的派上用場。」

岳融的心思如此細密呀……

忽然想起昨晚他傳來簡訊：明天攤位所需東西妳都準備好了嗎，比如食材醬料瓦斯爐之類的？

我還不耐煩地回覆：我誰？我溫巧嫊耶。別像個娘們般囉嗦。

不知是誰去打小報告，李老師過來，把我和許國永叫到旁邊去訓誡一頓。但老師講些什麼我都沒聽進去，暗自慶幸有兩個男生為我解圍，心情因為自己有行情而撒花放煙火。

現在回想起來，還真是丟臉，一切只因當時年紀小。

我趕緊關掉往事的畫面，畢恭畢敬：「記得呀，那時的自己好幼稚呀。」

老師勾勾嘴角：「怎麼會，那個年紀就該有那個時候的想法和個性嘛。」是說，這跟我現在的煩惱有啥關係……心裡納罕嘀咕。

老師不愧是老師，彷彿看出我的疑惑：「那麼現在的妳，覺得你們四個面對麻煩的處理方式怎麼樣？」

「我和許國永都很幼稚。鐵凜威身為班長維持秩序主持公道，最稱職。岳融嘛，怕這怕那的，想不到有時還真能派上用場，呵呵。」

「是這樣嗎？妳再好好想想吧。」老師別具興味地望著我說。

是覺得我的答案她不滿意嗎……唉，我真是不善於揣摩大人的想法，難怪成績不好、在家也老被溫夫人罵，為掩飾尷尬只得趕緊拿起桌上的餅乾狂嗑。「唔，好好吃唷。」

「這餅乾是岳融送我的喔。」老師笑著說。

與李老師聊天之後，我覺得自己和鐵凜威之間出現裂痕。

我和鐵凜威在一起的事李老師並不知道，但她和我一起回顧四年級校慶園遊會時的過往，觸動我覃思反芻某些始終存在，只是自己不願面對的事。

興許是不敢面對。

我和鐵凜威因為小事爭吵的次數開始增加。雖然事後總是和好，但這情形讓人很不安，常常想到我們能不能走到最後。

但我誰？我溫巧婖耶，怎能讓這情形繼續下去。只因天生缺乏少女心，想破頭也找不到解決之道；幾次想找岳融商量，又想起之前對他那麼壞，就打消念頭，只得一天到晚鬧珞琪。

自己跟鐵凜威在一起後，人緣變得超狹隘，可以談心的人只剩她了。想來真是仰天長嘆。

珞琪被我盧煩了，終於生氣：「去去去，去找岳融，妳跟小威的事別來煩我。」

「矮唷，人家如果不是走投無路了也不會來煩妳呀。人家誰？溫巧婡耶。」

「喂，妳不要嗲聲嗲氣人家人家的好不好，雞皮疙瘩一直竄出來耶。」

「妳少女漫畫和偶像劇看的比我多，拜託了，教教我嘛。」

「我又還沒交男朋友，耍浪漫這種事應該妳比較有經驗吧。」

浪漫？我和鐵凜威在一起，唸書逛街看電影，偶爾打打球，最多牽牽手、親親嘴，這不是所有的情侶都會做的嗎？算浪漫嗎……

這次跟他吵架時先低頭直接就湊上去想親他的嘴，卻被他甩頭推開……

珞琪見我不作聲，大概也猜到七七八八，她眼珠骨碌：「咦，這種事以前不都是岳融罩著妳的嗎？」

聽出她的用意是要我向岳融道歉，但我實在拉不下臉。「……他不理我。」

「是妳不好意思理他吧。好啦好啦，我幫妳問他看看。」

「妳別說是我要問的唷，就迂迴問一下，像是如何幫男友慶生才能讓彼此感情升溫之類的。」

「溫巧婡，現在很會了嘛妳。」

兩天後她告訴我，鐵凜威既然要帶隊去北部參加高中盃校際籃球聯賽，我可以去製造一些驚喜，讓他有排面。「這樣他心情一爽，就願意寵幸妳，妳和他就甜蜜蜜，妳笑得甜蜜蜜，好像花兒開在春風裡、開在春風裡！」

講到一半，她居然唱了起來，害我又羞又喜的罵她不正經。

「那那那，驚喜要怎麼製造啊？」

「鋼鐵直男呀妳，男朋友是妳的還是我的？自己想！」
「唉唷，妳幹嘛這樣說呀，妳不是已經有答案了嗎？」
「誰給我答案？」
「岳……」
「蛤？妳說誰？」
「……岳融。」
「妳喲真沒良心，老把岳融當工具人。」
「嘿嘿嘿。他有告訴妳我該怎麼做吧？」
「人家善良不計前嫌，對妳又特別好，拜託妳不要再對人家兇了。」
「知道、知道。」
校際聯賽是假日，我事先傳簡訊說那天家裡有事沒法陪鐵凜威前往，祝他旗開得勝，但實際上偷偷與珞琪搭高鐵北上，打算在他獲勝時突然現身。
「所謂驚喜，如果沒有意外，哪來驚訝；沒有甜蜜，哪來喜悅。所以驚喜就是驚訝的喜悅。」臨行前，講完了計畫後，珞琪搖頭晃腦道。「這是岳融跟我說的。妳看他多有心。」
聽得我滿心期待，還要珞琪幫我把過程用手機拍下來。
進到會場時已經幾乎滿座。這樣很好，可以隱身在觀眾人群中，而且岳融為我們選的座位很適合在鐵凜威得獎時衝上去獻花。
開賽後，我們校隊真的很猛，上半場結束就已經領先十五分了。
中場休息時，我開心地和珞琪談論剛才精彩的蓋火鍋，無意中瞥見旁邊的岳融，他呆望場上隊員們圍著教練擦汗討論戰術，異樣表情寫在臉上。

坐在中間的珞琪察覺我在注意他，轉身問：「怎麼了？」

「沒、沒什麼……」他斂回目光，仰頭灌了口礦泉水，明顯想掩飾什麼。

「我記得你以前體育也很強的，小時候打球賽跑都很厲害。」

「還、還好吧……」他不自覺地垂下目光。

「其實你的籃球應該也打得不錯呀，為什麼沒有加入校隊啊？」

「……我打得不好，隨便玩玩的。」

「哪有，你三分球超準的好不好。」

他扯扯嘴角，拉出一個苦笑，起身說：「我去一下洗手間。」

望著他離去的背影，我問：「妳怎麼知道他三分球很準？」

「哼哼，虧妳說他是妳的好兄弟好哥們，連他會打籃球都不知道。」

「我就從來沒見過他打籃球呀。」

「他可厲害了！有一次路過社區裡的籃球場，正在進行一局球賽，我被周圍觀眾喊得聲嘶力竭吸引，發現有個人在場中不論上籃、搶籃板或三分球，動作都超漂亮的，得分之勇把我嚇到。」

「那個人是岳融？」想起他走路還有些微跛，我不可置信：「怎麼可能？是隊員或對手太弱的關係吧。」

「我告訴妳，他打得不輸小威。」

我不以為然，覺得論籃球沒人強過鐵凜威，反問：「那他為什麼不打？」

「國三校慶接力賽時摔倒受傷，他說跑跳久了，腳會痠痛——」

話說一半，場上已響起下半場開始的笛音，話題只好就此打住。

下半場戰情風向翻轉，敵隊急起直追，才過十幾分鐘已經超車成功。

我們緊張地跟著眾人狂喊加油，喉嚨都喊疼了都沒見本校追回失分。

距終場只剩五分鐘，這時有人犯規，進行罰球。

「原定計畫是我們得勝後，讓媃媃衝上去獻花給鐵凜威一個驚喜。但，萬一輸了呢？好像沒考慮到呀？」珞琪低聲問岳融。

岳融視線轉向我，若有所思地說：「小威一定要贏，對吧？」

我肯定地點點頭。

哨音響起比賽繼續。我隊追分，但太過心急，居然連續兩人犯規被罰球。

罰球期間，岳融離座，跑到球員席後方喚了教練；兩人低頭交談著什麼。

進行到最後三分鐘，教練叫暫停換球員，同時進行戰術指導。

暫停時間到，雙方回到場上，一番搶球猛攻，原本一直挨打的我們校隊終於追平分數，我和珞琪高興得抱在一起尖叫。

岳融啊，是因為你到底跟教練說了什麼嗎……

時間到最後一分鐘，敵隊採取包夾盯人戰術，雙方比數仍然拉不開。

這時鐵凜威可能太急於建功，居然被裁判吹哨，判定撞人犯規，又要讓對方罰球，害我緊張得手心大冒汗，一顆心提掛半空中。

對方罰球期間，教練又跟岳融交頭接耳。罰完球，我隊變成落後二分。

時間剩下約五十秒。教練要求換人。

鐵凜威被教練要求換下來，看來有些錯愕。換上的是個較矮的球員。

殊不料這矮將一上場，滑溜的像條魚，敵隊完全攔不住，連搶帶抄奪回四分，贏得全場喝采。不過對方也不是省油小燈，馬上還以顏色，也搶回兩分，還讓我隊另一員又犯規，讓比數又拉回平手，這時已剩最後十秒了！

珞琪緊張的緊緊抱著我不敢看下去。

岳融不知何時已經回來，手中還捧著一大束花，他拍拍我肩：「準備驚喜了。」

我接過，揪著心不斷喃問：「會不會輸呀？一定會贏吧？萬一輸了怎麼辦？」

他的眼神堅定：「會贏。」

罰球完畢，雙方出柙猛虎般搶球，被那個矮將搶到，卻被敵隊緊迫盯人圍著無法進到籃板下，眼看時間五、四、三、二……

他乾脆原地起跳——

進了！嘩！

三分球！三分球！三分球！

我高興地跳起來大叫爽啦！珞琪拍拍我的手肘說：「快去獻花呀！」

掛在體育館樑上大大的電視牆畫面播出我們校隊隊員都衝上場相擁，還把隊長鐵凜威抬起來空拋，氣氛嗨到極致，播報員也用激昂的聲調宣布比賽結果。

我輕快地穿過座位間的走道，往被圍在場中笑逐顏開的鐵凜威走去，撲鼻而來的是胸前花束的香味。

小威，恭喜你！帶領大家奪冠了。把花獻上時我就這樣笑著說，再投入他懷裡，以往他在高興時總會親吻我，這經過和畫面應該會被直播到電視牆……

就在只有幾步之遙，一個長直髮女生不知從何處竄出，飛奔直入鐵凜威的懷裡，被他抱起來轉圈圈，然後兩人抱在一起——熱吻……法式的！

我瞬間頭頂一陣暈眩，全身僵硬雙眼麻直，望著震驚有餘喜悅全無的景象！

等這對姦夫淫婦鬆開嘴喘氣時，我看清楚那女的是楊喜慧。

鐵凜威這才發現我，臉上的表情瞬間凝結。播報員可能發現異狀，叫攝影機鏡頭拉遠，電視牆出現姦夫淫婦和石化的我對峙畫面，引來現場一驚呼……

「哇，誰是小三呀？」、「這是在演哪一齣？」、「好像這個女生比較正，抱花束的那個比較醜，臉上表情好像殺人犯。」

是，我現在超想殺人……但，我誰？我溫巧婇耶。

為了面子，婇婇心裡苦，但婇婇不說。

婇婇撐開了最燦爛的笑容，上前兩步將花束遞上：「鐵凜威，恭喜你！帶領大家奪冠了。」然後轉身，步伐從容地離開，望著岳融與珞琪僵窘的表情，一路上維持著笑返回座位。

步出體育場，岳融深吸一口氣，打破尷尬：「如果妳想發洩，就別憋著……」

我收起已經硬掉的笑容，抓起他的手就往上狠狠大咬一口。

嗚嗚嗚嗚嗚嗚嗚嗚嗚嗚嗚嗚嗚嗚嗚嗚嗚嗚～～～

要這樣，才能不讓自己的怒吼嚇壞路人。

可這岳融，居然能咬緊牙，一聲不吭……

第十二話

為了方便在市區的高中讀書，鐵凜威的父母買了間小套房讓他住。

這小套房我來過幾次，但未曾過夜；畢竟溫夫人的家教門禁還算森嚴，我不想圖一時激情就被打斷狗腿。

但那個楊喜慧呢？與許曾經跟鐵凜威在這裡共度幾許春宵吧。

明明查過他的手機、臉書及一切可能使用的通訊軟體，都未發現他和楊喜慧交往跡象，若非這次要給他驚喜，哪能發現飲水機女孩們談論的事。

自從撞見劈腿，他就不接我的電話，簡訊也已讀不回，所以現在我坐在騎樓下停放的機車上，等他起床出來買早餐。

大樓鐵門啪的一聲被打開。他縮著脖子抵擋初冬冷風，目光與我對上，愣住。

趁他還沒回過神，我往他身上一頓亂掏，從他外套的內袋裡搜出一支手機。

原來他有兩支手機。這支是與楊喜慧聯絡專用，臉書和Line帳號都是另設。

「妳誤會了，我和喜慧只是普通朋友。」

「普通朋友？那我前天是看到了什麼？」

「就像妳跟岳融那樣嘛。」

「我跟岳融怎麼了嗎，有這樣當眾舌吻？還被全國直播？」

「岳融帶妳到婦產科的事，妳以為我不知道？我也沒說什麼啊。」

我是聽到了什麼？耳朵有業障嗎？那天他在我們後頭冷眼旁觀嗎？

強忍怒氣，我冷冷地問：「既然這樣，為什麼還要跟我在一起？」

「因為我喜歡妳呀。」

「你喜歡我？那楊喜慧呢？」

「我也喜歡她呀。」

耳朵業障重。太重了。我顫著聲音說：「鐵凜威，你……你不可以這樣你知不知道？」

「為什麼不可以？妳們都很喜歡我，不是嗎？」

「我、我們也許都很喜歡你，但是你必須選擇要跟誰在一起呀！」

「為什麼？我兩個都喜歡呀，不能選擇都在一起嗎。」

我深吸一口氣，在原地轉了一圈：「那我們兩個你最喜歡誰？」

「都一樣喜歡。因為我沒有最喜歡，只有更喜歡呀。」

居然說得理直氣壯！終於知道除了顏值外，還迷戀他的聰明，但如今我竟被這聰明反噬。

「那你更喜歡誰？」我很努力抑制，讓血管不被氣爆。

「我現在更喜歡妳。」

「喜歡我什麼？」

「妳很直率、不做作。像妳這型的女生很少見。」

他講這話的表情超真誠，加上帥氣，我原本的氣勢頓時萎了：「那你還跟楊喜慧——」

「她來找我時，我就更喜歡她。因為她溫柔、和順，有妳沒有的特點。」

我的拳頭立刻硬了起來，往他身上猛搥：「去死！」

他抓住我手腕制止。我氣到猛力掙扎。一陣搖晃拉扯，他乾脆用力把我甩開，害我差點跌倒：「溫巧媃！妳是聽岳融說了什麼，才查我的對吧？」

「岳融為了幫我設計驚喜，才——」

「只有妳這種沒腦的女生信他！他是故意要挑撥我們的，故意要讓妳看到我和楊喜慧才做這種設計！他居然要教練在比賽最後關頭把我換下來讓我難堪，妳就知道他是多麼卑鄙的傢伙！」

「我雖然沒腦，但還知道是非！如果不是岳融，你們搞不好就輸了！」

「有我帶隊，誰說會輸的！」

「……」震驚於他很優秀，沒想到他的自大狂妄也這麼優秀，我只能無言。

「妳不信我說的？那我問妳，岳融是不是曾跟妳說過，因為妳是溫巧媃，小威才決定跟妳在一起的？後來是不是又告訴過妳，要妳考慮小威是不是真的適合妳？之後有沒有叫妳拿鏡子看看自己，現在的妳跟以前完全是兩個樣子？」

這些話……岳融的確都講過。「那又怎樣？你扯這些幹嘛？」

「他爭不過我，就表面上說些因為妳是溫巧媃才被人喜歡的漂亮話，其實是嫉妒我；見我們在一起了不甘心，就誣衊我、挑撥離間我們；最後奸計無法得逞，就變得惱羞成怒羞辱妳！妳還跟他稱兄道弟？哼哼。」

「……」震驚於他很傑出，沒想到他的腦補想像也這麼傑出，我只能無言。

「所以若不是岳融，我們可以長長久久走下去，怎麼可能會變成現在這樣。」

「鐵凜威！為什麼這樣對我你講清楚，拉岳融當擋箭牌你還是個男人嗎！」

「我告訴妳，我們不能幸福在一起，就是因為岳融！」

「呸！」我朝他吐口水：「什麼都扯到岳融，你沒種！」

他閃過：「如果不是岳融脅迫我，我哪會跟妳在一起！」

我推他：「被脅迫！被脅迫！居然是被脅迫才跟我在一起！聽你放屁！」

他被我一推再推一時無法招架往後踉蹌，這時大門後閃出個身影環抱住他，嬌聲嗲氣地說：「威哥哥，怎麼了？這女人好可怕唷！」

楊喜慧。多麼楚楚可人。

從身上的寬大襯衫窺見裡面並未穿內衣……剛才是躺在他房間的床上，等他買早餐回去被餵食吧。

「別怕，小慧慧。」他把她抱在懷裡揉著、疼著。

威哥哥與小慧慧？多麼郎才女貌的一對姦夫淫婦。

「既然妳不了解為什麼威哥選我不選妳，我就告訴妳，因為妳不會叫床！」

不、不會叫床？我耳朵業障真的太重了。

雖然是在嗆我，但聲音酥到骨子裡去了，原本的火氣瞬間被澆熄，想吼回去卻完全無力，難怪我淪落如此下場，後悔自己聽不進岳融跟我說的：「他喜歡坐有坐相、站有站相，講話細聲、個性溫柔的女生。」

「叫床而已嘛，誰不會！」這局姐雖然輸了，但氣勢要有、尊嚴要守，即使滿臉豆花也不能全盤接受，我豁出去對街上大喊：「床！床！床你在哪裡？床你過來，我要睡啦！快過來呀，床！」

對於只覬覦肉體姐不給就劈腿的渣男，姐不屑！就在他倆不知如何回應、路人偷笑竊語不知如何八卦之際，我不畏羞辱，抬頭挺胸，華麗轉身就邁開步子，迎向撲面冷風和樹上烏鴉鳴叫。

望著俯在桌上笑到淚留滿面的珞琪，我翻白眼：「齊珞琪，妳笑夠了嗎？」

「呃咳、呃咳……」她居然被口水嗆到：「好，不笑不笑。」然後又笑開了。

「我的閨蜜居然是個同情心被狗吃了的女人。」
「怎麼、怎麼罵人呢，哈哈哈哈……」
「我被劈腿就這麼好笑嗎？」
「不、不是，妳叫床太好笑了，哈哈哈哈……」
「不然要怎麼回應？那個女人要比上床速度和叫聲，我怎麼比呀！」
「妳跟鐵凜威還沒滾過床單啊？」她回復正色，認真地問。
「他曾想滾，可我叫他滾開。」
「噗哧！」她往我手臂上捏：「想不到豪放如婇哥，居然惜肉如金啊。」
想到有幾次他把我撲倒，像條發春小狼狗在我身上磨來蹭去，全身就煩躁。我告訴他那個來了他還不高興，還埋怨說什麼妳那個怎麼老是來呀。
不是我那個老是來，是我們親熱時溫夫人手中那條鞭子揮舞、惡狠狠說：「妳膽敢給我未婚懷孕老娘就先打斷妳的狗腿、再跟妳斷絕母女關係」的景象在腦海中老是來。要怪就怪當時她正在看的那齣未婚媽媽被初戀男友始亂終棄、被網友鄉民唾棄的悲催韓劇，深植人心。
「什麼肉不肉的，真難聽。姐是守身如玉。」
「可若是這樣，他甩了妳跟楊喜慧在一起不就好了，幹嘛雙腳踏兩船。」
「展現他的能力，滿足他的優越感囉。」
「但他老是拿岳融當藉口是怎麼回事？」
「我也很想知道他和岳融到底怎回事。」
「妳可以問岳融呀。」
「他現在見我就躲。」

「誰叫妳上次咬他。」

「說不定因為他，鐵凜威才決定選楊喜慧不選我。」

「他沒說不選妳，他不是說兩個都喜歡嗎。」

「誰信他的話誰就是豬頭。」

「妳真的別再怪岳融了，他早提醒鐵凜威不適合妳。」

珞琪這麼一說，我忽然想起鐵凜威的話：「他爭不過我，就表面上說些因為妳是溫巧婇才被人喜歡的漂亮話，其實是嫉妒我……」

又想起岳融曾說：「如果已經喜歡上了，怎麼辦？」

難道……岳融真的喜歡我？

「我以自己的名義，替妳約了他來。待會兒妳可別又嚇著他了。」

「我有這麼可怕嗎……」

「妳是個可怕的女人，被人劈腿了也不見掉淚。」

「我媽說過，我的脾氣鬼見鬼笑、人見人逃，誰敢娶──」

「噓！他來了。」她朝門口揮手：「岳融！岳融，在這邊。」

他瞥見座位上還有我，愣怔了幾秒，步子凌亂地往這邊慢慢走來。

「你要吃點什麼？」落座後，珞琪拿menu給他：「聽說你喜歡巧克力冰沙？」

「……好啊。」

「你明明喜歡的是抹茶，為什麼要勉強自己選巧克力？」我冷冷插嘴。

「蛤？喔。那是因為……」瞟一眼我的巧克力冰沙，他訥訥地說：「換個口味也不錯。」

看他視線迴避我的傻樣，我冷問：「岳融，你是不是喜歡上我了？」

岳融嚇得從椅子上摔到地。

珞琪口中的冰沙噴了滿地：「溫巧婇，妳這什麼神邏輯呀？」

「鐵凜威喜歡巧克力，所以我才喜歡巧克力；你因為我喜歡巧克力，才要換掉原本自己的口味？」

「沒、沒有啊……妳不是說過……不准喜歡妳的嗎？」

「嗯。因為喜歡上我，是會遭遇不幸的喔。」

「妳跟小威……」

「你早就知道他劈腿的事，為什麼不早說？」

「我說了，妳會相信嗎？」

「不信，而且我會認為你想要破壞我和他的感情。」

「我？我不是一直在幫妳嗎。」

「唔，我錯怪了。」

「……喜歡妳，為什麼會遭遇不幸？」

「我媽說我脾氣臭，註定孤寡。我現在也這麼覺得。」

「其實妳很好，只是妳自己不知道。」

「謝謝你的安慰。你跟鐵凜威怎麼回事？」

他接過珞琪從櫃檯取來的抹茶冰沙，吸了一口。「我們四個從小就是同學。我們都會成長，成長後都會有自己的個性，想法也都會改變。」

「唔。」

「現在很多想法，都很難和小威相近了。」

「所以你們漸行漸遠？」

「我也不想。」

望著眉宇間浮著失落的他，我忽然懂他在說什麼了。

我舉起杯子：「敬我們逐漸失去的天真與單純。」

可是成長，不是抽長身高或長了胸部，這麼簡單就能一語概之。許多的放不下與不甘心，會讓人牽牽扯扯，兜兜轉轉。許多的懵懵懂懂，也必須很痛的跌跤，才能看得清楚。

班際郊遊時，已經努力弭平的傷口又隱隱作痛。

去程的遊覽車上，為消除陌生增進聯誼，按抽籤結果將忠班與孝班混座。

可為什麼忠班的威哥哥與孝班的小慧慧剛好同座？若說沒有作弊，連樹上的鳥地上的草都不信。

可為什麼他倆剛好坐在與我隔著走道的位子，讓我看到兩人依偎懷裡不時放閃？啊！你看你看，居然大膽到用嘴巴互餵葡萄……

坐車吃什麼葡萄？來人呀，給我放狗！

「呃，溫同學，」與我同座孝班的男生，是個身上有異味的肥宅。「為什麼妳要把蠶豆酥捏碎了？」

收回視線轉向手中扭曲的包裝袋，我冷冷地說：「你不知道這樣比較好吃嗎。」

他信以為真，也把蠶豆酥用力壓扁，然後打開仰頭，倒了自己滿臉滿口。

噴。我的眼球往上翻，拍掉噴在自己肩上的蠶豆酥粉。

進行到情歌對唱的環節，威哥哥與小慧慧對唱〈小永遠〉：

「我拍下路人對我們微笑的臉龐，那眼中有我和你相愛的模樣。路燈下重疊著的影子有多長，按下時光，把擁抱收藏。」威哥哥唱得深情。

「每一刻都是小永遠，每一張照片浪漫情節，都值得紀念。是我們愛的小永遠，幸福瞬間你偷偷把臉貼在我耳邊，說你是真的真的，喜歡我，哦～喜歡我。」小慧慧接得甜蜜。

每一刻都是小犯賤，每一張照片噁心情節都令人討厭。我如此腹誹和音著。

麥克風輪到我和肥宅時，他翻著卡拉ＯＫ點歌單問：「我們唱個〈分開旅行〉好嗎？」

「隨便。」

「我不想要去證明，也不知道怎樣證明。相愛是兩人事情，我不喜歡妳懷疑。懷疑愛是可怕的武器，謀殺了愛情。我在這裡，本來是晴朗好天氣。」胖宅喘著氣、走音搶拍地唱完他負責的那段。

「BLACK BLACK HEART SEND給你我的心。計畫是分開旅行啊，為何像結局。我明白躺在你的懷裡，卻不一定在你心裡。巴黎下了一整天雨……」

馬的，這段怎麼愈唱愈想哭。我乾脆切歌：「改唱〈男人花〉吧。」

不管胖宅如何詫異，我兀自唱起：「男人也像一朵花，需要人來灌溉他，他會用他的芬芳香滿天下～男人不是不流淚，只是躲起來心碎，寧願瘸著站也不要笑著跪～～」

唱完，瞥見威哥哥甩來「想不想復合啊」的眼神、和小慧慧「可恥」的表情。

下車後，姐已經不關心活動了，姐要找男人！找男人報復男人呀呀呀呀呀！

烤肉時，這對男女又上演餵食恩愛秀，存心氣死我。

我心一橫，靠向正在轉動爐上肉串的岳融：「融融、融融，人家好餓餓啊。」

岳融打了個冷顫，驚愕地轉頭瞅我，努力理解我是中了什麼邪。

我索性抱起他的手臂搖啊搖：「人家要肉肉嘛。肉肉。肉肉。肉肉。」

「好好好。」趕緊將一串香氣四溢的烤肉送我盤上，他手抖得可厲害。

「啊～～」我嘟起嘴，蹙起眉，抱胸跺腳道。「好燙燙呀。」

「呼、呼、呼……」雖然滿臉困惑，他還是拿起來吹了吹。「這樣應該可以了。」

我凝視那肉，抖著胸：「唉喲，人家等得好累累呀。」

望著我的得猴，岳融不知所措，二愣子似的問：「那、那該……怎麼辦？」

「融融可以餵婖婖嗎？」

面對圍在火爐邊一堆等看好戲的注視，岳融漲紅的臉超像剛從油鍋撈起來的蝦，顫著手拿起肉串，送到我嘴邊。我咬了一口，睜大了眼：「哇～～好好吃呀呀呀呀呀……」，並開心地舉起雙手轉圈圈、撲撲蝶，又飄回他身邊：「還要還要。」

他傻眼，無意識地將肉再送到我口。

我一口吃完，還嫵媚地舔了舔唇：「嗯。歆寫喲。」

對，沒聽錯，謝謝唸成歆寫，才有嬌媚感。我早學會了，這是首發一用。

在場眾人莫不顫顛顛的咬了個冷筍，就知道我的媚力已充分散發出去了。

尤其是睨見鐵凜威僵掉的臉，就知道他對我已有不一樣的感覺了。哼哼。

希望不是見鬼了的感覺。

楊喜慧目睹這意外的一幕，不甘示弱也發嗲：「威葛格，人家也餓了。」

「啊？喔。」鐵凜威趕緊翻動火上的烤肉，可惜肉焦了。楊喜慧吃了蹙眉，但發現我挑釁的目光，再苦也吞，還嬌叫：「嗯～～好好吃喔，嗯～喔～～」

這就是所謂的叫床嗎……真令人發噱。

旁邊有人開始竊竊私語：「好像第一組比較恩愛」、「第一組的男生比較可愛，超靦覥的」、「第二組那女的聲音太銷魂」、「第一組比較強，第二組女的太浪，不行」。

可能是評委們的私下討論傳到耳裡，她更拼了：「威哥，人家渴了。」

鐵凜威連忙拿罐飲料，拉開拉環遞給她。她歪著頭：「你餵人家嘛。」

「好好好。」他找了根吸管插進罐裡送到面前；她卻跺腳：「人家要餵餵啦。」

鐵凜威臉微紅，面對眾人就看你怎麼餵的眼神，他猶豫了幾秒，自己吸了一口，就直接進行口對口式人工呼吸法將飲料……送進她嘴裡。

「哇——」此舉立馬引起圍觀者騷動，有人還鼓掌叫好。

大家隨即將目光轉回我。我啃著肉串，偷瞄了岳融一眼。

現在的他，鼻樑高挺，側臉有型，其實和鐵凜威比起來，他更可愛。

尤其靦覥的時候，唇形漂亮，唇瓣紅潤，弧度流線，應該還蠻……可口的。

我很可以。

「融融，」我用手掌搧著嘴邊，舌尖微吐：「這肉肉太辣、人家辣辣。」

岳融怔住，魚眼死盯著我：不是吧……妳也要像她一樣？

我挑挑眉，用眼神回應：快點！

他蹙起眉，抿緊嘴：妳在幹嘛啦？

我舒舒眉、努努嘴：飲料。餵我飲料。

他繃著臉：不要。

我睜大眼：敢說不要？

他索性把臉轉過去，不理我了！

楊喜慧甩來看妳還能裝到何時的羞辱眼光。

這樣我溫家列祖列宗的臉面往哪擺……不管了，豁出去拼一波！

「融融，人家辣辣、人家辣辣，快點救火啊！呼、呼、呼……」我靠在他身上蹭，仰著頭嬌喘著。

他把飲料移到我面前，轉過頭猛閃躲我；我拽著他大呼氣直叫辣：「辣辣辣，來不及了，你口水借我滅火！」

然後我雙掌硬捧著他的臉頰，直接含住他的唇猛吸。

雙眼瞪得奇大，在只有幾公分的距離內與我視線對視，他驚呆……

我的心臟忽然急速狂飆，一陣火辣真的從腳底竄上全身——

奇、奇怪了，他只是岳融，又不是鐵凜威，怎麼會這樣……

周圍傳來驚呼與尖叫。他猛然推開，見我差點摔倒，又趕忙伸手拉住我。

我順勢倒進他懷裡。正好聽到一陣急促鼓聲從他胸膛傳出來。

瞥見威哥慧妹震撼的眼神，我暗忖：知道姐厲害了吧？威哥，後悔了嗎？

這時康樂股長胡妍婷用大聲公宣布：「好，大家吃得差不多了吧。接下來要開始表演節目了，請大家嗨起來！」

旁邊有人說：「不是早就開始了嗎？」

見大家轉移了注意，岳融悄悄推開我，轉身蹲在火爐邊整理鐵網上的食材。

臉頰泛紅到耳根，但他的神情僵硬。

「謝啦。幫我扳回不少面子和尊嚴。」我低聲道。

他彈開移動，好像我是瘟疫一般。

我再悄悄靠過去：「你沒看到鐵凜威和楊喜慧的表情——」

倏然起身，把手中的鐵夾和竹籤甩開，臭著臉怒瞪我一眼：「妳把我當什麼了？」語畢，不待我反應掉頭就走了。

咦，生氣了啊？

咦，真的生氣了耶。認識他以來，第一次看到他動怒耶……

幹嘛生氣呀，又沒要你吻我。

我說錯話了嗎……這種時候，該說些什麼呢？

難不成該點支菸、皺著眉頭在菸霧裡，酷酷地說：「你放心，我會負責的」？

第十三話

下午活動都提不起勁；注意力不知怎麼回事轉到岳融身上。

路琪靠過來嚴肅地說：「妳這次真的太過分了。」

「美女無條件獻吻，一般男生都求之不得，他在發什麼脾氣。」

「嗯哼。他是一般男生嗎？」

「他……不是男生嗎？」

「妳要裝傻，我沒意見，但利用他來氣小威搏尊嚴，好像很傷人。」

「為什麼？好哥們幫個忙……他以往不都是仗義相助嗎……」

好像我智能不足般，她翻了個白眼，就兀自上台表演不睬我了。

岳融……是傷到他的自尊心了嗎……遠遠看著他的背影，我嘀咕：什麼好哥兒們嘛，配合演一下會死唷，臉那麼臭是怎樣。

「妳把我當什麼了？」

岳融之於我，是怎樣的存在？

「知道了，我會去向他道歉。」

忽然想起上次他傳來的簡訊。如果他已向鐵凜威道歉了，我剛才卻……該不會是這樣讓他認為，我的舉動會讓鐵凜威誤會他是假面道歉？但，剛才是我主動的啊，又不是他來勾搭我的，而且，是鐵凜威與楊喜慧放浪在先，大家都有看到的……那他到底在氣什麼啊，被我吻有這麼丟臉嗎？

我從小背包拿出粉餅盒，對著小鏡子照了又照。

柳眉、杏眼，精挺的鼻、流線的唇，鵝蛋臉龐，垂肩長髮，明明超美的好嗎。

如果不生氣、不講粗話、不放聲大笑，不是鐵凜威女友的話，應該很多人追吧，你居然嫌棄我？哼。

思忖至此，我也有點火了。

我過去幫忙收拾剛剛表演節目用的音響；他餘光流動，手上工作沒停。

「需要我向你道歉嗎？」

「不需要。」

「我嘴裡有口臭嗎？」

「沒有。」

「剛才親你，嚇著你了？」

瞟我一眼沒說話，他繼續將桌上的瓶瓶罐罐收進塑膠袋。

「你在不高興什麼？」

「我沒有不高興。」

「傻瓜都看得出來你在不高興，你以為我看不出來。」

「為什麼妳要把自己跟傻瓜相比。」

「你到底在生氣什麼？」聲音大了起來，我有點不耐煩。

抬眼發現許多人投來目光，他扯了扯我手肘：「不要這麼大聲。」

我也是要臉面的人，丟下手中的音響電線硬拉著他到無人的地方。

「你說清楚！我哪裡惹你生氣了，只因為沒經過同意就強吻了你？我跟你道歉你又不接受，你怎麼像個娘們這麼彆扭，明明知道是故意氣鐵凜威還跟我計較這些你還是不是朋友——」

「為什麼妳要變成這樣。」他突然冷冷地說。

「你……你說什麼？我變成怎樣？」

「變得不像溫巧婇。」

「我怎麼不像溫巧婇？」

「妳的坦率正直、大器勇敢、堅持原則，為什麼都不見了？」

「我……」腦袋一時反應不及，呆木半晌，終於理解他在氣什麼了。

以前的我絕無可能搞什麼雞腸小肚、弄什麼賭氣報復。

但自從和鐵凜威在一起後確實變了，學會耍心機、變得計較小氣。

我不想承認：「我是女生，幹嘛要坦率正直？幹嘛要大器勇敢？」

「那樣才是溫巧婇呀。」

「我、我是不是溫巧婇、有沒有改變什麼，跟你什麼關係呀！」

「我不喜歡這樣的妳。」

「你不——」這樣的我你不喜歡，所以……所以……你是喜歡原本的我？

你原本是喜歡我的？

岳融喜歡我？

腦袋一陣渾沌，瞪著他認真又失望的表情，思忖他所說的喜歡是哪種喜歡。

「妳沒發現嗎，自從妳跟他在一起，妳就變了。」

「你不是說過，能為了自己想追求的事去改變自己，是很棒的嗎？」

「那是要變得更好，不是變得委屈自己、沒有自己。」

我語塞。想想跟鐵凜威在一起後，以前那個豪邁直爽的溫巧婖確實壓抑憋屈。

「那你還幫我追他？」我又想找理由怪他。

「我問過妳，妳說跟他在一起很快樂的啊。」

我惱羞成怒：「對啦對啦，都是我不對啦！」

「我沒有說妳不對，我是希望妳能過得很好，不要為了鐵凜威讓自己變得不像自己，他……他已經不值得妳這麼委屈自己了。」

聽他這麼說，我原本應該很感動的。

我想到的卻是鐵凜威說的：「我覺得岳融最喜歡的人是妳」、「他這個人心裡在想什麼很難讓人察覺，勸妳跟他保持距離」、「他見我們在一起不甘心，誣衊我在妳心中的形象」……

「你為什麼要說他的壞話？」

「妳對他還不死心嗎？」

「我對他死不死心關你什麼事！你在搬弄什麼？」

微揚的眉寫著憮然若失，微顫的唇透著透骨心酸，他凝視我片刻，緩緩道：「妳所謂的好哥兒們，應該只是像我這樣的工具人而已吧。」

「我告訴你，就算我跟鐵凜威分手，也不會跟你在一起。」

「妳希望和他在一起，我才幫妳的。雖然我喜歡妳，但從沒想過我們會有什麼發展，因為，我根本不夠資格，這是小學一年級在路邊要求溫媽媽帶我過馬路的那天起，我就這麼認為的。」深吸一口氣，他移開視線眈望著腳邊的小糠草。「妳應該也是始終這麼認為的吧。」

定睛於他踽踽獨行的背影，我想不出任何一句話能回應他。

認識他逾十個寒暑以來，這是首次聽到他說出自己的感覺。

關於他和我之間的感覺。

些許悲。微微涼。

他對我如此瞭解。我對他卻如此陌生。

活動結束的歸途，忠班回歸自己班上成員同車，換回珞琪坐我身邊。她嘰嘰喳喳分享跟孝班同車時發生的趣事，又說著剛才上台表演的心情。嘴上應和著，我心裡卻如打翻醬醋鹽糖薑蒜椒，混亂複雜無以復加。為什麼自己要說出那些話來……明明是想道歉的卻變成說那種話……

珞琪在眼前揮了揮手，我才回過神來。

「幹嘛發呆？有心事啊？」

不自覺覷窺斜後方座位的岳融，我低聲說：「我講話不經大腦，好像……」

她順著目光往後看，想起中午烤肉時發生的事：「妳跟他道歉了嗎？」

「有啊……沒有……算有，可是……」

「什麼、什麼啊，到底是有還是沒有？」

「呃，有吧……可是我亂講話，好像沒有道歉的效果，反而……」

遊覽車隨著蜿蜒山路左轉右晃，搞得心也跟著七拐八彎，話都講不清了。這條名為仰德大道的山路有許多九十度以上的轉彎，大型車下山時感覺有點危險。

正想再說下去，忽然瞥見岳融望向這邊，我趕緊收回目光，腦袋空白如紙。

「看妳這德性，八成又搞砸了吧。唉，妳什麼時候才能像個女生哪。」

「我、我本來就是女生呀。」

「妳這叫女體男魂。外表是女生，卻像個漢子般思考粗線條、像個直男般欠體貼的心，有時連自己都懷疑投胎過程是在哈囉吧。」

「有必要這樣一針見血的說我嗎。」

「除了妳，還有人說過妳是個女生嗎？」

「有啊……」

憶起國中三年級時，自己還處於暗戀鐵凜威階段，因為兩人不同班苦無接近機會，只能經常對著他臉書上的照片傻笑。

想得緊了，就找岳融出來，除了要他教我煩人的數學外，重點是打探一下鐵凜威的近況。

那個冬天特別寒冷，冷到手指關節都裂傷了。

踩著腳踏車到市立圖書館，離約好時間晚了些。躡手躡腳進到閱覽室那個固定座位，他正幫我寫計算式，儘量將方程式拆解到我看得懂的程度。

我趕緊入座，詳細閱讀他移過來的計算紙。

那些我不認識的數學符號，經過他的拆除解，艱深的地方還加上附註說明，在我眼前一下子全都翩翩起舞，連它們的腸子都可看得清透。

作業全都完成後，我滿意地抬起頭，發現他正看著我的側臉。

我的目光對上，他就趕緊別過頭，耳根到臉頰不知為何發紅。

為免干擾到鄰座的人，我在紙上寫著：「你哪裡不舒服嗎？」

「沒呀。」他在紙上回覆。

「那你的臉怎麼紅成這樣？發燒嗎？」

他怔了怔，回寫：「這裡空氣不太流通，有點熱。」

比了個出去的手勢，我們到走廊的階梯上坐，他從口袋裡取出一支護手膏。

自然無顧忌地伸手讓他幫我抹，問他幫我約鐵凜威的事。他搖頭：「我說了，他說不能出來。」

沉默了半晌，我失望地問：「他是不是覺得我不像女生啊？」

「應該是要補習吧。」見我悶悶不樂，他又說：「妳當然是女生，是有個性、很特別的女生。」

「這樣的女生，一般男生都不喜歡吧。」

「個性率真的女生很可愛啊……也許喜歡妳的人在哪，妳還不知道而已。」

我怔怔地望著他，覺得他很會安慰人。

寒風刺骨，但冬陽曖和。我想甩開煩悶：「今天好像不適合唸書，去走走吧。」

他有些意外：「去哪？」

回閱覽室收了東西，我們騎著車併行。

在路上，我說女生應該正直些，有什麼想法坦率說，不要表面上說沒關係事實上往心裡去，卻又怪別人不了解自己，搞得自怨自艾，那樣太無聊。

迎面的風翻捲額前的流海，掀玩未扣的外套，點頭稱是的他看起來神采奕奕。

身為女生應該勇敢一點，世上的挫折是不分性別的，男生會遇到的失敗女生一樣會遇到，有些事必須自己面對處理，沒有凡事都要男生保護的道理。

看著語帶熱血這樣說的我，他拉彎了嘴角笑瞇了眼，直說佩服。

跌了跤就爬起來，只要堅持原則向前看、總有抵達目標的一天。我最喜歡男生的大器，最討厭女生的小心眼，有時聽到班上有些女生講話之做作，全身不爽到好似跳蚤上身坐立難安。

看著語帶搞笑這樣說的我，他笑出了聲，說妳自己是女生，這樣說讓別的女生聽到了好像不太好吧。

第一次發現他笑的時候，唇窩邊會露出小虎牙。很好看。

抵達蓮池潭，鎖上腳踏車，我就衝向潭畔的楊柳樹下。這時天上白雲與飛簷亭閣倒映水中，遠方半屏山青青翠翠，我忍不住大叫：「哇——好美啊！」

他也將雙手圈成圓筒狀，大叫：「哇——好帥啊！」

「哪有人說風景好帥的？」

「就像妳是女生，個性帥氣也很好啊。」

「咦，你今天蠻會說話的嘛。」

「哇——婖婖誇獎我了，好開心啊！」他又對著潭中大叫。

「哇——融融大叫了，我好意外啊！」我也對著潭中大叫。

路過的人都投來遇到神經病的眼神，惹得我們對視一笑，低頭趕緊離開。

未來的重量、考試的壓力、暗戀的沉鬱，全在大叫後獲得抒解，真是爽。

突然覺得，和岳融在一起時真的很自在舒服，很能做自己。

很慶幸能有這樣的知己。

我們爬到潭邊開滿蓮花的龍虎塔最頂層，整個壽山美景盡收眼底，還拍了許多搞笑照片。

認識他以來，今天是見他笑容最多的一天。我忍不住說：「你真該常常笑。」

他微怔，貌似聽不懂。我解釋：「以前我認為你很膽小，老給人在擔心什麼的印象，因為你總是微揪著眉，現在發現笑的時候就完全沒這種感覺了。」

他聳聳肩。我繼續說：「還有，你家是做什麼的，我好像都不知道。」

「幹嘛，想見我父母了嗎？」

「想不到你也有死相的時候！」我一拳搥在他臂上。他笑而不語。

我想到了一件事，故意說：「咦，那裡有賣東西的。我想吃。」

來到商店街，我要買霜淇淋。他拉住我要取錢包的手：「天冷，別吃冰了。」

想起我月妹妹這週來，果然不適合吃冰。他買了兩支烤玉米，遞給我一支。

原來岳融很體貼的啊，哪個女孩跟他在一起，應該會很幸福吧……我啃著焦香的玉米：「喂，小學排球隊裡那個魏芊芸，還有跟你聯絡嗎？」

「偶爾囉。」

「人家對你痴心一片，你要對人家好一點。」

他又愣了，傻樣惹得我發笑。

半晌終於懂了我在說什麼，急著撇清：「來問功課而已，什麼痴心一片！」

「看你急的。為了回報你幫我追小威，如果追芊芸有需要，儘管找我。」

「無此需要。」

「無此需要是你自己搞得定？」

「為什麼老把我跟她送作堆？」

「好啦好啦，不鬧你了。喂，我們玩個互送禮物的遊戲吧，這個遊戲呢，考驗兩個人的默契。十五分鐘後回來這裡怎麼樣？」

從包包裡的作業簿撕下一張筆記紙，對摺再撕成兩半，我們各自寫下想要的禮物不讓對方知道，再收進參考書的同一頁，然後散開去找禮物。

在文創禮品店看過一遍，沒發現適合的東西。我逛到一家服飾店。

咦，不錯。一眼望見架上的它，立即決定買下。

回到約定林蔭下的文學步道石碑前，他還沒回來。

潭邊吹來冷冷的風，我不禁打了個寒顫。

會提議玩這個即興想到的遊戲，是因突然記起明天剛好是他生日。想想認識以來，不是欺負就是奴役，從未表示過謝意，藉機為他慶生也挺好。

到底跑哪去了，怎麼不見人影……我拿出手機，準備傳簡訊罵人，又一陣寒風吹來，忍不住縮著脖子，打了個噴嚏。

睜開眼，就見他站在面前，目不轉睛地盯著我。

我作勢要搥他：「死哪去了你——」話未說完，他藏在背身後的手伸到面前。

一碗熱紅豆湯圓。

「買半天就買這個，需要這麼久？」我接過。心裡暖，嘴上賤。

「我可不想再揹妳到婦產科了。」他又從口袋掏出個東西塞進我手。

有著小白兔圖案的暖暖包。彷彿手中有個小太陽，溫熱一下子就傳到身上來。

我開心地在步道上的長椅坐下，打開蓋子，熱騰騰的嚐了一口。

「嗯，好好吃。」我舀了顆湯圓往他嘴邊送：「你也吃一點吧。」

他怔住，好似那是顆白石頭般。臉又紅了。

「幹嘛？有毒啊？」

被激，他吃了。臉更紅了。

「喂，你該不會沒吃過女生的口水吧？」

他整個臉從脖子紅到額頭，轉開眼神不敢看我。

咯咯地笑彎了腰，覺得逗他真是人生一大樂事。

分食完，我抹抹嘴：「好，開獎啦。你紙條先拿出來。」

他拿出參考書，抽出紙條。我打開：「與動物有關的東西」

我馬上跳起來大喊：「耶！中了、中了！哈哈哈哈……」然後興奮地大叫大笑，撒花撲蝶轉圈圈，在空中迴旋兩圈半才跳回他身邊。

他居然把我發瘋的模樣用手機拍下來。

從袋子裡拿出夾克，套在他身上：「哈哈哈哈，連尺寸都剛剛好，溫巧媃真是神準，哈哈哈哈！」

他左看右盼，納悶道：「這夾克怎麼跟動物有關呀？」

我站他身後對著夾克上的圖案拍照，然後拿給他看：「哪，薩摩耶犬！」

望著手機上的照片，他額頭垂下三條黑線。

「嘿，明天是你生日吧，生日快樂唷。」

「……謝謝。」眉宇間染上了感動，他輕輕地說了聲。

「換我了、換我了。」我拿出自己的紙條給他。

他打開看，就露出小虎牙，笑了。

「什麼？是什麼？」不可置信地搶過他放在腳邊的紙提袋：「我就不信裡頭有隻無尾熊！」

他取出一條圍巾，佩在我頸上。材質輕輕柔柔，觸感煦煦烘烘。粉藍色。上頭繡著深藍色的無尾熊，趴在粗駁的樹幹上，笑著。

「女生都希望有株可以依靠的大樹，讓自己無條件的趴著、賴著吧。」

我彎起了嘴角。全身都暖了。

「為這值得紀念的一刻，拍照留念吧。」他舉起手機。

在按下快門的那一剎，我摟緊了他的肩，偏著頭朝鏡頭嫣然開顏。

所以啊，真正曾把我當一個女生對待的，只有岳融吧。

闔斂回憶的窗，我決定下車後，一定要跟他說對不起。

「妳說有，到底是誰說過妳是個女生？」珞琪等半天，沒見我繼續說下去。

「岳融。」

「見鬼啦，怎麼可能。他從小被妳欺壓蹂躪，會把妳當女生看待？」

「沒錯，一直以來居然都對他那麼壞，我真的是見鬼了。」

失去了戀情，至少還有友情。我再奢侈，也不該再揮霍下去。

珞琪有些意外地望著我。我仰起下巴，對她露出自信的笑容。

「就像妳是女生，個性帥氣也很好啊。」

就在此時，感到一個急轉彎，珞琪的髮瞬間飛向我臉——

我的頭髮也從耳邊倏地騰空揚起……身子被一股奇怪的力量不自然地抬離座椅……眼前整個空間開始呈現詭異的翻轉！

本能反應抓緊椅背，但根本撐擋不住被拋在空中的力量……

我和珞琪不由得同時發出尖叫……

整個車廂裡乍然爆出恐怖的尖叫聲！

「啊啊啊啊啊啊啊啊啊啊啊啊啊啊啊啊啊啊——！」

磅礴！

轟然欲聾的巨響，讓整個車廂裡在一秒內變成混亂、塵囂及哀號！

好似被人用巨大石頭從背後砸中般全身骨頭迸出裂解聲，痛到心臟緊縮，眼前乍然一片黑暗，耳膜嗡嗡作響……

失去意識前，在慘叫聲中聽到有人說：「翻車了！」

猶如身陷泥沼般深淵地獄，我揮舞著雙臂企圖抓住什麼，以止住不斷下墜的力量，又似走在五指不見的幽暗森林，極盡目力也無法辨別身在何處……

不知經過多久，有股力量讓我身體平行飄浮在空中，然後不斷往方向未明的地方飛行移動，這時疑似天空下起雨，因為感到臉上溼溼黏黏的……

須臾，感到自己的飛行停住，被人放在類似牆角還是樹下的地方，身後傳來鼓一般咚咚的沉悶敲擊聲。因為急於看清自己到底發生什麼事，我用力在臉上搓揉了一下，也許是刺激了交感神經，終於能睜開眼睛……

一道白色光線刺痛了瞳孔，我不由得用手掌擋在眼前瞇視著。一個人形站在面前……那人是鐵凜威……他在說著什麼……

他伸手放在我肩頭，從牆角還是樹下的地方抱起，就聽不到鼓聲，只剩耳膜嗡嗡作響，和頭上沉重疼痛感……想說些什麼，混濁思緒讓口中只能發出無意義的囈語，頓時疲憊不堪，沉沉昏睡過去……

第十四話

再次睜開眼，就對上溫夫人幽怨的眼神。

半晌，才認出自己在一間病房的病床上。

溫夫人噙著淚，直唸佛號拜天謝地，說終於對得起她那短命老公在天之靈了。

醫師量了血壓、看過核磁造影片，又檢查了四肢機能，說再住院觀察一天若無異樣就可出院。

醫師走後，我問發生了什麼事。

溫夫人說，三天前班際郊遊活動結束，歸途山路上遇到對向一個該被殺千刀的混蛋騎著重型機車越過中線違規超車，我們的遊覽車司機見重機突然從彎道後迎面衝出、為避免撞上急打方向盤閃避，因為是在險降坡又是山路彎道，造成翻車；幸蒙上帝保守全車都倖免於難，但每個人或大或小受的傷勢不一；單單是我就昏迷了三天，現在終於醒了真是哈里路亞，阿們。

呱啦呱啦像抒壓般講到這，她才發現我發呆恍神，慌忙地問還有哪裡不舒服。

「沒有。只是，」對著滿臉憂色的她，我緩緩地說：「妳一會兒呼佛號、一會兒喊阿們，到底決定信什麼教？」

見我還能頂嘴開玩笑，她終於笑逐顏開：「好咧好咧，沒事就好。」

我撐著身子坐起，喊腰痠背疼，想下床活動一下。溫夫人怕我腿軟沒力，扶著我進廁所，又扶我緩步到走廊。在等候區遇到一個坐輪椅的女孩正在看電視，接近細看，居然是珞琪。

我倆激動相擁，只差沒哭出來，慶幸彼此都能大難不死。

她一臂包著紗布，一腳裹著石膏。她曾坐輪椅來探望，只是我昏迷不知而已。

溫夫人和齊媽媽可能見女兒都沒事，就放心聊開了。珞琪拉著我手問東問西，確定我沒事後吁了口氣說：「嚇死我了，萬一妳醒不過來，我想揶揄消遣要找誰呀。」

我苦笑：「我存在的功能，就是供妳消遣啊。」

她呵呵地笑了起來。「幸好有鐵凜威護著妳。」

「鐵凜威？」

「他還照顧了好幾個人。」她從口袋拿出手機，點開一個錄影檔。

那是早上學校朝會時，鐵凜威接受表揚的畫面，被拍下上傳班上群組。

教務主任在台上向全校師生報告車禍經過，與溫夫人跟我說的無異。但說到事故發生後搶救過程，特別救護車抵達前，有三個英勇的男同學協助搶救受傷與驚嚇的同學，其中兩個是在後方遊覽車上跑來支援的孝班男生，我們忠班車上的就是鐵凜威。

主任接著用投影片播放電視台播報的新聞片段。

影片中穿插救護車上監視器的錄影，可看到鐵凜威抱著我上救護車的情景。

照主任的說法和新聞片段看來，我就是被鐵凜威搶救的傷患。

看著校長頒發表揚獎狀的畫面，我問珞琪：「那時候……妳在哪裡？」

「還在遊覽車裡，我的腳被卡在座椅下，都痛到失去知覺了。」

「也是鐵凜威救妳出去？」

「不是，是岳融把我從座椅下拉出來、抱我出去的。」

可以想像當時的混亂與驚惶。我把手機還給她，努力回想，不解是什麼噩運居然會碰到這麼衰的事，也不知是怎樣的幸運還能平安的與好友坐在一起。

「危難時候，人家小威最關切最照顧的人還是妳喔。」珞琪見我沉默，語氣輕鬆地說：「那那那，這樣算不算患難真情呀？」

是嗎……頂多是舊情難忘吧。呵呵。

我有點害羞，打太極消遣回去：「照妳這樣說，那岳融最在意的人是妳嗎？」

本想看她臉紅，殊不料她的語氣卻立刻由輕鬆變為難過：「……他還沒出來。」

「……什麼？」

「他還在加護病房……沒出來。」

心臟像被什麼重打了一拳，我失聲問：「怎、怎麼會呢？」

她哽咽：「抱我爬出翻覆的遊覽車……他放我在路邊，話還沒說鼻孔就流血，我嚇一跳問他有沒有怎麼樣，他笑笑說沒事就昏倒了……我不知道怎麼會這樣，他外表看起來沒什麼傷的呀——」

我抓緊她的手：「後來呢？」

「我們被不同的救護車送來醫院。其他輕傷的同學昨天來探望我，我聽說他還在加護病房。剛才請我媽去加護病房問，他還沒出來。」

我轉身問。齊媽媽說岳融左鎖骨和三根肋骨斷了，還有嚴重的腦震盪……

出院後的第五天，仍然未見岳融回來上課。

我和珞琪原本約好，周六就上台北去看他。但周五下午的班會，導師上台提臨時動議，請大家提名補選服務股長的人選。

珞琪和我相視一怔……怎麼回事？

看著班長鐵凜威在黑板上寫下兩個被提名的名字，我實在忍不住舉手：「等、等一下，服務股長不是岳融嗎？」

導師說：「岳融轉學了。」

岳融在台北的醫院一直沒有醒來，醫師評估短時間內要醒來並完全恢復恐有困難。但學校再過一個月就要期末考了，錯過期末考依校規必須補考否則留級。岳融家有人與教務處討論結果，決定幫他轉學到一間可以在出院後自學再補行檢定學力的私立學校，以免他錯過應屆上大學的機會。

腦袋完全無法運轉、無法理解他的家人為何對於他會及時醒來沒信心……

岳融那麼善良、對我那麼好，老天不可以這樣對待他的啊……

「岳融會醒的吧？他會醒的對吧？」我低聲問珞琪，雙手因壓抑而顫抖。

珞琪用力點頭，眼眶裡含著淚水。

放學的鐘聲響起。我跟在導師身後追出去：「老師，那個……」

導師停下腳步；我說想知道岳融轉到哪間學校。導師說她不知道，但會幫我去教務處問一下。

接下來的日子，為了應付日益繁重的課業，下課時不是抱佛腳啃書外，就是趴在桌上補眠。

除了課業壓力外，每每掛心於不知岳融狀況而輾轉難眠，睡眠嚴重不足。

曾在假日搭高鐵北上去醫院。護理師查了一下電腦，說幾天前有人來幫岳融辦理轉院了。我求問他的狀況，急得快哭出來，護理師瞄了一眼病歷，說轉院時還沒清醒。

也曾打電話到導師後來告訴我的那間私立學校去問。接電話的人說為了保護學生隱私不便告知入學情形，就掛電話了。

傳簡訊也未見他讀。撥電話竟是：「這個號碼是空號，請查明後再撥，謝謝。」

夜裡躺在床上，望著衣架上那條圍巾上的無尾熊，總會忍不住喃喃自語：

「融融，你給我好起來……聽到沒有……一定要好起來……」
「跟屁蟲，沒有你在身邊，我數學要問誰啊……」
「矮鼠融應該已經回學校了吧……都沒跟我聯絡，難道不會想我嗎……」
「我腳癢想踹人了，可是你不在，我要踹誰啊……融融，我好想你……」
「還欠你一句對不起啊……你該不會傷了腦失憶，忘了媃媃是誰了吧。」
一顆吊著的心，就這樣撐到期末考完。
寒假第一天，補眠到將近中午才醒來。睜眼見圍巾上的無尾熊對著我笑，遽然靈光閃現腦中，我立馬彈起來，衝到浴室漱洗，並以最快速度著裝，連早餐都沒吃就牽著腳踏車跑出家門。
途經老貓咪冰品店，沿著高大磚牆向右轉，來到路邊的那家西點麵包店。
衝進店裡，我直接問：「請問，妳們那個小師傅岳融回來了嗎？」
櫃檯後方的店員不是上次那位姐姐。見她發愣，我再說一遍，她疑惑地探頭向後面烘焙室的師傅問了一下，還是搖搖頭說不認識。
我想起岳融說這店是他叔叔開的，改口問老闆在嗎。店員姐姐拿起座機話筒撥打內線，並將話筒交給我。
我問是不是岳融的叔叔。那端卻是婦人的聲音：「妳是哪位？到底要找誰？」
是我記錯、還是岳融有意隱瞞什麼……轉身失望地要離開，迎面另一個穿著店員制服的姐姐推門進來，看來是出去採買剛回來。
我不自覺發出啊的一聲……是上次那位店員姐姐。她轉頭發現是我，怔了。
拉著她到店門口。她說岳融上個月起就沒來了。
見我沮喪，她好心告訴我，那時岳融來店裡打工，原本只是幫忙和麵糰、洗烤盤做些打雜工作。有一次師傅宿醉頭痛臨時請假，店裡忙不過來，老闆急得跳腳，岳融自動請纓上陣，老闆讓他試做，想不到成品令人眼一亮。

老闆一邊尋求其他分店派師傅支援，一邊讓岳融上烘焙檯。

那天的業績居然是開店以來最好的，所有的麵包和甜點都賣到光。岳融不知哪裡學來的派點與小蛋糕贏得好評，次日許多顧客再度上門詢問要買。老闆開心到想扶正岳融為師傅，但岳融說自己只是個打工仔，而且未滿十八歲，目前還是以課業為重就婉拒了。

但因太多客人詢問他做的甜點，老闆決定讓他負責甜點的製作，並將他的作品當做限量商品。每天都吸引排隊搶購，沒有一天不賣光的。

私下聊天時，他說打工有賺到自己的生活費就滿足了，做糕點只是興趣。但她察覺岳融其實是擔心師傅們因他太年輕或妒忌而找他麻煩。

直到上個月某天，老闆突然把她叫上樓、告訴她有人打電話來說岳融出事受傷，短期間內無法再來打工，要她去登報徵工讀生。

店員姐姐說到這，問我有什麼想知道的。

驚訝於岳融不為我知的一面：「可為什麼，他說這店是他叔叔開的？」

「嗯？我們老闆是女的，她單身沒結過婚。」

我向她再三道謝。回家的路上心情真是複雜五味。

岳融什麼時候還有這種手藝啊。忽然想到小五時練完排球回家路上，他送我的那個馬爾濟斯白巧克力蛋糕……什麼好哥們好兄弟，連他必須打工賺生活費都不知道，還好意思說人家是自己的帶把閨蜜，唉，溫巧婇妳真是失敗呀。

時光有一種魔力。任何心情遇到它，都很容易被融化，只剩沉在心底的回憶。

時光還有個魔力。任何感情遇到它，都很容易被稀釋，成為沒有激動的傷痕。

翻車事故後，校刊上登載當天發揮勇氣協助搶救同學的三人的受表揚事蹟。

「發生翻車當時，立即挺身保護鄰座受傷同學，並照顧至登上救護車。」

鄰座同學指的是我。我曾向鐵凜威道謝：「那時候真是……謝謝你了。」

「妳沒事就好。」說這話時，他臉上仍是一貫的自信與常見的臭屁。

會因此舊情復燃嗎？不諱言的，內心深處其實有這樣的期待。

他的奮不顧身，有感動到我。

另一原因是，據校園八卦消息，楊喜慧懷疑他與我患難現真情，兩人開始為了小事吵架。雖然他再三保證絕無此事，但孝班的人只要閒聊翻車事故時，總會提及她男友護花還受表揚的事。男友是她的、護的花卻是我，讓她嘴上笑著心裡酸著，加上鐵凜威本來就不經意流露出的優越感，久了難免吵架。

不過，遲遲未見他有割捨楊喜慧的跡象，我也沒任何行動。

也許接連經歷被劈腿與翻車受傷的震撼，加上學測在即，自己已沒什麼心情關注男女朋友的事了。

這就是時光稀釋的魔力吧。

但對於岳融受傷失聯的失落，卻因時光融化的魔力耿耿於懷，那些沉在心底過往的點點滴滴，總不時浮現眼前。

到底是怎麼回事……

時光還有一種可怕的魔力，就是飛快往前從不回頭。還沒有回過神，高二下學期就被這種魔力推進到結束了。

某些心情沉澱後，某些疑惑卻開始浮現。總覺得哪裡好像違和……

高二暑假有夠沉悶。市立圖書館閱覽室那個固定座位旁邊少了個人，不會的數學題變多了。老貓咪冰品店的巧克力冰沙不知怎麼回事，變得有點苦；反而是抹茶冰沙，味道其實還不錯。

至於鐵凜威，雖然仍然不時在群組裡寄些哈啦寒暄、撩妹笑話的訊息，但興許放下手機就跟他的小慧慧開心了，誰知道呢。

那時奮不顧身護我周全到底是為了什麼……這種左右逢源的驕傲，也是某種牽扯不清，我不喜歡，所以回應都只剩虛應而已。

暑假時珞琪上午去打工，下午去補習，我們只剩晚上有時間見面。

這天晚上我們相約到速食店一起做參考書習題。

極限與函數的證明方程式既抽象又要合邏輯，演算起來煩死人。往昔只要朝岳融小腿踹兩下，既抒壓又能叫他幫我解決，可現在……唉。

餘光察覺有東西放在旁座上，但眼下這題就快解開了，我沒抬頭就說：「妳先去買薯條飲料吧。」

「買好啦。」一杯咖啡移到眼前。

揉揉發痠的後頸，我仰頭喝了一口，噗地噴了滿桌：「哇！燙死我了！」轉頭望向身邊，驚訝於珞琪變成了妍婷。

「不好意思，我沒提醒妳要小心燙……」她滿臉歉意，連忙遞上面紙。

「怎麼是妳？」我神經再大條，也記得約的明明是珞琪。

「妳不喜歡我來嗎……」她語帶委屈。

「沒、沒有，妳來很好……只是，我向來都喝冰咖啡。」我放軟語氣，生怕她真的哭出來。她立馬轉為開心模式：「那我幫妳吹涼。」還拿起咖啡猛吹。

我制止並起身：「不必吹，我放些冰塊就好了。」

櫃檯前排了好多人。光是排隊要些冰塊就浪費不少時間。

以往來麥當勞都是岳融幫我點好餐，我張嘴直接吃喝就好了……

趁排隊時撥手機給珞琪，問她為什麼還沒來。她滿是疑惑問什麼時候約的。我叫她看下午的簡訊。她啊的一聲說怎會沒看到，又說奇怪，簡訊已被讀過了……

我頓了半晌，問妍婷是否同班補習。她說兩人座位相鄰，我就瞭解了。

回座位本想質問，想不到妍婷把計算紙移到面前，笑嘻嘻說：「算好了。」

算到頭漲神昏的那題函數被解開了，我哪好意思再責怪她偷看簡訊的事。

我又拿了一題三角函數問她。她歪著頭想了一下，三兩下就解開了，我問她解題原理，她說的頭頭是道。同學這麼久了，這才發現她數學蠻強的。

我去買了個雞腿堡報答她。她抱著我手臂笑得像朵花。

把始終搞不懂的機率統計拿出來問，她也能很快回答，請她解釋，她講了一堆我卻聽不太懂。

「比如說，我在茫茫人海裡，想找一個音訊全無的人，可以用機率算得出來嗎？」

「嗯？找人？」她啃了口雞腿堡：「如果按照數學原理，當然算得出來，不過我不用算也知道機率低到很微小，又何必算呢。」

「何以見得？」

「妳自己也說啦，茫茫人海又音訊全無。」

也就是說，靠計算這個機率，對於找到岳融似乎沒有三個小朋友路用。唉，那算這個機率對人生是有什麼意義呀……

「是說，妳想找誰呀？」

「蛤？喔，沒有，只是舉例而已。」

「我好不容易可以跟妳在一起，妳可別又變心了。」
呃，什麼意思……望著她凝視我的眼神，臉上還泛著潮紅，一種奇異感襲上。突然察覺她始終緊倚著我，還不時靠在我肩上，難怪右半邊身子已經冒汗。我輕輕移動位置：「坐太近了。」
不料她挨上來：「啊～人家就是喜歡這樣跟婇婇心連著心的感覺。」
我努力扒開抱我手臂的手指，想掙脫糾纏：「這、這樣不好看……」
但她抱得更緊，胸前還磨蹭著：「好看好看，在我眼中，婇婇最好看了。」
「唉，妳不覺得坐這麼靠近很熱嗎？」
「妳終於感受到我如火的熱情了嗎。呵呵。」
「妍婷，就算妳朝我頭上倒一桶女性荷爾蒙，我也沒感覺呀。」
「那這樣呢？」她全身撲上來，往我嘴上親來。
別過臉閃躲，察覺周圍開始有人投來異樣目光，我有點不耐煩，人力推開她：「別這樣！我有男友的。」
她愣怔，隨即撥了撥微亂的髮梢：「妳男友……不是跟楊喜慧跑了嗎？」
「他……他沒有說要跟我分手。」
「但妳已經跟他說分手了吧。還是，妳還想回到他身邊？」
「回到他身邊……有什麼問題嗎？」
「他不是妳表面上看到的那樣。」
他用情不專囉，早知道了。望著她的難纏，我決定撒謊：「妳說的是前男友。我說的男友是現任。」
「現任？誰？」

「……岳融。」

她用鄙夷的眼神打量我：「嗯嗯，婇婇，妳不乖，妳說謊。」

「我說真的。」

「岳融不過是妳的一隻狗、一個工具人而已，妳什麼時候對待他像個朋友？」

我居然找不到任何詞彙反駁。

真是活該。誰叫我之前對岳融的爛，盲人都看得到。

「不是，既然鐵凜威危急時救了我，那我們舊情復燃，不行嗎。」

「危急時救了妳？」她用不可置信的語氣說：「呵呵，婇婇，我終於知道為什麼鐵凜威會如此瞧不起妳，還把妳玩弄於股掌之間。」

「什、什麼意思？」

「嗯嗯。」她夾起一根薯條往嘴裡送：「嫌我嘴臭，我閉嘴好了。」

奇怪，她好像對於我、鐵凜威和岳融的事有出人意料的瞭解。

「我沒有嫌妳，只是……」

「那可以。」她噘起嘴唇朝向我：「嗯？」

這……大庭廣眾，鐵錚錚如我怎麼親得下去啊啊啊啊啊……

但又怕傷了她的心，我只好給了她一個飛吻而已。非常勉強地。

「算了啦。隨便啦。」她起身收拾東西，氣鼓鼓地甩頭走人：「我可不是岳融那種無怨無悔的工具人。」

再尷尬的關係，在忙碌裡也會逐漸淡然。

在班上無意間與鐵凜威對到眼神，起初雖然避開，但大考在即，隨著各自忙碌於課業、幹部間處理班務不得不的交談，好似也沒那麼尷尬了。

或許潛意識裡還心存復合的期待吧，前提是，他必須和那個她斷得清楚。

學測成績公布，我和珞琪都有機會參加志願校系第二階段指定項目的甄試。

珞琪成績好，可申請的學校好幾間。第一天我陪她去台中有意報名的學校。

在進試場前，她還猛翻著一大疊資料抱佛腳。

但同樣坐在樹下長椅上，旁邊兩位長髮女生可是輕鬆地聊著天。

為了緩解她的緊張，我遞上冰礦泉水給她：「齊珞琪，講個笑話給妳聽。」

珞琪白我一眼，繼續啃著她的應考資料。

「烏龜跟兔子賽跑，兔子一溜煙衝出去了，烏龜也很努力往前跑。中途看到一隻蝸牛爬很慢，就說：你上來我揹你吧。蝸牛就爬到烏龜背上。往前跑了一會兒，又看到一隻螞蟻，也說：你也上來吧！螞蟻上來後看到上面的蝸牛，說了句：你好。妳猜，蝸牛回了螞蟻什麼話？」

「……」她原本不想理我，頓了幾秒還是忍不住說：「妳好。」

我兩手伸直故做抓物狀，並大喊：「你抓緊點！這烏龜好快！」

她手肘用力撞我：「白痴！」

旁邊的兩位女生聽了，倒是忍不住噗哧笑了。珞琪覺得自己被恥笑，睨我一眼：「明天的甄試妳都準備好了？怎麼無所事事？還不快準備！」

「妳這種話，就讓我想起小時候有一回，我家樓下失火，我媽和我弟非常緊張衝出去，在門口沒見我出來，朝房間大叫：溫巧婇你在幹嘛！都失火了還不快出來！我回說在穿襪子啊。我媽很生氣罵：都失火了還穿什麼襪子，妳頭殼壞啦！過了一會兒還沒見我出來，又緊張地吼說妳到底在幹嘛？快出來！都失火了還待在裡面！就聽到我大喊：我頭殼又沒壞！我在脫襪子啊！」

這下她笑噴了口裡的礦泉水。旁邊兩位女生也笑得有夠大聲。

「現在才抱佛腳，來不及了啦。是兔子就是兔子、是烏龜就是烏龜、該被燒死的沒穿襪子也會被燒死啊。」我冷冷地說。

應試鐘聲響起，她手中資料往我身上一丟：「妳就是頭殼壞了才會跟鐵凜威在一起。」就跑進甄試會場了。

第十五話

幫珞琪把資料收進包包。從陽光被遮住的陰影，我察覺有人靠近。

「嗨，妳好。我能坐這裡嗎？」是剛才旁邊兩位女生比較高的那個。

我以笑容回應。

「妳待會兒也要面試，還是像我一樣陪別人來的？」

「陪同學來。我自己的考試是明天，要去台北。」

「台北？是想去考哪間學校？」

那間學校位在陽明山山巒上，往學校的山路上會經過翻車事故地點。我不自覺小吁了口氣，說了校名。

她聽了卻立即揚了揚眉：「哎呀，是我們學校。」

「是嗎？」我喜出望外：「這麼巧。」

「那妳想報考什麼系呢？」

「我報名了三間學校，都選社會工作方面的科系。」

她展出笑靨，對我伸手：「我社福系二年級。很期待能成為妳的學姊！」

我趕緊跟她握手，開心地說：「應該是我很想成為妳的學妹呢，呵呵。」

「我們學校呀，不論是山景、雲霧、夜景還是彩虹，都超美的唷。」

「我知道、我知道，我們高二時曾去那附近辦過班際郊遊。」
「嗯？可是，妳應該不是因為風景美，才想來唸我們學校的吧。」
我望著她。長袖襯衫、牛仔褲、外罩薄夾克，束著馬尾辮，雖然打扮極為簡單，但素淨臉龐卻脫俗清麗，笑容甜美，給人一種再怎麼設防也沒意義的親切感。
嘆了口氣，我望著前方的噴水池，說了班際郊遊和發生翻車的過往，後來尋找岳融的事也大概提了一下。
不發一語，非常認真聽完我的故事，她才說：「生命中總有一些不明的緣分，在牽引自己的決定，對吧。」
「嗯嗯。」
「妳知道嗎，我們學校裡有個百花池，比眼前這個噴水池漂亮多了。」
不解這跟我剛才的故事有什麼關係，只得訥訥地說：「……是嗎。」
「我自己曾在那個百花池邊，碰到與妳所說的有點類似的遭遇。」
「蛤？妳說的是……哪個部分？」
「前男友救了妳，但妳卻比較在意另外一個男孩子去哪裡。」
「……」乍然，我很想聽她繼續說下去，所以找不到任何回應的話。
「到底什麼是喜歡、是喜歡對方什麼，到底什麼是在乎、真正在乎的又是什麼，人哪，有時會被各種感覺迷惑。妳現在的感覺和當時我的迷惑很像，不過呢，我已走出迷霧了，雖然過程曲曲折折的。」
「嗯嗯。但我現在最想知道的，是我那個不見了的同學過得好不好。」
「如果來唸我們學校，我介紹一些人給妳認識，說不定能幫妳什麼。」
「好哇。我叫溫巧媃。」

「嗯嗯。失火了逃命還記得要穿襪子的溫巧嫊。我記得了。」

「那是跟同學開玩笑的啦。」我感到臉頰一陣熱。

「妳臉紅時好可愛。妳應該很喜歡幫助別人吧，比如說行俠仗義之類的。」

「妳怎麼知道我……」彷彿認識很久了般，我意外地睜圓了眼。

「同學面臨考試壓力太緊張，妳為了幫她，不是講了兩個笑話嗎？」她拉著我手，像個大姊姊般。「像這樣的個性，最適合來唸社福系了。」

「高中時有男友沒朋友、談戀愛談到無法無天，我怕自己考不上啊。」

她聽了笑彎了眼，烏黑眼瞳轉了轉，告訴我明天在試場如果遇到一個姓李的教授問我為什麼想來唸社福系，不論我的答案是什麼，記得要說十個字：「我想行俠仗義、濟弱扶傾」。

「為什麼？那不是神力女超人或鋼鐵人之類的才會說的嗎？」

想像自己穿著神力女超人的服裝進入試場，雖然我腰夠瘦、胸部撐得起，也一定會英風颯颯，但那一排面試教授目瞪口呆樣子，怎麼想都很歪樓呀。

她起身，沒有直接回答我。「我姓江，江竹鈴。如果考進我們學校記得來找我啊。」就朝對面大樓走廊下一個高帥男生那邊走去了。

一個月後接到甄試結果通知，報考的三間學校我都錄取了。

我居然毫不考慮放棄錄取分數較高的國立大學，選擇在山上的私立大學。

珞琪罵我怎麼蠢成這樣。我倒是瀟脫自在，聳聳肩說：「生命中總有一些不明的緣分，在牽引自己的決定，對吧。」

「呿，不知所云。」珞琪白我一眼，兀自翻閱手中的女性雜誌。

自從得知錄取了第一志願的學校，她就拋開教科書和參考書，每天帶女性雜誌來學校看，除了刺激那些還在苦讀準備七月大學指考的人，還打算好好學習彩妝穿搭，一副渴望由女文青幻化為狐狸精的模樣。

妳不知我所云沒關係，我自知受高人指點，即將告別沉悶高中生活，那些在乎學校國立或私立的意見，真正在乎的又是什麼。

畢竟，總不能告訴珞琪，真的在面試時遇到傳說中的李姓教授，而我也真的厚顏無恥地說了那十個字。

我在網路上搜尋著每個學校的學測榜單，卻沒發現岳融的名字。

該不會真的被迫休學吧……

畢業典禮那天中午，鐵凜威約了班上幾個人聚餐。

珞琪邀我一起去。礙於跟鐵凜威的尷尬本想拒絕，但想到珞琪考上台中的大學，我倆長久的閨蜜關係就要聚少離多，特別不捨，所以還是點頭了。

然後我就被帶到一家麻辣火鍋店。

望著那鍋沸騰的紅湯，鼻腔漫著滾燙的刺辣味，還沒吃就眼眶滿是辣淚了，我抹著眼尾大罵：「現在人間六月天、熱到如烤似煎，誰決定來吃火鍋的？是想害大家菊花朵朵開嗎！」

「是蘇正倉！」黃定瑀立馬指著肥蘇叫道。

「不是我不是我！」蘇正倉甩著嘴邊肥肉打死不認，唯恐我會像打小強般把他一掌擊扁；「是鐵凜威請客，要大家決定吃什麼，每個人意見都不同，僵持不下，我只有建議乾脆把每個人想吃的做成籤，抽到什麼就吃什麼。而且我建議的是吃到飽把費大餐，哪知居然抽到麻辣火鍋，超可惜。」

「那是誰建議吃麻辣鍋的？」

「是黃定瑀！而且是猜拳結果他最贏，所以抽籤的人也是他！」蘇肥回嗆。

黃定瑀心虛地低頭猛嗑豆腐皮；我一把抓起他的手就要往火鍋裡送：「吃麻辣鍋！看我把你這臭手扔進去煮成人肉蒟蒻！」

「啊啊啊啊啊啊——」黃定瑀嚇得哇哇大叫；「饒命啊、女俠！」

我佛心來著放了他，引得眾人一番嘲笑，他也不以為意。

妍婷吹涼一塊凍豆腐放我碗裡。我吃了一口，舌頭被豆腐裡流出的湯辣到抽痛：「臥靠！這簡直是拔舌地獄嘛！」臉部扭曲的樣子把大家都逗笑了。

鐵凜威見狀，叫服務生送來兩手冰啤酒，遞給我一罐：「喝點冰的，壓壓火。」

我開了罐往口裡灌，結果整個喉嚨口腔像引爆炸藥：「哇哇哇哇哇——」

大家見我跳起來轉圈猛搧嘴邊，兩頰炸得紅通通，又是一陣大笑。

氣氛被我炒熱後，餐桌上大家互虧互揶，歡聲笑語甚是熱絡。

酒過三巡、菜過五味，大家從集體尬聊變成捉對個聊。

「婇婇，敬妳一杯。」坐我左邊的妍婷舉杯。「以後見面機會少了，好捨不得喲，嗚嗚嗚。」

我與她碰杯：「妳也該找個好人家了，別再迷戀婇哥我了，齁？」

她居然紅了眼眶：「國中高中六年，我最大的遺憾就是沒把婇婇掰彎了。」

「我誰啊，我溫巧婇耶。鋼鐵婇哥豈是想掰就掰得彎的。」

「我今天就把婇婇灌醉了，好好蹂躪一番，讓婇婇今生都記得我。」

「不，是本宮先負了妳，醉後就讓本宮好好寵幸一下吧，呵呵呵。」

坐在對面的路琪聽了我們這種不三不四的瞎話，眉冉抽搐不斷，白眼翻了兩圈。幸好有人過來拉妍婷去跟別人哈啦，不然話會多歪樓實難想像。

高中同窗三年，突然就要結束各奔東西了。我涮著肉片，面對大家的笑顏，彷彿自己只是一個旁觀者，冷眼看著三年忠班在離別前最後相聚的歡愉，不禁感慨萬千，心裡好像缺了一塊。是岳融吧。他本該跟我們一起畢業的。

把剩下的酒喝乾了，依稀有種名叫遺憾的淡淡的苦味，迴盪在口腔。

喝過酒的溫巧婇總是感性，也特別容易傷感。

坐右邊的鐵凜威碰我杯：「妳今天好像很高興。」

「高興個屁。」

「怎麼了？」

「我想念岳融。」

他怔了怔，喃語道：「……那個小子，嘖。」

酒精染紅他臉，應該也鬆了心防。我請服務生再拿一手啤酒過來，開了一罐注進他杯子：「高一的時候，你們到底為什麼打架？」

「哼呃。」他打了個酒嗝，抓抓後腦。「那時候個我們不是鬧分手嗎，他就跑來說什麼我不該因為妳打蟑螂就嫌棄妳。其實我不是真的要分手，只是用這種方式希望妳像個女孩子，但他就興師問罪，把我惹火，吵了起來就動手了。」

「那時你是在嫌誰噁心啊？」

他頂著眼珠想半天。「喔，我是說妳用手直接打死蟑螂很噁心。想不到岳融居然說敢這樣的女生很不錯，要我接受這樣的妳，還怪我眼瞎。」

「唔。原來如此。」

「事後想想，他說的也沒錯，喜歡一個人就要連她的缺點也喜歡，所以我就不介意了，我們不是也復合了嗎。」

能徒手打蟑螂是優點，所以岳融很能接受這樣的我；而你視為缺點覺得噁心。

「我們有復合嗎？你不是選擇跟楊喜慧在一起嗎。」

「我跟她分了。」

現在是怎樣，拖到畢業了，察覺舊愛才是最美？

幾杯啤酒下肚，思緒逐漸陷入累格，酒精麻痺了失落，只要腦子想開心的事。之後好像就開始跟鐵凜威打情罵俏、吐槽調笑，還拿手機互相自拍。

酒酣耳熱之際要大合照，但沒人帶自拍棒，有人去請服務生過來幫大家拍。拍照時察覺鐵凜威的手搭在我肩上。心裡告訴自己畢竟還沒決定是否要跟他復合，應該保持一點距離，不過我的頭好像還不經意往他肩上靠。終究還是酒精作祟讓警覺性降低了吧。就聽見站在前面戴著口罩的服務生說：「要照囉。請大家說『依』！」

「依——」大家都露齒笑道。只有我聽到什麼，怔了。

快門聲響。服務生又說：「再來一張。請大家比耶！」

「耶！」大家都舉起手、開心比出剪刀的手勢。只有我看到什麼，發呆。

「謝謝。」大家回座。服務生轉身返回廚房。

「婇，妳還好吧？」珞琪過來身邊。我反應遲緩地慢慢點頭：「那個……」

「妳有沒有帶面紙，借我一下。」

看來麻辣鍋讓她菊花要開了。我指指小背包。她翻到了面紙就往洗手間衝。

我想說的是，口罩後的聲音，口罩上那雙眼睛，好像一個人。

呵呵。可能是酒喝多了，產生幻覺。

如果真的是他，看到老同學在聚餐，當然會寒暄相認了。

我搖搖頭，趴在桌邊，想讓腦袋休息一下。

感覺只休息了幾分鐘，就聽到手機鈴聲在叫。習慣閉著眼伸長手往床頭櫃亂抓，卻啪的一聲打到了什麼，還有人慘叫。

坐起身，推開眼前的人往床頭櫃上背包裡搜出手機：「喂？」

「婇婇，妳去哪了？怎麼我上個廁所出來，人都不見了。」是珞琪。

「妳挫賽喔？」

「肚子痛死了，是拉了不少。」

那，我去哪了？

剛剛推開的人……摀著被我閉眼一巴掌打臉的是鐵凜威？

這裡是……我認出是他爸媽買給他的小套房，我怎麼會在這裡……

低頭，發現自己身上的襯衫鈕扣全開，還坐在他的床上……

「我怎麼會……你……」

「妳喝醉吐了，身上都是嘔吐物，我帶妳回來幫妳擦洗。」

我怔了一秒，往自己身後摸索，內衣的扣子被解開了！

再看到他著短褲的跨下一包鼓得像帳篷，就知道他在撒謊。

「你在幹什麼！你剛剛在幹什麼！」

「巧婇，我、我發現楊喜慧不適合我，其實我最喜歡的是妳——」

那，怎樣，現在才發現最適合你的是我？還是我……的身體？

我發傻，不知如何回應他這個不知是真情還是肉慾的告白。若是真情，未免來得太突然……若是謊言，我該尖叫大哭衝出去叫救命？

他看出我的慌亂，靠過來摟住我：「對不起，以前對妳不好，妳原諒我。我保證以後對妳好。我真的已經跟她分手了。」

這時他的手機響了。他跳下床到書桌拿起來看了一眼，正要切斷，被我從背後一把搶過來！我瞄了一眼，放出擴音：「威哥，我在樓下了，你下來幫我，東西好重啊。」

是楊喜慧。聲音有夠嬌。

往他身上砸的手機被他閃過，撞到牆面破碎飛散。我顧不得衣衫不整衝上去，一陣拳打腳踢：「喜歡個屁！喜歡我的身體卻對待我像大體！」

「我、我是一時情不自禁——」他抓住我手腕解釋道。

「呸！你是對我大不敬！」

我死命拉扯，卻被大力拉進他懷裡，臉上感受到他的鼻息：「妳不是從小就很喜歡我嗎？現在我決定接受妳了，妳卻對我生氣？」

真該死！他的眼睛真的好看；尤其是拿一直喜歡他的事來戳，形同直接刺我軟肋。想起翻車時他的挺身相護，害我心軟了。

但我沒忘記樓下有個小慧慧正在等他：「放開我。」

見我語氣變軟，他就得寸進尺：「可以，讓我親一個就放。」說著嘴就湊了上來，舌還頂進來。我朝他嘴唇用力咬下去，痛得他哇哇大叫。趁他竄到浴室找鏡子檢視嘴唇傷勢之際，我整理衣服抓起手機與背包：「多少年了，你現在才接受我！」

他從浴室探出頭，腫著嘴唇嘻皮笑臉：「誰叫我人帥愛妃多，翻牌子也要時間的嘛。」

衝出去之前丟下一句：「本姑娘皇后命，不屑當妃子！」就甩上房門。

電梯抵達一樓大廳時門自動打開，楊喜慧一手按開門鍵、一手推著三個大行李箱進來，還忙著跟夾在脖子的手機講話：「到底真的假的，敢騙我你就倒大楣！」

這麼多行李箱，若是空的就是用來運屍，若是滿的就是要跟鐵凜威同居了嘛。

餘光瞄到有人幫忙按延長開門鍵，微微點頭致謝，根本沒察覺是我：「我還是覺得小威不可能背著我跟別人亂來。」

我低頭假裝滑手機，同時按下關門鍵。

「麻煩十四樓，謝謝。」哈囉，我剛從十四樓下來耶。

見十四樓數字鍵亮了，她繼續對手機那端說：「小威要對溫巧媃亂來？哼哼，溫巧媃不把他吞了就萬佛朝宗了。」

萬佛朝宗？我看是妳腦袋空空吧。是說，聽起來是手機那端的人通知她，鐵凜威趁我酒醉想對我那個那個……可是那個人為什麼要通知她……

因為想要阻止鐵凜威、但不知道我會被帶到哪裡……卻知道楊喜慧知道我會被帶到哪裡、或至少知道楊喜慧是可以阻止鐵凜威下手的人。

只有關心我安危的人才會這麼緊張的吧。

是珞琪？不，她剛才來電說根本不知道我在哪。

是岳融。

我正想開口問，電梯門開了，鐵凜威站在門前著。

她推行李箱出去：「唉喲，你為什麼不下來幫人家啊，熱死我了。」

在我按下關門鍵之前，他瞥見我躲在門邊角落裡，卻對她說：「我急著要下去呀，結果不小心跌倒嘴巴都摔腫了。」

「啊，對不起，秀秀秀秀……」

我沒心情跟這對男女攪和，巴不得電梯上有裝噴射引擎，趕快載我下樓。

在街上攔了一輛計程車，直奔中午吃飯的火鍋店。

抵達時已經是下午四點多。玻璃店門上掛著一塊亞克力牌：休息中。

我敲敲門，裡頭正在拖地的服務生聞聲走來開鎖：「我們下午五點才營業唷。」

「不是，你們有一位叫岳融的服務生吧？我想找他。」

他拉下口罩，疑惑地說：「妳說要找誰？」

「岳融。岳飛的岳、融洽的融。」

他回頭對櫃檯喚了一下：「你們有誰認識一個叫岳融的？」

另一個穿店員制服的女生探出頭：「誰找他？」

「我是他同學！」我大聲回應。

她來到門邊：「他是午班的，我們是晚班的。他已經走了。」

「那明天你們午班是幾點開始？」

「明天？可是他已經走了。」

「走了……是什麼意思？」

「他只做到今天。剛剛才跟我交接帳目，大約十分鐘前。」

「怎、怎麼會只做到今天呢。現在不是放暑假了嗎，打工不正是時候嗎。為什麼不等我就這樣離職了呢，老要我找他找不到是怎樣，一定要這樣和我擦肩而過嗎……」我急得語無倫次，直到瞄見他們懷疑我是神經病的目光，才連忙回復鎮定：「那請問，有他的聯絡電話或住址什麼的？」

「抱歉，人事資料是在我們老闆那裡，而且員工個資也不能隨便透漏。」

「我、我真的是他很要好的同學。」

真的那麼要好，怎麼會不知道他的電話住址？他倆臉上寫著懷疑，這要我解釋又該從何說起，真是一言難盡。

也許同為女生比較有同理心，見我焦急得猛跺腳，那個女服務生忽然問：「妳該不會是那個叫……什麼柔的吧？」

「溫巧婇！溫巧婇就是我。」

她用有夠八卦又詭異的眼神睨著我：「……兩點多我打卡的時候，見他正用手機在跟誰講話，跟對方說什麼妳男友正跟什麼柔的女生在一起，妳要不要去看一下，還很激動說也許什麼柔的是要介入當小三妳也不在意嗎之類的……講完電話還很生氣，自言自語說什麼柔的長這麼大了也不會照顧自己……」

整個暑假都很枯燥。天氣熱得躁，心情煩得躁。

我對於鐵凜威的劈腿雖然生氣，但不會介意致此，頂多打罵一番發洩就算了。可是岳融對我生氣，為何我卻如此介意、耿耿於懷……

平時任性、耍賴、出了錯，都有他當做依靠。自從他不在身邊了，彷彿走在懸崖邊身後沒有山壁，怎麼想都覺得不安啊。

不過，至少確認他已平安無事。只是，能再遇到嗎……

一點也不覺得向左走向右走的劇情有什麼美，只覺得被命運捉弄的人，很衰。

直到八月上旬，接到一通不認識的人來電，心情才被轉移。

「巧婇學妹，我是妳社福系的學姊，也是雄友會的幹部。我叫蘇詩雅。」

詩雅學姊介紹校園環境、社福系課程和不錯的社團，希望我能提早到校，系上有學長姊們會接待。

聽她在手機那端親切講著大學的種種，才醒悟到自己已是大學生了。

雖然素未謀面，但居然和她聊了快一個小時。她即將道別時忽然說：「啊，對了，我有個同學看到大一新生名單，居然跟我說她認識妳唷。」

「蛤？誰啊？」

「江竹鈴。」

「啊！」我失聲叫出，還拍了自己額頭一掌。「對對對，如果不是竹鈴學姊我學測才不會這麼容易考上吶。」

她問我怎麼會認識竹鈴學姊。我大概講了一下在台中陪考時的情形；講到面試要說的那十個字時，詩雅學姊爆笑出聲：「她就是這樣的人，說好聽是熱血，喜歡助人，說難聽是雞婆，以俠女自居。」

聽來她和竹鈴學姊感情很好，我也不禁拉彎了嘴角：「我最喜歡當俠女了。」

「哈哈，那妳會跟她聊得來。我們期待趕快見到妳唷。」

兩個星期後我就負笈北上，那些過往的煩心與牽掛只能先放一旁了。

到公車站接我的是竹鈴學姊。一見面就給我一個大大的擁抱，然後搶走行李箱硬要幫我推到宿舍，一邊聊天一邊幫我擦桌抹床整理衣櫃，還關心我的生活習慣，並帶我去校外商店街採買我喜歡的日用品，甚至搶著結帳說什麼當做見面禮希望我不要嫌棄……

第二天早上還來敲房門，請我去大雅餐廳吃早餐、聊過往。

不過一面之緣就疼我像親妹般，體貼照顧的程度一整個把親娘給比了下去，若溫夫人得知恐怕會羞愧到鑽地洞吧。

每個大一新生都是大二直屬學長姊帶著逛校園熟悉環境、買日常用品，藉此熟悉彼此。重點是，竹鈴學姊已是系上大三的學姊，而且不是我的直屬家族。

迎新晚會時，同學都是直屬大二學長姊陪著，可是當晚卻是竹鈴學姊帶著我和她的大一直屬學妹柳萌萌……那我的大二直屬學姊李恩倩，人咧？

「妳學姊今天可能比較忙。」竹鈴學姊笑得和煦。「沒關係，有什麼需要的我都可以幫妳。」

「那巧婖的直屬大三呢？」柳萌萌找著家族名單，天真地問：「秦勝華學長？」

「他更忙。」竹鈴學姊輕描淡寫地說。

當下有自己好像孤兒沒人要、被竹鈴學姊在路邊撿到帶回家扶養的錯覺。

開學後跟其他學姊混熟了，從她們口中才得知原來我的直屬李恩倩、秦勝華，與竹鈴學姊間曾各有過一段不為人知的恩怨情仇，聽得我瞠目結舌。

簡單說，我的直屬學長姊都很混、都有點爛，也都對不起竹鈴學姊。

但竹鈴學姊卻覺得這樣身為他們小直屬的我會很可憐，所以主動來帶我，希望我不要因此覺得社福系大家庭沒溫暖。

這也就理解了放榜後她要求詩雅學姊先跟我聯絡的原因。

我因此認定了自己的直屬不是恩倩學姊，而是竹鈴學姊。

大一的專業科目雖然多屬概論性質的課程，但還要修習許多通識課；而專業科目裡常常一個議題要參考的書籍達四、五本以上，甚至包括原文著作，害我一整個嚇到。

最火大的是專有名詞一大堆，解釋專有名詞的說明裡還有其他專有名詞，唯恐被當掉的壓力超大。

因此我經常抱著厚如磚頭的教科書找竹鈴學姊求救。

「情結是大師榮格提出的一種心理狀態理論。用白話來說，就是客觀來看，根本沒什麼大不了的事、對某些人來說卻一定會讓他感到拘泥、不自在、擔心害怕甚至自卑的事情。也就是一種偏離意識所能控制的感情表現，這就是情結。」竹鈴學姊很認真地解釋心理學上關於「情結」這個專有名詞的意義。

可我資質駑鈍，有聽沒懂：「那跟討厭一件事情或某種東西不是一樣嗎？」

「情結跟好惡不同。」她單手撐著下巴，流轉著烏亮眼瞳思索怎麼說明才能讓我理解：「我們對一件事情的喜好或厭惡，通常都有可以解釋的理由，而且是自己有意識的選擇決定。例如一般女生會選擇跟高的帥哥交談、但有的女孩覺得太帥的男生容易花心沒有安全感，反而敬而遠之；又例如妳排斥講話油嘴滑舌的男生，認為他們非奸即盜；但別的女生卻覺得這樣的男生口才很好，會逗她開心。所以這是屬於個人好惡。」

可能是我理解時看起來號呆號呆的，她為忍俊了一下，抿嘴偷笑。我撓撓後腦說這部分聽懂了，她就繼續說：「可是心理學上的情結，卻是存在於潛意識裡，在不經意的情形下影響自己的判斷、言行或反應。妳問他為什麼要這樣，他卻經常說不出理由。例如有些人就是覺得自己太胖，總是嚷著要減肥，但客觀上看起來身形一點都不胖，那為什麼她每餐只吃四分之一碗的飯、還每天跑三千公尺？妳可以說她有瘦即是美的情結。」

「那為什麼她會這麼奇怪？」

「嗯哼，妳覺得奇怪了？表示這個人的行為不能用一般常理來理解囉。榮格阿公就用『情結』這個理論，告訴我們如何探究她會有奇言怪行的原因。」

唔，這樣啊……

竹鈴學姊望著百花池裡的錦鯉沒有出聲，讓我安心地咀嚼剛剛她說的話。

見我似乎還未參透，就把我手中參考論文影本翻出來，用螢光筆畫上重點，並寫了兩個書名：「妳去找這兩本書來看，就更能瞭解了。」

她認真的側臉，讓我又想起了岳融。往昔自己的功課都是靠岳融罩著的啊。

為什麼要對我生氣……小時候為什麼怕過馬路……為什麼要對我說謊……

難道岳融也是因為有什麼情結嗎……

「學姊，我大抵上已經瞭解了，不過我還是會去找這兩本書來看……」

「婇婇，妳是不是有什麼事想跟我說啊？」

「蛤？沒有呀。」

「嗯嗯。」明明已經看穿，但她顧及我的感受說：「那也許是我猜錯了。」

經過這段時間的相處，知道她是可以信任的好姊姊：「學姊，我能問妳一件事嗎？」

「唔？」她貌似已知道我心裡藏著的擔憂。

「如果……」我沉吟半晌，望著她鼓勵的眼神，才鼓起勇氣問：「如果在人生的某個路口，走失了一個對自己很重要的人，該怎麼辦？」

第十六話

從上學途中在路邊撿到岳融說起，一直說到他在火鍋店打工離職為止，包括其間相處的點點滴滴，以及發現他對我已是很重要的存在的經過。

接過竹鈴學姊靜靜遞來的面紙，才察覺自己敘述時不知不覺流著淚。

對於鐵凜威的不忠僅有怨忿生氣，但對於失去岳融卻難過流淚，是怎麼回事……

「聽起來，這個岳融雖然不是男友，卻一直在身後守護著妳，是吧。」

「唔。」

「但是妳也說了，他現在應該康復了，才能繼續打工，不是嗎？」

「但……」內疚感讓我垂頭：「我以前對他太壞了，總覺得很對不起他。」

「他應該沒有怪妳吧，否則在火鍋店發現了妳，也不會因為擔心才打電話給那個姓楊的女生，希望能保妳安全嘛。」

「妳說，我是不是還能遇到他啊？」

「有緣的話當然會遇到，不過，我覺得問題不在遇不遇得到，而是，妳把他當成什麼呢？他不是曾介意的這麼說嗎。」

「就……知己好友啊。」

「如果他也當妳是知己好友，就不會介意妳有沒有說那句對不起嘛。」

「可是……」

「還是，妳現在覺得跟他有發展不同關係的可能？」

「……」

「妳曾經很神氣地跟他說過，就算妳跟鐵凜威分手，也不會跟他在一起這樣的話吧？那妳希望他用什麼樣的心情，再跟妳相處下去呢？這有沒有可能是他出院後沒有再跟妳聯絡的原因？」

經過學姊這樣分析，我終於知道問題所在。

模糊不清的關係，讓彼此的相處淪為好像我只是利用他的關心，也讓他進退唯谷，有了連朋友都不算的感覺。

唉，小三時小威就說了，溫巧婇就是三害之一。是害蟲。

竹鈴學姊見我悶不吭聲，顯然知道我的懊惱，拍拍我手背：「妳不是曾取笑人家是什麼，看得很開？我看現在妳也要看很開才行呀。」

我被逗得噗哧笑了。她彎彎嘴角：「會的啦，我們學校的山嵐有仙氣，妳的心願會實現的。」

幾個星期後，終於在一場聚餐時遇到詩雅學姊。

詩雅學姊是大忙人，除了是雄友會的幹部，自己還是社團負責人。據竹鈴學姊說她辦活動神龍見首不見尾，經常忙到沒回寢室過夜。

她創辦的社團名叫「幸福社」，據說是個專辦聯誼活動的奇怪社團。

「原來妳就是溫巧婇，快來這邊坐。」進到餐廳，經由竹鈴學姊介紹，她立即熱情地叫我坐她身邊。

「還習慣這裡的生活嗎？」

「嗯，還好，就是覺得有點冷。」北部的深秋天氣多變，尤其山上溫差超大。

「妳還沒加入什麼社團吧？」

「沒有。」

「有男朋友？」

「……呃，曾經有過。」

「難怪空虛寂寞覺得冷。來，參加我的社團，保證讓妳每天都熱呼呼的。」說著就從包包裡取出報名表要我填。

我瞥了竹鈴學姊一眼，她馬上幫我解圍：「喂，妳不要給學妹壓力嘛。」

詩雅學姊略過竹鈴學姊，直接問我：「那，妳想不想讓自己變得有女人味？」

「……我沒有女人味嗎？」

她往我全身打量睃掃一遍：「妳只有漢味。女漢子的味道。」

「詩雅！別這樣對學妹說話。」

「那學妹我問妳，妳沒穿過高跟鞋對吧？」

「我……曾偷穿過我媽的高跟鞋一次，只差沒摔死，從此就敬謝不敏。」

「這就對啦，女生在學會穿高跟鞋走路之前，就永遠是個女孩而已，不會有女人味的，哪吸引得到優質男生的目光啊。」

咦……鐵凜威的輕視是因為我沒有女人味？還是自己沒穿高跟鞋所以只能吸引到鐵凜威這樣的男生？

「詩雅，妳別瞎說，亂灌輸學妹錯誤的觀念。」

「好，那讓學妹自己決定吧。」

參加這種聯誼性質的社團，女漢性格的我恐怕只能坐冷板凳吧，可是不參加好像又辜負了詩雅學姊……望著她熱切的眼神，再看看竹鈴學姊要我想清楚再做決定的眼神，我小心翼翼地問：「我可以學會了穿高跟鞋，再決定是否加入幸福社嗎？」

她們互望一眼，笑彎了腰。竹鈴學姊笑著說：「妳很聰明嘛。」

「好！正好。」詩雅學姊止住了笑，正色道：「今天聚餐就是要討論這個。」她說，這次迎新舞會是由系學會與幸福社合作舉辦。去年的迎新舞會會後調查，許多小大一反應舞會時大家都以貌取人，男生都排隊邀顏值高的女生跳舞，姿色平平的女生則淪為壁花，一點都不好玩，更別說什麼聯誼目的，所以今年由幸福社籌劃以假面舞會的形式呈現，想必有意想不到的效果。

但是男生難免還是從身形儀態選擇舞伴、女生也可能只接受外表高大的男生邀舞，她建議女生還是應該穿適合跳舞的裙裝和高跟的鞋子，比較不會吃虧。

說到這，她睨一眼我身上的T恤、球鞋和牛仔褲：「像妳這種打扮一定會被男生歸類壁花系列，萬萬不可。」

當天下午我就約柳萌萌一起搭車下山，衝到女裝店買衣買鞋買香水。

我誰？溫巧媃耶！賭上溫家歷代祖先顏面也不能被人看衰小當成醜女冷落。

晚上回到寢室，我們各自開始試穿。

柳萌萌說她高中時假日逛街都穿高跟的鞋子，只是這次買的更高。所以她走得自然，馬上從小女生變成小女人了。

我見狀也躍躍欲試。

穿上剛入手的紅色高跟鞋，倏忽覺得自己長高了，視野變得開闊了，腰背在踩上去那一秒都挺直了，興奮地往前走……

哇——！一整個重心不穩往前撲，我像被打扁的蟑螂趴在地上痛得抽搐……

「媃媃妳還好吧？」萌萌趕緊過來扶；我摀著鼻子叫疼，放下手只見滿掌心的鮮血，把她嚇到：「我的媽呀，妳鼻子歪了！」

我跌跌撞撞爬起來，往書桌上的化妝鏡裡瞧……喔靠，兩管鼻血掛在人中！

萌萌抽了兩張面紙幫我止血，嚷著要送醫。我揮揮手要她別慌，帥氣的說人生自古誰無死，留取丹心照汗青。

懵著臉說聽不懂，我說下聯是女生自古誰無死，腿斷也要踩高行，她就笑了。

硬著頸子苦練，連續摔了五次跌了六次加上七次仆街，她終於看不下去，牽著我的手說：「妳的重心要擺在後面，不然會往前暴衝。」

我走得小心翼翼：「咦，會走了。」

瞄到衣櫥上的穿衣鏡，她卻突然笑抽了：「這樣好像宮女扶著貴妃喲。」

我也瞄了一眼：「不是。是看護牽著長輩復健。」

她放了手癱趴書桌上狂笑。我不知死活繼續往前走——

啪砰！好大一聲，我整個人大字型往後摔在地上，把萌萌嚇到放聲尖叫。

女漢子穿高跟鞋，猜一句罵人的話。

討皮痛啊。唉。

第二天上課，在課間休息時間，坐在前面的三個男生小聲討論著什麼。

「本來不想去，但學長說這次的舞會還跟別系別校合辦，規模是往年之最。」

「聽說那個學校專出美女耶，而且這次新生的素質都是上上之選。」

「是喔？唉唷，好想去啊。」

「而且學長說我們班這次正妹太少，若想要找女友，舞會是個很好的機會。」

「我們班？黃念彤算是班花級了吧，余希芬也不錯，啊，柳萌萌很可愛。」

坐我身邊的萌萌聽到了，臉頰羞得紅通通。

「正的就那麼幾個，假面舞會不都戴著面具嗎，萬一挑到南山白額虎、長橋下蛟龍或是女周處，不就嘔死了。」

「白額虎是誰？」

「今天請假沒來。」

「長橋蛟是誰？」

他們同時將視線轉向教室角落某位姿色平平、牙齒尚未矯正的女生。

「女周處又是誰？」

他們找了一下，不約而同回頭瞥了我一眼。

「哈囉！什麼東西！會不會說話！不能好好說話嗎！」我往他們椅腳狠踹，拿書往他們後腦猛砸：「為什麼是女周處你們給我說清楚！」

他們四散逃竄，邊逃邊嚷著：「就是這種易怒體質！」

這世上欣賞我的男生在哪裡呀……揉著練習踩高跟鞋摔瘀的膝蓋，哀嘆道。

迎新假面舞會。

系學會長致詞後，就把麥克風交給主持人詩雅學姊。

詩雅學姊宣布今天舞會的流程，第一階段是交際慢舞，由男生向女生邀舞；第二階段是女生對邀舞男生的致謝舞，舞曲自選；第三階段則是快舞，開放會跳街舞的高手直接向ＤＪ點曲展現舞技，Hip-Hop、Breaking還是Locking，來者不拒。最後則是交換卡片，若感覺不錯，可以向對方索討寫有聯絡方式的小卡片、或把自己的聯絡卡交給對方。

會長與詩雅學姊開舞後，舞會就正式開始。有三個男生立刻過來同時向萌萌伸出邀舞的手。另外黃念彤和余希芬也立馬被男生包圍，行情好到引發一陣騷動。

我坐姿端莊，彷彿高貴的櫻花靜候那些蝴蝶聞香前來，其實非常忐忑被走過路過故意錯過。

兩支舞後，那些行情好的女生都還離不了場，因為邀約不斷。

對面座位上的男生，有的是不會跳舞根本不起身只跟鄰座的人聊天，有的是跳累了回座休息但往這邊觀察，害我必須壓抑住拉裙子起來搧風的衝動，死命裝出淑女模樣。

真是心好累。為什麼當個女生要這麼累。

一直到第六支舞，座位上的男生愈來愈少。在男生座位區的最角落，有個戴著黃金獵犬造型面具的男生站起身，往這邊直直走來。

記得他始終靜靜坐著，偶爾喝口飲料，被我擅自歸入不會跳舞那一類。

其他男生衣著華麗正式，但他只有白色長袖襯衫和藍色長褲。

不會是要去拿飲料吧。拜託拜託，即使是拐瓜劣棗也沒關係了，不要坐實了我是沒行情的女周處就好了啊啊啊啊啊！

「下一支舞，可以邀妳一起跳嗎？」就在黃金獵犬只有幾步之遙，身邊突然一個戴著雷神面具的挺拔鮮肉彎身問我，男性香水味頓時撲鼻。

呃……行情來得好突然。呵呵。

我瞥前方一眼，黃金獵犬顯然也被這狀況震住，硬生生轉彎走向飲料檯。

我禮貌地對雷神點頭。他在旁邊座位坐下：「妳什麼系的？」

「我們學校社福系。」

「我不是妳們學校的。我唸醫學系。」

喔，醫學系的高材生。好，看誰還敢笑我是壁花女周處。

音樂暫歇。萌萌終於回座，瞥見我身邊的雷神，給我一個曖昧的笑。

「累了吧？」我遞上面紙讓她擦汗。她趁機在我耳邊說：「把握啊。」

起身進入舞池。雷神扶著我腰隨著旋律開始踩步：「大學生活還習慣嗎？」

「蛤？呃，還好。」我怕踩到他腳，拚命回想舞步，根本沒心思好好回應。

「別緊張，跟著我就好。」

依著音樂推我的腰、拉我的手，一個轉身，變成我必須倚在他懷裡，被他擁著往後倒。一開始非常擔心摔倒所以握緊了他的手，幾個輪迴後，發現這個動作很能測出與舞伴間的默契，其實只要把重量交給對方，就能享受這支舞的樂趣。

幾分鐘的舞後，發現對方很行，我揣測他是那種愛玩也很會唸書的人。

「希望待會兒能拿到妳的聯絡卡。」舞曲結束後送我回座，他說。

「謝謝。」

遞給我果汁，萌萌望著他的背影說：「就算沒有別人再來找妳，也值了啦。」

「什麼話，我的女性魅力現在才要爆發咧。」

「好，加油！」

望著雷神跟他同學打鬧著，暗揣他的長相……應該不會差到哪裡吧。

第七支舞的音樂起，又有男生走過來向萌萌邀舞。萌萌揮揮手說累了對不起。

可我不累啊，你們沒人要過來邀我嗎？

座位區上的男生這時全員出動，空盪一片。只剩黃金獵犬。

大家都不想空手而歸。即使沒拿到任何一張聯絡卡，但至少有人願跟自己相處一支舞的時間，就不那麼丟臉吧。

但黃金獵犬今天是來幹嘛，放棄治療了嗎……

與他透過面具上的雙眼孔互相注視，我暗忖：狗狗，來吧來吧。

剛剛你不是想過來找我的嗎……這麼快就放棄是不行的唷……

但直到舞曲結束，他都沒有再起身。

詩雅學姊透過麥克風宣布第一階段結束，請剛剛受邀的女生可以回邀男生。

我起身往雷神方向走去。殊不料有其他六個女生不約而同快步抵達他的面前回邀……原來他七支舞都邀請不同的女生。

「咦，想不到女周處也有人邀啊？」

「哇，雷神被別的女生捷足先登了。她還是適合當壁花。」那天被我K頭的那些臭男生在竊竊私語。哈囉，竊竊私語應該小聲一點吧！讓我聽到是怎樣，明明很故意！

我氣不過，直接轉彎走到黃金獵犬面前：「我能跟你跳支舞嗎？」

就算黃金獵犬的面具後是歪嘴斜眼暴牙豬鼻面目可憎慘不忍睹，拼上溫家的尊嚴也要拿到他的聯絡卡！不，連周處家的尊嚴也一併賭上了啦。

黃金獵犬顯然有些意外，怔了幾秒。起身，牽起我的手步入舞池。

手指觸碰的那一剎，就換我怔了……不是碰觸手指，他是扣住我手腕。

這種牽手方式，往昔有個人也是如此。

接著播放的是探戈旋律的舞曲，曲名〈Por Una Cabeza〉翻譯為〈一步之遙〉，是阿根廷歌手卡洛斯葛戴爾的作品。其中鋼琴與小提琴對奏部分，表面上聽來有歐洲宮廷的華麗感，但蘊含著情人間相隔一步之遠，卻彼進我退、我往前你就向後的拉鋸戰，酸甜又無奈。

為了這次的舞會，跟著詩雅學姊苦練了兩個禮拜，只怕沒有展現機會而已。

詩雅學姊說，這支舞男伴即使不會跳都沒關係，只要帶的好，女生就能跳的好，而且能讓女生享受被人圍繞呵護的飛舞快感。

音樂一下，大家紛紛翩然旋轉。

不過許多人不熟悉探戈節奏，主旋律的小提琴還沒結束，就紛紛敗下陣來；包括雷神和他的女舞伴在內。

副旋律的鋼琴與小提琴對奏時，舞池裡竟剩戴著御姊面具的我和黃金獵犬。

起初我熱血沸騰，畢竟才藝被這麼多人注意，今生還是第一次啊，超虛榮的。

但，接連幾個小拍必須在他臂彎裡往後仰的動作，讓我彷彿被電擊般震驚。

音樂即將結束前，他把我往外推、再藉由拉著我手往自己送，使我在三個旋身後完全躺在他懷裡並加上弓腿的動作，我更震驚到無以復加！

一個閃神，差點摔出懷裡！幸好他察覺了，臂上使力將我抱緊——

這個感覺……

耳畔傳來熱烈掌聲和大聲喝采。此刻卻沒心情享受榮耀，直勾勾盯著對方晶亮烏黑的雙眸，企圖看穿面具之後……

他把我扶正。我們同時向大家鞠躬，各自歸位。

「媃媃，想不到妳跳得這麼好。」萌萌一邊鼓掌一邊對回座的我稱讚道。

我喘著氣，視線沒離開男生座位區的黃金獵犬。

黃金獵犬坐在戴著聖伯納和拉布拉多面具的男生中間，專心地注意場中的街舞競技，氣氛因重節拍音樂與打拍子掌聲而熱絡，但我卻彷彿置身事外，沉溺於剛才被電擊的感覺與……回憶。

怎麼回事……到底是怎麼回事……

一定有什麼事情是我不知道，卻是非常重要的，才會這樣……

他的聯絡卡。一定要換到。

好不容易捱到最後階段。詩雅學姊宣布請男生與女生面對面各站一排。

雷神居然站在我正對面……這個身型也很熟悉呀……怎麼回事……

下意識輕輕甩了甩頭，覺得自己的思緒混亂渾沌。

「如果想認識面具後的對方，就請遞出自己的卡片；對方沒有把卡片交給你也不用灰心，因為也許回去後就收到對方的簡訊或來電了唷。好，那麼，交換聯絡卡儀式，現在開始！」

也就是說，別人給自己卡片基於禮貌一定要收，但自己可以保留是否把卡片交出去的權利。

雷神往前兩步站在我面前，伸出手中的綠色信封：「希望能跟妳做朋友。」

「謝謝。我也是。」我也把裝有聯絡卡的粉紅色信封交給他。

他退回原位。我轉開視線尋找黃金獵犬……他站在隊伍最後。

若非我主動找他，就從頭到尾坐冷板凳了，沒有自信吊在車尾，可以理解。

「溫巧婇！」這時雷神居然喚我的名字，我發現他已經把我的信封打開了。

這傢伙怎麼可以這樣，偷跑！

他的手上還有好多女生給的粉紅色信封，他只開我的……

哼哼，知道我御姊魅力之強大了吧。誰敢再取笑女周處？

雷神上前拉住我的手：「是我啊。」

我愣在當下不知如何反應。他索性取下面具——

「真的是他？」竹鈴學姊聽到說雷神面具摘下後的情形，也不禁睜圓了眼。

「就是他。」

「這麼巧……所以呢？」

「舞會後他纏著我，問東問西，看起來是想復合。」

「復合？他不是跟那個姓楊的女生——」

「他說分手了。」

「那，妳決定跟他復合？」

「我決定跟他永不復合。」

竹鈴學姊愣怔：「可是，剛剛妳說的過程，原本對雷神還頗有好感的不是嗎？」

「我懷疑他拿掉了雷神面具，臉上還戴著另一個面具。」

竹鈴學姊不明白我說的。思緒混亂的我一時也無法清楚表達所懷疑的事。

「那……」她決定換另一方式搞懂我到底在說什麼。「那個黃金獵犬呢？」

「等我應付完鐵凜威再從人群中尋找，他已經不見了。」

「等不到有人跟他交換聯絡卡，就先離開了？」

「應該是吧。」

「唉呀，我搞懂了！」她拍了一下額頭：「妳是因為跟黃金獵犬跳舞時發現觸電般的奇怪感覺，決定要跟他交換聯絡卡搞清楚怎麼回事，想不到被戴著雷神面具的鐵凜威截住，打亂了妳的計畫，還讓妳發現了個很重要的祕密，對吧？」

「啊，對對對，就是這樣！」我展顏大叫起來。「還好有學姊呀。」

「妳這個迷糊的小直女。」她淺笑，但旋即揪起眉頭：「問題只剩，妳到底發現了什麼？」

我吸了口氣，顫抖著聲音說：「那次翻車事故，救我的人不是鐵凜威，是黃金獵犬。」

手中攪著咖啡的小湯匙因為驚訝掉到桌上，竹鈴學姊又睜圓了眼：「蛤？妳不是說他還因為英勇救同學的事接受表揚嗎？」

「所以我說他可能還戴著另一個面具。」

「這……只是妳的懷疑吧？還有，妳怎麼確定救妳的是那個黃金獵犬男？」

「翻車時，有人立刻把我緊擁在懷裡，用身體護我擋住劇烈的撞擊。那一瞬間的感覺，就跟跳舞時黃金獵犬擁著我的感覺一模一樣！」

「那麼短的時間……而且妳還昏了過去……」

「有些事是躲在我們記憶的角落裡，只是一時沒想起來，不代表沒發生。」

相信自己的直覺無誤，加上妍婷曾跟我說的：「危急時救了妳？我終於知道為什麼鐵凜威會如此瞧不起妳，還把妳玩弄於股掌之間。」更讓我確信如此。

妍婷當時一定有目睹真正救我的是誰，但她未聲張，畢竟只要適時暗示我男生都不可信，她就有機會掰彎我。

「那，妳今天來找我，是因為我有什麼能幫妳的嗎？」

「有有有。」我熱切地抓著學姊的手：「教我怎麼找到黃金獵犬。」

竹鈴學姊帶我去社團辦公室找詩雅學姊。

這次的舞會參與的包括外校醫學系與資訊系，與本校會計系、法律系及我們社福系的小大一，有一百多人到場。詩雅學姊辦活動的超強能力令人佩服。她聽過竹鈴和我的描述後，拿起手機快速點了幾下，向各系的承辦人詢問。

半小時內，她接了四通回覆的電話後，看著我們說：「法律系大二的承辦說，她系上的小大一為了省錢，確實有人在網路上團購了幾個狗狗面具。」

第十七話

我悄悄跟在岳融身後，已經好幾天了。

下課後，他總是快步走出教室，衝進宿舍把書袋放回寢室，再趕到校外一家洋食餐廳。

我曾藉口感謝竹鈴學姊幫忙，請她到那家餐廳吃義大利麵。看穿我的用意，竹鈴學姊跟女服務生哈啦套交情，得到的情報：岳融在這餐廳裡的廚房打工。

「以前是西點麵包店，之後在麻辣火鍋店，現在又來洋食餐廳。妳這個同學從小自食其力，不錯不錯。」竹鈴學姊眼瞳流轉，饒富興味地問：「他家很窮嗎？」

「我……不知道。」心虛地低下頭，我舀了一口藍莓派塞進嘴裡。

剛剛跟學姊講話的那個女服務生端著托盤走來：「這是我們店長招待的。」

她放下的兩杯焦糖布丁，看起來好好吃啊。

竹鈴學姊說謝謝。她低聲說：「藍莓派還有這個布丁，都是他做的唷。」

「是嗎？好厲害。」竹鈴學姊出聲讚嘆：「下次一定再帶學弟妹們來光顧。」

女服務生和櫃檯後的店長聽了，都露出開心的微笑。

「學姊妳好強，怎麼幾句話就能打探到想知道的事，還贏得甜點招待。」

「是妳太直接了，人家不知妳的目的，當然拿個資保密來擋妳啦。」

難怪以前向麵包店、火鍋店打聽岳融的事都碰壁。

迫不及待嚐了一口，我忍不住脫口：「喔靠，黯然銷魂。太好吃了。」

「他唸法律系，但廚藝好成這樣是怎麼回事？」

「我……不知道。」

學姊放下小湯匙，臉色變得很嚴肅：「媃媃，妳好像對人家很不了解蛤？」

以前的我因為沉迷於美色，眼中只有鐵凜威；讓岳融站在身後已成習慣。

經由學姊提醒，決定要重新瞭解這個沒有被我認真對待的孩子。

沒有去打工的時間，岳融就窩在圖書館裡啃書。

竹鈴學姊的男友也是法律系的，聽說課業非常沉重。其實我隱身於閱覽室的角落觀察也知道，岳融在翻的六法全書和判例選輯就厚得嚇死人了。

這天，我依然帶著筆電和參考資料到閱覽室，一邊寫報告一邊偷偷觀察他。

每次觀察他，都有不同的發現。

今天發現他的側臉……真的好看。

是那種臉龐線條剛毅分明、五官弧度柔和的好看。

貌似太疲累，兩個小時後，他往後朝椅背上靠著，兩眼筆直不知在思考什麼。

得知他跟自己同校後開心莫名，也深覺應該多瞭解他，所以沒有和他相認。

最大原因是以前對他太壞，就算面對面也不知如何啟齒。

我不想只是禮貌寒暄幾句，那樣空洞又尷尬。

一年多的分離，卻好似經過一輩子才再相遇，以前的直來直往不知哪去了。

也許這就是時間讓我們成長，也讓彼此疏離的結果吧。

思忖至此，瞥見他打了個呵欠，眼皮掙扎了一下，終於不支趴在桌上睏睡。

半工半讀真的辛苦啊。相對於溫夫人按月撥足生活費到帳戶，我可幸福多了。

時近午夜，初冬沁涼，加上這學期段考前天才剛結束，閱覽室裡異常冷清。

須臾，我悄悄起身，輕輕走近。

睫影微顫，呼吸勻稱，看來他睡得很平穩。

就讓我也照顧你一次吧。

我拿起他放掛在椅背上的夾克，緩緩蓋在他肩上。

就在轉身要離去之際，手被什麼卡住了……我愣在當下。

「謝謝。」

倏忽察覺，手腕被人抓住。回頭，與他的視線對上。

「嗄？」

「咦？」

「怎麼是妳？」他驚訝地放開手，怔怔地望著我。

為、為什麼放開……所以，你以為是誰為你蓋上夾克的？

他起身，但視線隨即移至我身後。

我返身，發現有個女生站在閱覽室門口望向這邊。

她手上拿著一件大衣，貌似原來打算過來幫他蓋上……

我很喜歡吃小火鍋。看著食物在鍋中沸騰翻滾，心就馬上熱呼呼的。

挾起冒著烟的肉片沾點蔥蒜沙茶醬，嗆辣鹹香各種滋味盈滿口腔，真是享受。

但眼前這個小火鍋裡的食料，再怎麼吃都吃不出應有的味道。

倒是愈吃，尷尬困窘氣氛詭異欲言又止，各種滋味參雜混冒。

後來想想，不是食物沒熟也不是醬料不好，是同桌共食的人。

岳融見我想走，說他餓了想吃宵夜。她插嘴說好，說她也想去。

雖然回寢室一定會吃泡麵，我還是說那你們去就好了，我不餓。

岳融和她異口同聲說一起去嘛，我們這麼久沒聚了，好不容易。

我就被他倆半推半拉拖來小火鍋店，同桌一起煮肉煮菜煮豆皮。

尷尬的寒暄後，聊起高中畢業後的情況。

共同點是，我們三個有緣同校。

不同點是，他倆是法律系大一同班同學；我不是。

他倆關心我的大一生活各方面；我笑笑說都挺好。

我問他倆怎麼會考進同校同系這麼巧，是說好的嗎？

她說其實填志願時難以決定未來，是跟著岳融填的。

也就是，她與他始終保持聯絡；即使岳融轉學之後。

是他影響了我的一生。她這麼說的時候，臉上的嬌羞讓我錯愕。

岳融不置可否，只是挾了塊豆腐放在她碗裡，囑咐她要趁熱吃。

我咧？我的豆腐呢？我的豆腐在哪裡？我也想趁熱吃啊。

小時候誤以為岳融喜歡她，也曾跟鐵凜威亂說岳融喜歡的是她，還拿這事嘲笑過岳融。

為人在世，有些話不能胡說亂說隨便說，否則將來成真會反噬自己。

我深深這麼覺得。

他倆現在應該……真的變成一對了吧？

岳融和魏芊芸。

這頓小火鍋明明不是酸菜口味的，怎麼吃得我滿心酸澀、滿腹苦水。

餐後步出店門，暗自發誓絕不再來這店。一陣冷風颳面，我不禁拉緊了衣襟。

「會冷嗎？」他把掛在臂彎裡的夾克伸過來：「借妳。」

我伸手要拿，中途卻轉彎變成伸懶腰：「我以前排球校隊的，有這麼弱不禁風嗎？」

因為瞥見魏芊芸抱他手臂縮著，一副很冷的模樣，還直接說：「我冷。」

「那讓妳穿吧。」說著，就把夾克套在她肩上。

如果我冷，他是借我穿。但她說冷，是讓她穿。

還幫她穿。

在走回學校的路上，我問：「後來你怎麼轉學了？」

他苦笑：「我出院後才知道被轉學了。」

「看到你現在很好——」我警覺他現在不是一個人了，改口：「你們倆現在很好，我就放心了。」

「我也是。」路燈下，他熒熒閃動的瞳眸望著我，如此說。

你也是……意思是你也放心了？是原本對什麼不放心嗎……

回宿舍路上，魏芊芸講了好多小學時在排球校隊的往事、和當時隊員的現況。

我很仔細聽著，很認真回應著，也很努力不去想岳融那句話到底是什麼意思。

心裡暗罵這個女的什麼時候變成這麼長舌，害我跟岳融都沒有交談的機會。

就這樣表情認真、內心好累走到女生宿舍大慈館的門口。

「我們交換Line的帳號吧。」岳融拿出手機。

「喔，好啊。」

輸入點選後，為了展現大器，我轉向魏芊芸：「芊芸妳的呢？」

她有一瞬間的意外，隨即也拿出手機跟我交換。

「那就這樣囉，有時間再敘舊。」他對我們揮揮手，轉身準備回男生宿舍。

「融融，等一下。」魏芊芸上前，脫下夾克還給他：「天冷。」

下一秒，突然踮起腳往他臉頰快速啄了一下：「謝謝你送我回來。」

他木在當下，臉頰紅到頸子下，一臉不知所措。

我待在旁邊，心頭狠狠被敲打，完全無從防備。

面對她看妳要怎麼反應的目光，我立刻說：「矮油，好甜蜜唷。」

雙手嬌羞地互扭著，她的笑容真的甜蜜。

與他錯愕尷尬的眼神對上，心真的揪著。

目送岳融離開，我們轉身進入大慈館。在走廊上要分開時，我問：「芊芸，妳跟融融在一起……多久了？」

「我們從小學就在一起了。妳忘了嗎。」

她說得理所當然，但已聽出破綻。

果真如此，我沒有不知道的可能。

因為當年，岳融可是我的小跟班。

回到寢室，抱著衣物恍神拖步去淋浴；左思右想，愈發覺得不對。

人生最大的無知，就是明知有疑問了還推拖延宕、不知立即求證。

躺在牀上時，終於決定不能再繼續無知。我發了簡訊給岳融：「你睡了嗎？」

好幾分鐘過去都沒讀。正打算放棄時，發現對方正在讀並旋即寄來：「還沒。」
「方便出來一下嗎？我在大典館郵局門前等你。」
「什麼事嗎？」
「你不是說有時間再敘舊？我現在有時間。」
「很晚了。」
「再晚我都等你。」
我披上大衣，穿上鞋子，抓起手機就想衝出去。
萌萌從牀上探出頭喚我：「這麼晚了還要出去？」
想了想，我掉頭，拉開抽屜取出香水噴了兩下：「有事要去確認。」
「需要我陪妳嗎？」
「不用。但我需要妳為我祈禱，給我好運。」
學校位於山腰巒崗上，這個時節入夜後經常大霧瀰漫。
校園裡如紗如幕，建物都煙籠霧鎖，只剩下燈影點點。
頎長的身形在朦朧路燈下，被拉長了光影。我靠過去，是岳融。
我們併肩坐在台階上。他問：「妳還是這麼晚睡？」
他的聲線溫暖柔和，給人一種安全感。
我故作輕鬆地說：「你又知道了，也許我高三時習慣早睡早起呢？」
「也許吧。」他的瞳眸投向深幽的霧氤裡。「時間會改變很多事。」
「但是，你沒有變，對吧？」
「唔？」

「你參加社福系和法律系學會合辦的迎新舞會了，對吧？」
「本來不想去的，可是學長學姊的壓力有時讓人難以——」
「你戴了黃金獵犬造型的面具對吧？」
「……不是。」
「你跟我跳舞了，對吧？」
「……沒、沒有。」
「你真的沒有變，說謊時都不敢看著我。」伸手把他的臉強行轉向我，執拗地問：「跳到最後，我快要跌倒時你抱住了我，對吧？」
「……」
「對吧？對吧？對吧？對吧？」
「妳認錯人了……」
「不可能！你揹過我，我親過你，連你身體的溫度我都知道的！」
他微怔，臉上漾著感動，但旋即緩緩掙脫我雙手。「對……那又怎樣。」
「什麼那又怎樣，快兩年的時間，你為什麼都不跟我聯絡？」
「我很好，不必擔心。」
「但是我不好！」我的語氣不知不覺激動起來。「我找你很久，都找不到啊！」
「找我……幹嘛？」
「我會擔心你呀，我想知道你是不是死了啊，萬一你死掉了怎麼辦！我不要你死掉！」
「傻瓜，我不是已經康復了嗎，難道妳擔心到現在。」他莞爾一笑，摸摸我的頭：「而且我們還同校，以後妳要找我，傳簡訊或打手機就可以了呀。」

分離也許就能改變許多事，但我愈來愈確定他沒改變。
因為他努力故作輕鬆，仍難逃我們長期直來直往相處模式形成的默契。
這默契告訴我，他有事在心裡不說。
「呃，那個……」打破沉默，我決定放膽一試：「沒有聯絡的這些日子，你都沒有想念我嗎？」
他噗嗤笑出聲：「妳撒嬌的樣子，還是那麼可愛。」
那時為了投鐵凜威所好刻意學的，我知道自己撒嬌根本不能看。
說到鐵凜威……我知道他在想什麼了。
「翻車時，其實是你救我的，對吧？」
「是小威。」
「是你！跳舞時他擁著我的感覺，不是翻車時那種被呵護的感覺。」我眩然欲泣：「咚咚咚沉悶鼓聲從身後傳來，那種感覺只有你擁著我的時候才有！我記得，一直都記得。」
「是誰不重要吧，重要的是妳沒事就好。」
「我告訴你，這可重要了。」我的臉一定變得很臭：「有人說謊搶功，無恥！」
「我不希望小威因為這件事被人指責，我們就幫他保密吧。」
「是你護住了我，先把我抱出車外，要他看顧著我，你再進車裡拉珞琪抱她出來，結果你因為護我撞到頭……」我哽咽，覺得心好疼。「……我絕不饒他。」
他伸手，輕輕拂去我眼角的淚水。「沒關係的，都過去了嘛。」
「我過不去！我沒有你那麼善良。」
他直勾勾地看著我半晌：「妳才沒有變，脾氣還是那麼直。」
「你……不喜歡我這種直脾氣吧？」

反面意思是，你喜歡我這種直脾氣嗎？我胸口急促地跳著，決定豁出去了。
他的呼吸在那一秒頓住……
來電鈴聲響了。是A-Lin的〈給我一個理由放棄〉。
從口袋裡取出手機。是鐵凜威。我直接按下紅色的鍵。
「幹嘛不接？」
「他很煩。不管他。」
來電鈴聲又響了。居然是于台煙的〈化妝舞會〉。
溫夫人最喜歡的一首民歌的曲子。
也是小學時我最喜歡的歌。整天聽溫夫人哼唱，不自覺就喜歡上了。
他取出手機：「喂？」
手機那端傳來魏芊芸的聲音：「融融，你睡了嗎？」
「還沒。」
「可以陪我聊聊嗎？」
他瞄了我一眼：「妳不是明早八點的課嗎？早點睡吧。」
「人家睡不著。」
「今天咖啡喝太多了？」
「沒有。因為太開心。」
「開心什麼？」
「因為你今天送我回來呀。」
他又瞄了我一眼。我猜因為我臉上結霜。

「這有什麼好開心的。」

「這是你第一次送我回來耶。」

「呃……是嗎。真是抱歉。我很差勁對吧。」

「你不要這樣說！你很好，你真的很好。」

「可是我同時也送婇婇回去……」

「我能當做你是專程送我、順便送她嗎？」

「……我應該專程送妳也專程送她，送女生安全回宿舍，是男生該做的。我以前沒有做到，是我不對。」

「那，你以後可以都送我回大慈館嗎？」

「好呀，如果妳不嫌棄的話。」

「怎麼會。融融，你什麼都好，唯一缺點就是沒有自信。」

「因為什麼都不好，所以才會沒有自信吧。」

「唉，你心地好、功課好、會烹飪、有上進心、對朋友好，不要因為你的出身就這樣想，不過，這也跟溫巧婇以前給你的陰影有關吧。」

「……」他的手震了一下，又瞄了我一眼。我猜我臉上有殺氣。

「不過，溫巧婇今天怎麼會突然出現在圖書館？她不是跟鐵凜威在一起？那天迎新舞會還看到她跟他跳得很開心呀，難道……她想劈腿？」

岳融唯恐她再繼續說下去會出人命，趁隙打斷道：「呃，芊芸，有朋友來找我，先不說了。」

「喔，好啊，那明天上課見。」

「好好好。」他抖著手趕緊將手機掛斷。

「呃哼。你跟芊芸……」我維持語氣的輕鬆；「在一起了？」
「沒有啊。」
「她好像很瞭解你啊。」
「只是鼓勵而已。」
「我好像就從來沒有鼓勵過你，只有奴役壓榨你。」
「妳在說什麼呢。」視線轉向我，他似乎想到了什麼。「那個時候我口氣很差，說妳把我當工具人，只是一時氣話，希望妳不要介意。」
既然給了這個台階，不順勢下來怎麼對得起你。我無賴地問：「過了那麼久還記得，是你介意吧，不然那時候你在氣什麼？」
「我是為妳好，才那樣說的。」
「蛤？」
「為我好？那我問你，我們到底是什麼關係？」
「一定有什麼樣的關係，才讓你為了我好氣到口不擇言，對吧？」
「就……好朋友吧。」
「就這樣？」
「知己好友吧。」
「我聽不出來這跟你生氣時說的話有什麼關係。」
「也許……真的跟知己好友沒什麼關係。」他像發現自己講了什麼不該講的事般，眼神有些驚慌，語氣變得強作鎮靜：「是因為覺得，妳跟小威在一起久了，變得不像妳自己了，很多事情都很委屈自己，我看不下去。」

「看不下去，還是看了心疼？」

「都有吧。」

「嘿嘿，看在你很在乎我的份上，這事就赦你無罪。」我決定得寸進尺：「那你以後可以都送我回大慈館嗎？」

「……別取笑我了。」

「我以前有給你什麼陰影嗎？」

「沒、沒有。」

「你今天才第一次送芊芸回宿舍是怎麼回事？她好像喜歡你很久了，齁？」

「妳不會像一般女生一樣胡思亂想吧？」

「以前你不是要我學習做個單純的一般女生嗎？」

「以前妳跟芊芸不是感情很好，打完球還一起手牽手去廁所。」

「現在我有點想牽她頭髮把她鎖廁所。」

我們開始說些有的沒的，聊些以往。

畢竟，連我自己都不確定彼此。也許，他也在探索彼此的關係。

聊到兩點多，他送我回大慈館。途中他還取笑我：「妳這麼勇敢，連三虎都敢打，還需要我送妳回宿舍嗎？」

我一拳搥在他臂上，噘著嘴：「人家怕怕嘛。」

那夜回到寢室，我睡得很香。

在夢裡，我對岳融做了奇怪的事。

那年班際郊遊時，我吻岳融，不是故意要氣鐵凜威，也不是逞強賭氣要面子。
是因為我真心喜歡他。

第十八話

下雨了。大成館的飛簷邊涔涔霈霈，暫無歇跡。

雨幕裡傘影恍錯，唯有自己抱著書瑟縮廊下，懊惱忘了帶傘。

就算空間有限，能在一把傘下同行，淋溼了也幸福。因為必須相偎互依。

幾次到法學院門前等候，等到的都是魏芊芸和岳融一起步出教室。

憮然望著他們離去的背影，體悟到原來在人身後等候是何其孤獨。

雨愈下愈大，錯過能衝回宿舍的時機，就如錯過能珍惜他的時機，只能蹲在廊柱後躲避陣陣冷風。

忽然之間，那隻薩摩耶犬在一把紅色雨傘下出現，從眼前的雨幕中走過。

紅傘下是芊芸……生日禮物的夾克……他送給芊芸了……

摸著頸上的粉藍色圍巾，我步入雨中。

希望大雨能澆熄正在燃燒的萬念，以免過往俱成灰燼。

這時有個身影，在頭上遮住了陰霾雨霧的那片天。

是件夾克。撐在我和他的頭上。我愣了。他笑了。

「幹嘛想不開？淋雨會生病的。」

「我以為……」

「妳以為這件夾克我送芊芸了？她見我總穿著，上網買了件一樣的。」

氣他都跟芊芸一起下課，氣他沒發現我在等他，我說：「情侶裝喔？」
「我記得妳之前也跟小威常穿一樣的服裝——」
「我們分手了。你不要再提他。」
「……喔。」
「所以同款的夾克，變成你跟她的情侶裝？」
「……她一直很關心我。」
我不敢抬頭，不敢接話，加快腳步往前走，恨自己幹嘛講這種試探的話。
「妳覺得我選擇芊芸當女友，怎麼樣？」
「什、什麼怎麼樣？」我的心啊，裂了啊。
「適合……嗎？」
「適合啊，你很好，她也很關心你，有什麼不適合的。」
「這樣……我就放心了。」
老天啊，我只求一道雷把我劈死算了。
快步抵達大慈館門前，他放下溼透了的夾克，取出手帕要擦我額髮的雨水，伸手到半途，轉成遞給我。我說：「不用了，我房間有吹風機。」
他僵僵一笑，縮了回去，夾克披在頭上就要往回衝，我喚：「我去拿傘！」
「不用了。」薩摩耶犬的背影迅速消失在陰晦雨幕中。
所有感情走到最後，只會有三種結果：可悲、可惜、可珍惜。
貪戀顏值和鐵凜威在一起，是可悲。讓岳融孤獨在我身後等候，是可惜。
如果芊芸能給他幸福，我和他的曾經，就當做可珍惜的回憶吧。

涼了的心，在轉身撞見芊芸冷冷瞧著我，就更涼了。
說什麼要敘舊，硬被拉到交誼廳，她沖了兩杯即溶咖啡。
我用毛巾拭髮，聽她說著小學的過往，暗悔沒帶銀針來偷測咖啡有無下毒。
「記得那時是妳說岳融會幫妳寫功課，我超羨慕的。」
終於說到重點了。我陪笑：「後來他不是也幫妳了嗎。」
「以為青梅竹馬，妳跟他會是一對，想不到妳選了個更帥的。」
「妳想說什麼，直說吧。」我開始厭煩迂迴。
她啜了口咖啡：「從那時起算，我喜歡岳融已經十年了。」
十年？我豁出去，拿起杯子狂飲一口：「妳是說跟他在一起很久了？」
「沒有。最近他才有想要在一起。從上次他送我回來開始。」
不知該怎麼接話，我只好把咖啡喝乾。
「所以，能請妳成全我嗎？」
壓抑心脈的狂跳良久，我深吸口氣說：「你們在一起，為什麼要我成全？」
「雖然他從來沒說，但我知道他在等妳。等了妳十年。」
「……」
「妳始終背對著並不珍惜，需要時才找他。我這樣說沒錯吧？」
「我不知道他等——」
「合理，因為妳有那個更帥的。直到迎新舞會，看到妳和姓鐵的依然幸福，他才決定放下。現在呢，我終於盼到了，妳為什麼又出現在他身邊？」
「我沒有……」

「不要說妳沒有想在一起的意思！都是女生，會想什麼，我們都懂。」

我口乾舌燥，想不到一個字反駁。起身取了杯水一飲而盡，回身面對她，正想說我祝福你們時，她同學衝進來：「妳在這兒呀，妳沒聽到校園裡有救護車的聲音嗎？有人昏倒了，快快快。」

和我對望一眼，她問同學：「幹嘛啊？」

「昏倒的是岳融！」

岳融的叔叔被通知趕抵醫院，已經是第二天下午的事。

步出加護病房後，他一頭亂髮，滿臉鬍碴，看來十分疲憊。

我、芊芸、竹鈴學姊和她男友文曲學長圍上去。我們都想知道狀況

文曲學長穩重，先慰問岳叔趕來的奔波，再帶大家到醫院的員工餐廳。

落座後岳叔接過文曲遞上的熱咖啡，先對大家的關心表示謝意，再轉達醫師告知的病因：上次翻車摔傷後，岳融腦部一直留有的小血塊，現在擴散了。

「為什麼上次沒有清除乾淨就出院了呢？」文曲學長問了大家的疑惑。

啜了口熱咖啡，岳叔揪著眉心嘆氣道：「都怪我吧。」

岳叔說，融爸是遠洋漁船員，長期跑船不在家，即使岳融的弟弟出生時都還遠在大西洋上。岳融就是個貼心的孩子，小小年紀就懂得照顧弟弟、弟弟睡了還會幫忙洗碗挑菜，讓在夜市擺攤賣小吃的融媽能專心做生意；日子辛苦但過得去。

融媽廚藝厲害，小吃攤生意特別好，附近幾個小流氓眼紅，竟不時前來勒索。融媽個性壓抑選擇隱忍，總是付錢消災。那些流氓食髓知味，金額愈要愈多，融媽不從就大聲嫌東西不乾淨、鬧事嚇跑客人。

附近攤商看不下去，幫融媽報警，才換得暫時平靜。

幼小的岳融不滿，自言自語說長大一定要狠狠打退壞蛋，保護媽媽。融媽總笑著對他說：其實不動手就能救人，比動手才能救人，更帥。

幾個月後，流氓向法院繳了罰金，卻懷恨在心，某夜融媽收攤返家途中，居然當街將岳媽挾持上廂型車企圖侵犯。融媽抵死不從大叫求救，他們惱羞成怒，到偏僻重劃區空地一陣痛毆洩恨後，就扔下她揚長而去。

直到路人經過發現才將昏迷的融媽送醫。目睹窮凶惡極的擄人，除了抱緊驚嚇大哭的弟弟蹲在路邊，岳融全身僵硬不語，引來附近住戶關切。警方到場後他才驚恐地說出經過，並依他所說循線找到昏迷在血泊之中的融媽。

融媽住院期間，岳融和弟弟被安置在叔叔家。

但岳叔是在餐廳工作，下班都在午夜之後；幾天後突然接到警方電話，說四歲的融弟出車禍。岳叔放下工作趕到醫院時，融弟已經氣絕。

岳融坐在急診室外的走廊地上嚇呆，任憑岳叔如何責問都說不出一句話。經警方調閱路口監視器發現，岳融帶著融弟過馬路時，融弟疑似被對街一家冰品店上的貓咪造型霓虹燈吸引，忽然掙脫岳融的手要衝到對街，因而被一輛疾駛而來的轎車撞倒……

請來社工和心理師誘導，岳融才說出弟弟吵著要媽媽哭鬧整晚，他帶著弟弟想去探望媽媽……岳叔一時情緒失控，大罵了岳融一頓。

融媽在病房得知噩耗，更是哀嚎暴哭昏死過去。

「為什麼不牽好弟弟？」、「你在後面，為什麼不能好好保護弟弟？」、「車子會撞死人你不知道嗎？笨死了！」融媽出院後，每每思念融弟就會如此責備岳融。

那年岳融才七歲。

經過好久，融媽終於振作起來，晚上帶著岳融到夜市作生意，但已不見往日笑容，岳融也變得安靜。

半年後，船公司的人上門，帶來了一個罐子。

融媽再次崩潰，被送到醫院後就沒有再回家。

小岳融不知發生什麼事，被送到叔叔家暫住。

直到某日，叔叔帶他到一間寺院，裡頭牆上有好多格子，有個格子貼著融爸小小的照片。他見叔叔擦著眼淚，才察覺融爸以後都不會回家抱他了。

不忍岳融失去活潑，叔叔開始教他作甜點。

岳融居然很有天賦，做出來的派餅甜度適中、蛋糕造型童趣；晚上帶他到餐廳讓他在角落做功課、寫完作業可以進來廚房學做甜點。

他總是非常認真，甚至幫同學寫作業速度也很快，就為了甜點。

但讓小孩在廚房畢竟是危險的事。某天有個客人嫌餐點難吃大聲嚷嚷，叔叔出去外場處理忘了關火，鍋裡的湯沸騰湧出，聞到異味的岳融從甜點檯探頭發現，衝上去搶關爐火開關，燙傷了手腕。

叔叔回來後發現，心疼不已，擦藥時責備他不該接近爐檯。

他默默望著被裹在手腕上的紗布，忽然問：「我爸爸死了，對吧？」

叔叔怔了半晌，覺得他應該可以面對了，告訴他融爸船上幾個東南亞的船員走私被發現，唯恐進港後東窗事發，就發動喋血事件，殺死了船上的幹部，然後各自潛逃。

被殺死的幹部，包括融爸。

岳融聽完沒有反應，低頭開始幫烤好的蛋糕擠上奶油紋飾。

須臾，他又問：「媽媽什麼時候才能出院？」

出奇冷靜對於九歲小孩太殘忍，叔叔希望他哭出來比較好，直接告訴他融媽得了重度憂鬱症，住進療養院靠藥物控制，清醒時就想自殺，醫師迄今不敢讓她出院。

不會出院了吧？看著烤箱中逐漸膨脹焦黃的蛋糕，彷彿在問別人的事。

「當然會！醫學很進步的。」

「她不會。」岳融直視烤箱冒出的輕煙，驀然笑著說：「氣我沒有把弟弟照顧好，她不想好起來了。」

笑得淒楚。

他和叔叔同住了幾年後，叔叔有了交往的對象，感情進展得很順利。

唯一的問題是，對方很介意為什麼結婚後還要幫忙照顧岳融。

叔叔再三強調岳融很乖，還請她和岳融一起吃飯。

聚餐當晚回家，岳融就說自己已經長大了，會儘快搬出去住。

叔叔反對，畢竟岳融當時只是國三而已。但三天後岳融就帶著房東來請叔叔在租約上簽字，還強調租金會自己打工支付，不會讓未來的嬸嬸不高興。

叔叔婚後自己開了家西點麵包店，留岳融在店裡幫忙。但嬸嬸嫌店小，不久就到台中購屋並開了間更大的店。岳融知道嬸嬸不喜歡自己，堅持要獨留高雄，叔叔拗不過，在將店盤給一個女股東後就隨嬸嬸搬到台中生活了。

翻車讓岳融受傷，住院治療後腦中只剩小血塊。醫師希望用先進儀器打散，但花費高昂；嬸嬸反對叔叔幫著出錢，岳融也不希望因此讓叔嬸失和，跟醫師說他不想再治。醫師只好叮嚀他多運動、不能太累，期待日後血塊自行溶解化散。

但邊打工邊苦讀的岳融顯然太累，讓舊疾復發。

為何小一時就蹲在路邊不敢過馬路，為何在班上總是安靜不多話，為何以前膽小沒自信，為何打躲避球時守在我身後，受三虎欺負時為何融媽沒有出面，保護我或牽手時為何總抓緊我手腕，為何早早就半工半讀，為何會製作馬爾濟斯白巧克力蛋糕安慰我，手腕上為何會有火炙傷痕，被我錯怪了為何總不解釋，為何從不讓我知道家裡的事，翻車時為何會瞬間反應奮不顧身……

許多關於岳融，在聽完岳叔的敘述後，都有了答案。

芊芸堅持要等岳融醒來，所以我們其餘的人先步出醫院。

臨別時岳叔拗不過我們，說出他無法分身照顧岳融的苦惱。

我立刻說可以分擔，因而拿到岳融高雄租屋的地址和鑰匙。

請竹鈴學姊幫忙回學校請假後，我就去搭最近一班高鐵回到高雄。

走過老貓咪冰品店前的路口時，不經意望了一眼霓虹燈招牌，我不禁長嘆。

岳融高中時的租屋，是棟老舊公寓的五樓。

進屋後開亮燈，發現室內潔淨整齊。我到他房間裡，取出住院所需衣物、用品放進紙提袋裡。

正在思索還需哪些用品時，書桌上的照片，吸住我的目光。

緊摟他的肩，我偏著頭笑得燦爛；背景是蓮池潭和半屏山。

打開手，我凝視著掌中擊扁的蟑螂，眼神殺氣中帶著慈悲。

他把這兩張照片放在自己的書桌上？每天看著我是因為……

想像在書桌前的身影和以往他的遭遇，我忍不住有點想哭。

書本、講義、筆記、參考書、一些課外書。其中有本日記。

應該沒人知道吧。我點亮檯燈，盤腿坐在牀上，翻開日記。

第十九話

「媃說喜歡小威。笑著說，看來幸福洋溢。要讓這個幸福的表情延續。」

「說了許多媃的好話。但小威好像很不耐煩，還說了媃的壞話。唉。」

「媃抱怨小威都不理他。只能幫他說好話安慰媃，我不敢說出事實。」

「今天又生氣了。像媃這麼愛生氣，小威真的會喜歡上她嗎？」

「媃知道小威跟楊喜慧在一起，非常沮喪。該怎麼幫她呢。苦惱。」

「在廚房做甜點時，想起媃看到小狗蛋糕的眼神。叔叔問我在笑什麼。」

「三虎欺人太甚。媃今天伸張正義時實在強大。好像……喜歡她了。」

「校慶賽跑。第一次發現媃沒自信。說了些討人厭的話，激勵她得金牌。」

「我跟小威說，只要以後對媃媃好，我不會說出去。」

「媃真心喜歡小威；但他偷偷跟楊在一起。問他，他說我生氣的蠢樣很好玩。」

「媃居然買禮物為我慶生！夾克真是太大件了，穿到大學都還太寬吧，她居然說尺寸剛好。其實能看她笑著跳著的可愛模樣，就是最好的生日禮物。」

「天氣冷了，腳踝實在疼得厲害。推掉了打籃球的邀約，有點難過。」

「媃老愛問關於小威的事。除了劈腿的事，我都說了。畢竟，於心不忍。」

「拜託小威對媃好一點。小威說她有你說得這麼好，為什麼你自己不追。他不知道的是，媃只有在講到他時眼睛才會發亮。

「忙了一天，身體很累。放學時看到燦和小威終於在一起，心也很累。」

「喜歡一個人就該讓她幸福。燦跟小威在一起的幸福模樣，很好。就算心酸。」

「連老師都怕的蟑螂，燦面不改色。每當內心脆弱，總會想起燦的強大。」

「藉口打蟑甩掉燦，我指責小威劈腿。他說是我害的，還說燦很爛。生平第一次打架。」

「讓一個人變強大的最好方式，就是擁有一個想要保護的人。燦是我想要保護的那個人，因為變強大是我需要的。」

「珞琪問我，明明喜歡為何不表明。我說只喜歡燦幸福，不喜歡燦討厭我。」

「每一刻孤獨的守候，都是為了實現暗許的承諾。成全她。即使被她打。」

「開會時小威故意讓燦難堪。他很優秀，但真的適合燦嗎？」

「燦和小威又和好了。其實是小威和楊吵架了。」

「為了幫燦設計驚喜，忙到深夜，希望明天能讓小威體認到她的真心。」

「驚喜計畫失敗，還讓燦懷疑是我搞鬼。感覺和燦的距離愈來愈遠了。」

「為什麼郊遊時會對她發脾氣……因為她變了，變得不像原來的燦了。」

「出院後至今三個月，每天頭痛。但大考在即，無法鬆懈。慶幸燦沒事。」

「放榜了，考上和燦同一所大學。按讚。」

「上大學後花費會變很大，必須打工。幸好火鍋店老闆同意錄用，必須認真。」

「燦啊，小威真的適合妳嗎。男生勸妳喝這麼多酒是在想什麼妳居然不知道。」

「聽珞琪說燦沒事，感謝上帝。提早來台北面試，順利在洋食餐廳找到工作。」

「為了看她一眼，所以參加舞會。最後，她還是把信封給了小威……早知道眼前只會有她的背影不是嗎，在期待什麼呢？死心吧。」

把日記闔上，我倒在床上搔亂頭髮狂踢猛踹啊啊啊啊胡喊亂叫——溫巧嫊妳是豬啊！

有的人人生多變，有的人命運多舛。多到難以預料。

就像為何現在坐對面的居然是魏芊芸，而不是楊喜慧般難料。

「聽到妳說岳融醒了，我就放心了。」

「他不是已經醒了嗎，當時妳也在場吧。」

「呃，是齁……呵呵。」我乾笑兩聲化解尷尬。「那妳約我出來是想敘舊？」

「上次不是敘過了嗎。」

「只是單純喝飲料而已？那好，乾一杯。」我拿起紅茶杯作勢要碰杯。

「妳可以不要嘻皮笑臉嗎？我問妳，是不是想跟我搶岳融？」

「沒、沒呀，只不過是照顧一下老同學嘛。」

岳融手術後轉到普通病房那天，她要餵稀飯、我要餵果汁，在岳融面前吵起來：「醫師交代患者只能吃流質食物」、「果汁不是流質難道是燒烤嗎」、「能不能不要這麼大聲，會吵到人家休息」、「是妳先跟我搶的還怪我大聲」……

岳融抓住我和她的手制止，然後指指自己嘴上還插著的管子。

幾天後，岳融可以自己進食了，我們又為該先喝粥還是果汁起爭執。

當著我們的面，岳融左右嘴角各插一支吸管，同時吸進米湯和果汁。

趁芊芸不在時，岳融問我：「妳常來看我，不怕小威牛氣？」

「你誤會了。我們沒有復合。」

「但我決定和芊芸在一起了。」

「……你是氣我把聯絡卡給了他？我那時也要給你的！」

他用特別不解的眼神望著我：「有差嗎？」

呃，不管雷神面具後面是不是鐵凜威，我畢竟還是先把聯絡卡給了別人。

重點是，他說他決定和芊芸在一起了。唉……

她冷問，把我思緒拉回了現實：「妳覺得妳有資格跟我搶岳融嗎？」

都已經把岳融讓妳了，還要我怎樣嘛。本來憋屈地這麼想，但她口氣居然如此鄙夷，姐就讓妳知道什麼是婇可殺不可辱：「我跟他青梅竹馬，我帶他過馬路、教他什麼是勇敢、救過他於霸凌之中；他仗義助我追男友、教過我如何成為女生、解我於被退學之危。我們麻吉到如同本體與影子，妳說我夠不夠格？」

「聽說妳視他如牛似狗，有事找岳融、無事鐵小威，稍不順心就當眾口咬腿踹拳腳相向，還曾警告他不准喜歡妳，他守候那麼久妳都不曾回頭轉身，還說有資格？」

「那是我們相處的模式，要妳管！」

「我不想管。」她用特別輕蔑的眼神睨我：「但連他被人搞跛了腳妳都不管，還有臉回來要求跟他在一起？」

「被人搞跛了腳？」

「不然呢，妳以為他是搶跑道不慎撞到鐵凜威嗎？」

我眉頭一皺，深覺案情並不單純，心虛卻嘴硬地說：「岳融自己在醫院承認的啊，還當眾向鐵凜威道歉的。當時妳又沒在醫院……」

「哼哼。」她在手機上點了幾下，打開一個檔移到我面前。

那是國中校慶運動會時男子組大隊接力的錄影。

因為岳家軍逆轉鐵獅隊太精彩，同樣熱愛運動的芊芸在場邊拍了下來。最後一棒上演岳融急起直追，場邊激動尖叫震天，要超越鐵凜威那瞬更是爆炸，接著就發生兩人擦撞岳融摔倒的憾事。芊芸見我一臉茫然，刻意將畫面靜止，再分格撥放……

超越的剎那，一隻神之腿在半秒間伸出，絆到了岳融的腳踝！

鐵凜威的腿。為了阻擋身邊即將超前的岳融。

我整個頭皮發炸，愣傻在當下，終於明白他在日記裡說的：「我跟小威說，只要以後對婇婇好，我不會說出去。」

「岳融善良的程度，超乎妳的想像，這就是我喜歡他的原因。妳呢？為了妳的鐵凜威，利用他的善良多少次？」

難堪、愧疚、懊惱、憤怒紛至沓來。我誰？我溫巧婇只是被鬼遮眼的豬吧。

不過裡子沒了，面子要有。我嘴硬：「若非不同角度拍卜慢放，誰能察覺啊。」

「妳曾經從不同角度看待過岳融嗎？」

再也想不出什麼藉口了……可是我也不想放棄：「跟誰在一起，應該由他來決定。」

「我不是告訴妳，他決定跟我在一起了嗎！」

「那妳就跟他在一起啊，幹嘛還怕我搶咧。」

「溫巧婇妳……」她不可置信地睜圓了眼：「妳居然可以這麼不要臉。」

「妳如果真要跟他在一起，請妳好好守著他，否則我隨時把他搶走。」

她怔然，不知如何反應。我扯扯嘴角，啜了口紅茶，苦澀滿喉。

岳融都能因為喜歡我，傾盡全力成全我和鐵凜威。我為什麼不能？

就是不能！所以我跑到大雅館竹鈴學姊的寢室哇哇哇哭得淅瀝嘩啦。

「好可憐啊……乖乖乖，秀秀。」竹鈴學姊抱著我輕拍安撫。

「我該怎麼辦啦，嗚嗚……」

「想不到女漢子也會有女兒家的情傷啊。」詩雅學姊別具興味地望著我。

竹鈴學姊瞪她一眼：「幫忙想辦法，別說風涼話。」

「很簡單啊。」她扠起一小塊草莓蛋糕入口：「讓他發現妳的好。」

「這，要怎麼搞啊？」我吸吸鼻水，傻眼。

「搞得他心猿意馬，搞得他回心轉意。」她挑挑眉，啜了口焦糖瑪琪朵。

竹鈴學姊額上兩滴冷汗：「行不行啊，不行別亂教，學妹會受傷的。」

「喂，我認識的男生會比妳少嗎？沒看我在寢室也能吃這麼好嗎？」

「破壞人家，不好吧。」

「我可沒叫巧媃破壞岳融和那個芊芸，也沒唆使岳融劈腿唷，一切讓岳融自己決定。」

「那等他們分手了，巧媃再——」

「我告訴妳，我覺得岳融根本沒有跟那個芊芸在一起，妳們等著看好了。」

「他都已經跟巧媃說決定跟芊芸在一起了啊？」

「十年耶！如果說忘記就能忘記，那這種男生不要也罷。」

有了詩雅學姊的信心下午茶，我回到寢室立即展開行動，按三餐寄發簡訊：「融融，小媃給您請安啦」、「早晨一聲好，一天都順心」、「天冷要加衣、運動要早起、保持好心情、累了多休息」、「冬寒露重，願君多保重」……有時還搭配問候圖、勵志圖或表情貼圖，一併寄送供他服用。

一個星期後我愁眉苦臉又來到學姊的寢室。

詩雅學姊看了我的簡訊，故做口吐白沫昏倒狀：「全是長輩文！天兵啊！」

竹鈴學姊強忍著笑：「不能怪岳融只回謝謝、ＯＫ的貼圖或已讀不回。」

「我怎麼跟妳說的，要讓他心猿意馬直到回心轉意呀。」

「我總不能拍些擠胸清涼照寄給他吧……」

「妳不是談過戀愛，妳的女生魅力咧？妳的小心機咧？」

「……怎麼弄啦，我不會啊！」

「投其所好，攻其不備」是詩雅學姊傳授的心法。她還到隔壁寢室去拉了個生活應用系的學姊過來：

「明天起，妳就跟著這位小梅學姊去學烘焙！」

幾天後，我捧著一個方紙盒，站在法學院大賢館門口。等到有個女同學要進教室，拜託她代交給岳融，然後轉身就走。

當晚就接到岳融主動傳訊：「檸檬蛋糕真的是妳做的？」

「剛學。可能不好吃。別嫌。」

「很好吃。」

「好像太甜了點。」

「已經很好了。初學者都比較難掌握甜度。」

「教一下吧。」傳出去後，馬上再傳：「會不會躭誤你和芊芸約會？」

他沒有回應問題，只把檸檬蛋糕的做法傳了過來，還寫得非常詳細。

第二天在烘焙教室，小梅學姊說：「上次就跟妳說糖放太多了，妳不聽。」

我苦笑，暗忖：若非我故意多放一匙，現在恐怕還在傳長輩文呢。

傍晚時我站在大賢館門口，遇到上次那位女同學，再次拜託她轉交。

「妳可以進來，自己拿給他呀。」
「我怕造成他困擾。拜託拜託。」
「有東西吃還會困擾？」雖然疑惑，她還是接過。
晚上岳融又傳訊來：「檸檬蛋糕這次味道剛剛好。可以當師傅了。」
「是你教得好。」
「我都不知道妳還會做巧克力奶酥餅。好厲害。」
「好像太硬了點。」
「烤得時間和火候調整一下就好了。」
「指導一下吧。」傳出去後，我馬上再傳：「常麻煩你，芊芸會不會生氣？」
他傳來所需時間、火候及雞蛋份量。還是沒有回答問題。
結果小梅學姊又唸我：「就說烤太久了，妳偏不信。」
「我想試試創意做法嘛。這次我們調整一下。」
我依岳融說的份量，按下烤箱的火力時間。學姊問：「咦，這時間太短吧？」
「我多加了些蛋。」
成品出爐。小梅學姊驚豔叫道：「喔，好酥軟！妳居然比我還厲害耶。」
這次岳融發簡訊：「餅乾做得很好啊，都可以上網賣了。可是芋頭布丁很怪。」
「怎麼怪？吉利丁放太多了？」
「唔。想不想學完全不放吉利丁的做法？只要芋頭、鮮奶、蛋和糖。」
「改放布丁粉或洋菜？」
「不放。就這四種天然材料。還能做雙層布丁。」

「好好，我要學。」

「那我把做法傳給妳。」

照著岳融的祕笈重做布丁。小梅學姊嚐過後大驚：「比我教的還要好吃，又香又嫩！妳已經比我還會了啊。」

「謝謝。」我開心地笑了。

「為什麼妳反而把那個做壞的放進盒裡？」

「雖然壞了還能吃嘛。送人。」

輾轉送到岳融手裡。他發訊：「布丁裡面不小心糊了？」

嘿嘿，我就是故意的。「照你告訴我的做的呀。」

「怎麼可能。鮮奶芋頭熬成漿水，有放冷嗎？」

「不是要趁熱加入蛋清嗎？」

「那樣會變成蛋花湯呀。難怪變糊。」

「我再試試。」

第二次收到布丁，他幾乎是馬上傳簡訊：「怎麼上層和下層全混了？」

「鮮奶芋頭漿冷了我才放蛋清的唷。」

「下層的芋頭布丁妳知道要冷凝了才倒入上層的雞蛋液嗎？」

知道啊，我故意的啊你怎樣。「蛤？還要放冷？」

「不放冷，上層就會混進下層，就不是雙層布丁了。」

「我再試試。」

再試試時我挑了個星期天，做到一半就傳訊：「融融，救命。布丁好像毀了。」

「怎麼了？」

「開直播讓你看一下。」

畫面打開，他的背景是圖書館的走廊上。我問：「會打擾到芊芸嗎？」

他語氣有點急：「布丁怎麼了？」

只關心布丁不關心芊芸，很好。我把手機轉向檯子上的半成品，就聽到他的哀嚎：「啊～～妳上層的雞蛋用幾個？」

「兩個啊。就做芋頭那層放的蛋清剩下的蛋黃。」

「沒加一個全蛋嗎？那就沒有蛋清了怎麼會凝固，當然就散成一灘了。」

「那怎麼辦？怎麼辦？」我急得跺腳。「全部倒掉算了。」

「別浪費呀。」

「唉，果然沒天分，我不學了。」我把打蛋器甩到洗碗槽，發出聲響。

「妳……妳一向好強自信，什麼時候變成這樣？」

「自從知道你決定跟別人在一起之後。」

他愣傻，不知如何回應。我趕緊說：「開玩笑的啦。」

他鬆了口氣般：「妳在哪？我去幫妳吧。」

關了直播，心裡居然不自覺奸笑兩聲。溫巧婇變壞了。

探頭進來時，他有點意外整間烘焙室只有我一個人。

檯上亂七八糟的鍋碗勺匙，被他俐落快手三兩下就整理好，又把糊了的蛋漿清掉，重新打漿，邊做邊教我。

陽光穿透窗櫺傾瀉，灑在他身格外清明雪亮。從料理檯邊他身側拉出的長影彷彿亦步亦趨跟在我身後許久，護著、守著、等著我，直到現在。

「妳……怎麼了？」眼神對上，他疑惑地問。

我移開視線，趕緊將半成品放進電鍋：「沒有你，我還是不行。」

「沒那麼難嘛，檸檬蛋糕和巧克力奶酥妳做得不錯啊。」

「那是因為有你……」他嚇到攪煮焦糖的手抖了一下，我才說：「教嘛。」攻其不備。呵呵。

他瞄我一眼，怔了幾秒：「……焦糖煮得時候要不停攪動，才不會焦掉。」

「焦糖不焦，怎麼叫焦糖呢？」

「糖要焦，但糖和鍋不能焦。糖鍋焦了糖會苦、鍋底會黑。」

「懂了。我就像糖，你像鍋。糖一定要鍋才能煮成焦糖，但鍋不一定需要糖。」

「在說什麼呢……」

「唉唷，我的焦糖！」雖然一直攪動糖漿，但我眼前的小鍋卻傳來苦味。

他一把抓住我手，快速攪著湯匙：「妳太慢了！」

熱度從包覆著的掌心傳來手背，我的呼吸急促起來；斜眼望向他認真的眼神和鬢下微冒的汗珠，超想……超想……撲上去！

「確實太慢了……結果你都被別人搶走了……」

「唔？」他把火關了，才發現我在自言自語：「妳說什麼？」

「……對不起。」

「唔？為什麼？」

「我對你很爛。」我忽然間很想哭。真的想哭。
「不會呀。」
「明明很爛……打罵你、咬你、羞辱你，還誤會你。」
「我不認為呀……」他緊張起來：「妳幹嘛哭啊？」
「哪有哭。」我倔強地抹去眼淚：「我問你，校慶賽跑時，是鐵凜威故意害你跌倒的對不對？」
「蛤？怎麼忽然講這個……是我自己——」
「是你認為說出事實他的名聲就臭了，你不想讓當時喜歡他的我難過。」
「……」
「為什麼這麼傻！為什麼你這麼傻！你連籃球都不能打了啊……」
「沒關係，都過去了嘛。」
「我們之間也都過去了嗎？」
「……」
「你以前不是喜歡我嗎？」
「妳說……我不准喜歡妳。」
「如果現在我說可以了呢？」
「我現在跟芊芸——」
「說謊。你心中還有我，不然你不會還握著我的手。」
他趕緊放開我手，眼神透著驚慌，打開電鍋取出蒸好的布丁放在桌上，轉身就走。

最終話

頹然倚坐在牆角，我不甘心地擦著眼淚。

哭累了，靜下心想，自己居然變得像個小女生般傷春悲秋，以前婦哥的豪邁哪去了？以前最討厭女生的小心機，現在自己也會了。

自己都變了，守候十年的岳融改變心意，決定放棄自己，不是很合理嗎。

這時有簡訊傳來的鈴聲。我起身，發現是岳融的手機忘在檯子上。

「我與婇婇還在一起，你有什麼意見？」

也許岳融沒有意見，但是我有。我很有。

次日下午，我到他學校，在教室前走廊上等著。

下課鐘聲響，他走出來看到我，興沖沖地靠過來，臉上綻著優越的笑。

敷衍完他的問東問西後，我質問他賽跑時拐傷岳融的事；他愣怔無語。

把芊芸拍到的影片放給他看，他臭著臉：「無恥，還說不會說出去。」

「不是岳融說的！他根本不知道有人拍下這段影片。」

他露出狡詰的笑：「是又怎樣。岳融那麼蠢，不配拿金牌。」

我一拳就往他臉上揍過去！引爆周遭一陣驚呼與側目。

他被打得往後踉蹌，既驚且怒：「妳幹嘛！」

「這一拳是幫岳融討公道。」
「我、我要告妳！」
「萌萌，剛才他承認拐傷岳融的話拍下來了嗎？」
站我身後數步的萌萌，揮揮手中的手機。
「我讓你告。只要接到傳票，我就把賽跑和剛才你承認的錄影檔上傳網路。」
臉上露出的驚疑猶豫，諒他一輩子不敢提告。
我忽然想起一句話：其實不動手就能救人，比動手才能救人，更帥。

在回學校的公車上，接到竹鈴學姊傳來的簡訊：「晚上來寢室。重要的事。」
帶著點心要去大雅館找學姊的路上，接到岳融的電話：「嫊嫊？」
「嗯。」
「妳下午去找小威了？」
我頓了一下，思索他怎麼知道的。「……怎樣？」
「妳打了他？」
「他跟你說了什麼？」
「他……說了些話。」
「哼哼，肯定不是什麼好話。他又羞辱你了？這個渣男！賤人！」
「真的沒關係的，都過去了，我不計較——」
「我過不去！我就是心眼小愛計較！誰欺負你就是有關係！」
「你們不會因為這樣……又分手吧？」

「又分手？我們沒有復合，哪來分手？」
「可是他說——」
「他說還和我在一起對不對？他放屁！」
「……他警告過我，妳是他的女友。」
「我如果知道雷神是他，才不會把信封給他！什麼假面舞會，他馬的。」
「……」
「你為什麼要問他舞會之後我跟他有無聯絡？」
「妳看過我手機？」
「……我不小心的。誰叫你手機忘了帶走。」
「反正，妳不要那麼衝動，以後有事好好說，不要打人了，他可以告妳的。」
「他敢再惹你，惹一次我打一次，惹兩次我打一雙！」
「……」
「怎樣，怎麼不說話？被我感動了齁？齁？」
「……說什麼妳，沒個女孩子樣。」
「你不就喜歡我這樣嗎？」
「……」
「你喜歡我齁？齁？齁？」
「妳好奇怪。不跟妳說了。」
他掛電話了？
我自行腦補他靦覥害羞的可愛模樣，忍不住勾彎了嘴角。

「這是我做的，請學姊吃吃看。」一進寢室，我把雙色布丁放在桌上。

她們眼睛一亮。竹鈴學姊笑著說：「哇，自從妳決定追岳融，變得好賢慧啊。」

「別笑我了。」

「怎麼樣？小融融有被妳的真心打動？」

「唉……」我說了昨天在烘焙教室他丟下我的傷心事。

「也許他在意那個芊芸的感受吧。畢竟，他那麼善良。」

「應該是吧。」我和他明明這麼靠近，中間卻隔著鐵凜威和魏芊芸。

詩雅學姊吃完布丁：「好吃，但這不是小梅的口味。喂，是岳融教的吧？」

「嘿嘿。」

「那他對妳還有意思嘛。」

我說出了自己的矛盾糾結：我喜歡岳融，但不想傷害芊芸。畢竟我和鐵凜威在一起時，也很氣惱楊喜慧。岳融如果變成鐵凜威，那就不是我喜歡的岳融；我若變成了楊喜慧，連我都討厭自己。

聽完我的苦惱，竹鈴學姊笑著說：「我就說婇婇善良、不想橫刀奪愛的吧。」

詩雅學姊翻了個白眼：「我就說沒有這個問題，妳腦袋怎麼都轉不過來。」

看來先前她們為了我的事曾起爭執。詩雅學姊拿出手機點了幾下，移到我面前。那是一張幸福社聯誼活動的報名表：「妳那同學叫魏芊芸，唸法律系一年級，沒錯吧？如果她跟岳融在一起，還會報名跟別校男生聯誼的活動？」

我傻眼。竹鈴學姊卻說：「那怎麼解釋她和岳融都說他倆在一起了？」

「所以我叫妳請巧婇過來，讓她自己去確認嘛。」

第二天我又站在大賢館門口。

前次那個女同學見到我，主動過來：「又送東西給岳融？」

「不是。麻煩妳幫我把紙條交給魏芊芸。」

她用這傢伙胃口真好能直能彎的異樣眼光瞅我一眼，就收下了紙條。

下課後，芊芸依紙條上的邀約，來到大雅餐廳。

「找我幹嘛？」落座後她拿出小粉餅盒，用裡頭的小鏡檢視自己的妝。

「呵呵。敘舊一下嘛。」我把珍珠奶茶移到她面前。

她放下粉餅盒，瞟我一眼：「到底幹嘛啦？」

既然如此，我就單刀直入：「妳到底有沒有跟岳融在一起？」

「不關妳事吧。」

「芊芸，如果跟他在一起，我祝福妳，如果選擇別人，我同樣希望妳幸福。但，妳不希望岳融過得很好嗎？」

她把吸管狠狠插進杯裡，表情幾多變化，不知在想什麼。

「岳融一直過得很辛苦，妳應該知道吧。我希望身邊有人能陪著他。」

「妳知道嗎，有時我很討厭妳，有時又很羨慕妳。」

「我有什麼值得羨慕？」

「如果不是妳，我也許早跟岳融在一起了。偏偏妳對岳融那麼差。」

「這一點，我也很討厭自己。」

「妳對他那麼差，脾氣又惹人厭，偏偏他對妳不離不棄，如果他也能這樣對我，多好。」

任何女孩都會羨慕的吧。聽她說出事實，我愧疚地垂下視線。

「但若非妳，我也不會認識他。而且喜歡一個人就該讓他幸福，對吧。」她深吸了口氣，眺向窗外的台北盆地；「他決定接受我之後，我們只不過一起吃了幾次飯，但他還是維持原來對我的那種好，沒讓我有戀人的感覺，這都是妳害的。因為妳占據他的心太久太滿了，我進不去。」

「那他為什麼——」

「決定跟我在一起？也許是覺得我跟他告白那麼多次，很對不起我，也可能是看到妳跟鐵凜威要分手那麼多次，最後仍然把聯絡卡給了鐵凜威，想藉由跟我在一起死了心吧。我不知道，也不想知道。」

忽然覺得，溫巧媃真的是三害之一。也覺得很對不起芊芸。

「總之呢，我跟岳融是不可能了。至於妳，我認為也回不去了。」

也許真的回不去了。

打電話約了岳融幾次，他都以有事為由拒絕赴約。

傳的簡訊也不讀了，請人送過去的甜點也退回了。

這是要跟我絕交的意思嗎……

連續好幾天像行屍走肉的生活，連上課都不知道老師在講些什麼。

室友柳萌萌勸我、逗我、帶我下山逛街，都無法讓我變得有活力。

她擔心一天講不到三句話的我會得憂鬱症，私下跟竹鈴學姊求救。

這天我像灘爛泥般癱在床上醉生夢死。蒙在頭上的枕頭忽然被打開。

「幹嘛啦，誰啊！」陽光忽然刺進眼裡很不舒服，我整個肚子火氣。

「學妹，妳起來。」

睜開眼，發現竹鈴學姊站在床前。我還想裝死：「學姊，我好累，讓我睡。」

竹鈴學姊硬把我從床上拖下來：「妳給我起來！」

我被推到鏡前：嚇！一頭大亂髮、兩個黑眼圈、滿臉紅痘花，頹廢狼狽至極。

在學姊眼刀監管下，七天分的油頭身垢在一個小時後清洗乾淨。

梳洗後被帶到百花池邊，學姊讓我呆望錦鯉優游，聽著水聲淙淙，半晌才說：「還記得我們第一次見面也是在水池邊吧。」

「嗯。」

「兩次都是在池邊，有什麼不一樣？」

「唔？沒有吧……」

「溫巧媃不一樣了。那個熱血自在的溫巧媃哪去了？」

長嘆一聲，我頹然坐在池畔長椅上。竹鈴學姊從萌萌口中知道了大概，還是耐心聽完我述說努力到最後、岳融卻彷彿愈來愈遠的經過。

竹鈴學姊思索著什麼，在手機上點了兩下：「曲，你來幫個忙？」

不一會兒，文曲學長拎著三杯咖啡出現。學姊跟他講了我的情形。

「聽起來，他沒拒絕妳，仍然在意妳，但卻不回應妳……似乎有什麼隱情。」

「什麼隱情？」

文曲學長似乎怕傷了我，刻意迂迴說：「他好像對妳有某種……情結。」

與我對望一眼，竹鈴學姊噘嘴說：「什麼情結？學妹是自己人，直說吧。」

「我是這樣想的。依妳們的描述，岳融成長過程中弟弟出事，媽媽長期被關在療養院，爸爸也不在了，這會對他有什麼影響？」

竹鈴學姊沉吟許久：「某種陰影？」
「嗯。尤其是年幼時起就歷經不斷被迫和親人分離，潛意識裡會產生自己不好、才會常被遺棄的念頭。為尋求安全感，他會不停努力、強大自己。但情結這東西總不經意操控人的反應，當發展新的親密依戀關係時，『會被遺棄』這種陰影還是會影響著他，讓他覺得自己不夠好。」
「啊，我記得心理學上這叫做分離焦慮！」竹鈴學姊擊掌叫道。「我以為只有小孩子跟父母分開時才會這樣。」
「即使成年人也會有的，只不過表現樣貌不同。岳融應該屬於迴避型。」
「等、等一下。」我忍不住插嘴。「這跟我有什麼關係？」
「成長過程中面對新的依戀關係時，潛意識裡會覺得自己不夠好，擔心因此再次被人遺棄。」竹鈴學姊看著我，強調學長剛才說的重點；看我一臉懵才說：「以前妳跟鐵凜威在一起分手復合再分手，就算妳現在跟鐵凜威不再可能，岳融潛意識裡還是認為他自己就是工具人、妳將來還是可能離他而去吧。畢竟，分離就是他的情結囉。」
這是我的報應就對了。我急了：「那怎麼辦，我這次真的冤枉啊。」
竹鈴學姊和文曲學長對視一眼：「我們這麼辦吧……」

岳融一出現在大忠館天台，就被文曲學長熱絡地拉到欄桿邊的小桌子旁坐。
文曲問東問西，還拿出自己的筆記影本送他。對於大三學長突然約自己出來聊天，關心課業與生活，他顯得有些疑惑。幸好文曲說話溫暖，眼神真摯，很快就讓他卸下心防，討論起課業問題。
文曲的課業成績是法律系學霸，應付岳融的提問輕鬆有餘，還分享各科教授的考古題，兩人很快就談笑風生。

半小時後，在天台後方的竹鈴學姊打手機給文曲，摀著嘴問：「可以了嗎？」

文曲明知我們在後面，仍說：「我在大忠館天台跟學弟討論功課，妳過來呀。」

「學長，你有事我就先走了？」

「沒事沒事，我女友來拿東西而已。咦，我們講到哪了？」

我偷笑，覺得文曲學長超行。五分鐘後，竹鈴學姊就帶我現身。

學長學姊上演日常對話。岳融瞥見學姊身旁的我，表情變僵硬，害我超想笑。

「這樣啊，那我帶妳去找。」學長假藉幫學姊找東西要暫時離開一下，卻特別對岳融交代：「學弟你不要走開，我還要告訴你民法總則讀過就永世不忘的絕技，我去去就來。」語畢就帶學姊離開了。

然後整個天台就剩下靜靜飄來偷窺的雲、發出竊笑聲的風、岳融和我。

還有滿滿的尷尬。

「妳……怎麼來了？」

「你不希望見到我，我就走嘛。」轉身作勢要走，其實是等他叫住我。

叫啊……叫啊……死沒良心的他居然沒叫！害我走路變成月球漫步。

「那個……」就在快走到樓梯口時，他終於出聲：「妳的腳怎麼回事？」

因為你不出聲留住我只好慢慢拖著步子走啊啊啊啊啊啊啊啊！

我還是停下腳步：「跛了不行嗎。」

「怎麼回事啊？」他很快走來蹲下檢視我的腳踝。

「還不都是你害的。」開心於他心裡有我，但嘴上不饒他。

「我害的？」

「我要去向害你摔倒的鐵凜威討公道，你說不要，我一氣之下就跛了嘛。」

「什、什麼啊？」

「很神奇對不對？更神奇的是你居然不理我了。忘恩負義的東西。」

「……忘恩負義？」

「誰教你過馬路的？被三虎欺負時誰救你的？」

「我……不是不想理妳……只是……只是……」視線眺著遠方的淡水河，他的眼神慢慢變得空洞。我知道他正在努力釐清自己也搞不清楚的感覺。

我握住他微微顫抖的手：「只是怕失去我？」

他茫然，彷彿那個七歲的小岳融，驚悸地站在路口，望著倒在血泊的融弟……又好似回到船公司的人上門的那天、不解罐子為何要貼上融爸的照片……

我心揪擰著，握緊了他愈抖愈厲害的手：「不用怕！我不會不管你的呀。」

甩開我手，他像被嚇到般全身一陣顫抖，緩緩踱到欄桿旁，兩眼失焦，神情焦躁：「我膽小、我沒用、我很爛……妳不要管我。」

我衝過去，捧他臉轉向我：「你很勇敢，所以敢幫學妹對抗三虎、敢跟我這麼兇的女生在一起！你很強，所以我的功課要靠你、追喜歡的男生要靠你、被陳主任不公平對待也要靠你！你很優秀，有能力打工賺自己的生活費、會做各種甜點、會關心我照顧我。你不需要我管，是我需要你管我！」

「……媽會怪我……我不能照顧妳，我會害妳被車撞死，我媽會怪我……害了媽媽、我害了媽媽……」他雙手撐在天台欄桿上，背對我全身顫抖著。

我從身後抱緊喃喃自語的他，眼淚不聽控制噴出來，大聲說：「不是你的錯、不是你的錯！真的不是你的錯！」

半晌，他回過神來，轉身發現我在啜泣，錯愕地問：「……妳為什麼哭了？」

「我氣自己，也心疼你。我很笨，老是逞強鬥狠、又愛找你出氣，其實是為了掩飾自卑和心虛，可你總是那麼包容我……哇——嗚嗚嗚嗚……」

我終於忍不住，放聲大哭。

他溫柔地抹去我臉頰上的淚：「從小我就很想成為像妳一樣，追求想要的、勇敢表現自己、什麼都不怕，所以總跟在妳身後，想像自己也能一樣率性、強大。因為妳，我才能學會強大。所以別哭了。」

「我知道你一直很寵我，但我除了衝動逞強，沒什麼值得你學的。」我扁著嘴揉眼睛道。

「怎麼這樣說，我就欣賞妳的衝動、喜歡妳的逞強呀。」

「噗！哪有這種事……」我被逗笑了，摀住臉覺得又哭又笑一定很醜。「我衝動逞強的樣子那麼蠢。」

「這就是妳原來的樣子呀。」

「這是我的缺點，我要努力變成溫柔的女生，這樣才能跟你在一起。」

「我不是鐵凜威，妳不必這樣的。」

「男生不都喜歡女生溫柔一點嗎？」

「如果喜歡一個人，就要喜歡她原來的樣子，她的優點她的缺點都喜歡，不能因為喜歡，就希望她變成自己希望的樣子。」

「所以，」我吸吸鼻水，覺得自己好像聽到了什麼。「你說的那個她，是誰？」

「蛤？可、可能是任何一個女生啊……」他移開視線，看向天上的白雲、看向樹間的氤氳。

我捧著他的臉，轉向自己：「可能是任何一個女生，那可能是我嗎？」

「……可能。」

「那你為什麼不早說？」

「妳說過，不准喜歡妳……」

「那我現在說：不准你不喜歡我！」

「……喔。」

「喔的意思是，你喜歡我齁？」

「……」他羞紅了臉。從鼻尖紅到耳朵再紅到後頸子，模樣超可愛。

「齁？齁？齁？」

「嗯。」

「耶！」我跳到他身上，像抱著大樹般趴他背上磨來蹭去還搖來晃去：「我這隻無尾熊終於找到可依靠的大樹了！哈哈哈哈……」

他揹著我轉圈圈，逗得我科科科科笑個不停。

在旋轉的時空中，我們回到他揹著我衝進醫院的那天，又跳到我為了解救他迴身往平頭男頭上砸掃帚的那天，再飛到我猜中他希望的禮物開心地撒花轉圈圈的那天，最後躍進迎新舞會他帶著我翩然旋舞的那天……

成長過程中，我們有太多時候就在彼此身邊，卻總是轉著圈圈看著對方，即使在意，也只能惋惜，只因心的頻率還未接上啊。

「呃哼。」

突然有人發出清喉嚨的聲音，他趕緊把我放下。

見到竹鈴學姊和文曲學長站在門邊，我們都靦覥地紅著臉。

竹鈴學姊調侃道：「唉唷，這麼快就好起來了啊？」

為掩飾尷尬，我轉移話題：「學姊，妳東西找到了嗎？」

她揮揮手中的紙盒：「找到了，在岳融打工的店裡就有。」

我們圍坐在小桌旁。文曲學長手上拎著的是兩杯抹茶冰沙、兩杯巧克力冰沙。竹鈴學姊打開紙盒，裡面是一個白色巧克力做成馬爾濟斯造型的蛋糕！

「呃，我不要巧克力冰沙。學長，我跟你換好嗎？」我把手中的杯子調換。

「喔～因為岳融喜歡微苦的抹茶冰沙，對嗎？」竹鈴學姊又調侃我。

「沒有啊，像這個蛋糕雖然是白巧克力做的，我也喜歡啊。」

「我記得這好像是某人失戀，當時某個矮小男生送她的喲？」

「學姊！」我撒嬌，要她饒了我：「噓！祕密。」

「啊，說到祕密，那時陳主任要處罰巧婇，岳融是跟他說了什麼，就讓他馬上打消念頭啊？」

聽竹鈴學姊這麼問，岳融臉頰突然又炸紅了：「呃……沒什麼。」

「誒，我也很想知道。」

「如果不是陳主任的處置太不公平，我是絕對不會跟他說這事的。」

「到底什麼事？」我抱著他的手臂發嗲：「說嘛、說嘛。」

「就……我跟陳主任說，前幾天我被分配到打掃學務處辦公室，發現主任的電腦忘了關，好像正在播一些奇怪的影片。」

「什麼影片？」

岳融盯著桌上的蛋糕，小聲說：「一些咿呀、喔呀、你是我的王呀的。」

我們三個對視幾秒，隨即爆出笑聲。

「你就直接說叫春動作片不就得了。」笑過一輪，我正色說：「叫春我也會呀。」

他們驚訝地看著我。我豪邁地大叫：「春呀！春喔！春哪！你在哪裡啊春？」

岳融的臉紅得像熟柿子，超可愛。
我撲上去，狠狠地啄了一口。

（全文完）

要青春74　PG2474

要有光 FIAT LUX

太陽女孩・月光男孩

作　　者	牧　童
責任編輯	喬齊安
圖文排版	蔡忠翰
封面設計	王嵩賀

出版策劃	要有光
發 行 人	宋政坤
法律顧問	毛國樑　律師
印製發行	秀威資訊科技股份有限公司 114台北市內湖區瑞光路76巷65號1樓 電話：+886-2-2796-3638　傳真：+886-2-2796-1377 http://www.showwe.com.tw
劃撥帳號	19563868　戶名：秀威資訊科技股份有限公司 讀者服務信箱：service@showwe.com.tw
展售門市	國家書店（松江門市） 104台北市中山區松江路209號1樓 電話：+886-2-2518-0207　傳真：+886-2-2518-0778
網路訂購	秀威網路書店：https://store.showwe.tw 國家網路書店：https://www.govbooks.com.tw
總 經 銷	聯合發行股份有限公司 231新北市新店區寶橋路235巷6弄6號4F 電話：+886-2-2917-8022　傳真：+886-2-2915-6275

出版日期	2020年12月　BOD一版
定　　價	330元

Printed in Taiwan

國家圖書館出版品預行編目

太陽女孩.月光男孩/牧童著. -- 一版. -- 臺北
市 : 要有光, 2020.12
面； 公分. -- (要青春 ; 74)
BOD版
ISBN 978-986-6992-59-9(平裝)

863.57 109018919

讀者回函卡

感謝您購買本書，為提升服務品質，請填妥以下資料，將讀者回函卡直接寄回或傳真本公司，收到您的寶貴意見後，我們會收藏記錄及檢討，謝謝！
如您需要了解本公司最新出版書目、購書優惠或企劃活動，歡迎您上網查詢或下載相關資料：http:// www.showwe.com.tw

您購買的書名：________________________________

出生日期：________年________月________日

學歷：□高中（含）以下　□大專　□研究所（含）以上

職業：□製造業　□金融業　□資訊業　□軍警　□傳播業　□自由業
　　　□服務業　□公務員　□教職　□學生　□家管　□其它______

購書地點：□網路書店　□實體書店　□書展　□郵購　□贈閱　□其他

您從何得知本書的消息？

□網路書店　□實體書店　□網路搜尋　□電子報　□書訊　□雜誌
□傳播媒體　□親友推薦　□網站推薦　□部落格　□其他__________

您對本書的評價：（請填代號　1.非常滿意　2.滿意　3.尚可　4.再改進）

封面設計____　版面編排____　內容____　文／譯筆____　價格____

讀完書後您覺得：

□很有收穫　□有收穫　□收穫不多　□沒收穫

對我們的建議：________________________________

____

____

____

請貼
郵票

11466
台北市內湖區瑞光路 76 巷 65 號 1 樓

秀威資訊科技股份有限公司　收

BOD 數位出版事業部

....

（請沿線對折寄回，謝謝！）

姓　　名：____________　年齡：______　性別：□女　□男

郵遞區號：□□□□□

地　　址：____________________________

聯絡電話：(日) ____________ (夜) ____________

E-mail：____________________________